DAS WEISSE HAUS AM MEER

Hannes Nygaard ist das Pseudonym von Rainer Dissars-Nygaard. 1949 in Hamburg geboren, hat er sein halbes Leben in Schleswig-Holstein verbracht. Er studierte Betriebswirtschaft und war viele Jahre als Unternehmensberater tätig. Hannes Nygaard lebt auf der Insel Nordstrand.
www.hannes-nygaard.de

Dieses Buch ist ein Roman. Handlungen und Personen sind frei erfunden. Ähnlichkeiten mit lebenden oder toten Personen sind nicht gewollt und rein zufällig.

HANNES NYGAARD

DAS WEISSE HAUS AM MEER

Hinterm Deich Krimi

emons:

 Lust auf mehr? Laden Sie sich die »LChoice«-App runter, scannen Sie den QR-Code und bestellen Sie weitere Bücher direkt in Ihrer Buchhandlung.

Bibliografische Information der Deutschen Nationalbibliothek
Die Deutsche Nationalbibliothek verzeichnet diese Publikation in der Deutschen Nationalbibliografie; detaillierte bibliografische Daten sind im Internet über http://dnb.d-nb.de abrufbar.

© Emons Verlag GmbH
Alle Rechte vorbehalten
Umschlagmotiv: Hayden Verry/Arcangel.com
Umschlaggestaltung: Nina Schäfer, nach einem Konzept von Leonardo Magrelli und Nina Schäfer
Umsetzung: Tobias Doetsch
Gestaltung Innenteil: César Satz & Grafik GmbH, Köln
Lektorat: Dr. Marion Heister
Druck und Bindung: CPI – Clausen & Bosse, Leck
Printed in Germany 2020
ISBN 978-3-7408-0920-1
Hinterm Deich Krimi
Originalausgabe

Unser Newsletter informiert Sie
regelmäßig über Neues von emons:
Kostenlos bestellen unter
www.emons-verlag.de

Dieses Werk wurde vermittelt durch die Agentur Editio Dialog, Dr. Michael Wenzel (www.editio-dialog.com).

*Die Welt wird nicht bedroht
von den Menschen, die böse sind,
sondern von denen,
die das Böse zulassen.*

Albert Einstein

EINS

Die Neonröhren gaben ein unnatürliches Licht ab. In der Werbung wurden Warmtonlampen angeboten, die mit einem geringeren Blauanteil ein gemütlicheres und augenschonendes Licht abstrahlen sollten. Dieses wirkte kalt, fast gleißend. Ebenso ungemütlich war der Blick aus dem Fenster. Obwohl es erst früher Nachmittag war, leuchteten in den Fenstern der umliegenden Gebäude ebenfalls die Lampen. Der grau verhangene Himmel verschluckte das natürliche Tageslicht. Aus den tief hängenden Wolken regnete es schon seit Stunden. In den Wassertropfen auf der Fensterscheibe brach sich das Licht. Mit ein wenig Phantasie konnte man in jedem einzelnen ein kleines Kaleidoskop erkennen, auch wenn die Farbe fehlte. Lüder war froh, den norddeutschen Winter aus dem Hausinneren beobachten zu können. Vier Grad und Regen, wohlgemerkt nicht Schauer, versprach die Wetter-App. Die Vorhersage im lokalen Fernsehen verhieß auch keine Besserung. In knapp zwei Wochen war Weihnachten. Wie in jedem Jahr beschäftigte viele Menschen die Frage, ob es weiße Weihnachten geben würde. Nicht bei uns, schweiften seine Gedanken ab. Gefühlt gab es schon seit Generationen keinen Schnee mehr zu den Feiertagen. Doch immer noch verbanden viele Menschen diese Festtage mit Schnee, klarer Winterluft, Schlitten, vielleicht Bergen und kleinen Kirchen in malerischen Dörfern.

Kiel war anders. Grau. Regnerisch. Nasskalt. Hektisch. Aber das waren andere Städte in diesen Tagen auch. Man wünschte sich »besinnliche Festtage«, hetzte aber in den Wochen zuvor durch die Straßen. Nein! Durchs Leben.

Lüder atmete tief durch und trank einen Schluck heißen aromatischen Kaffees aus dem Becher. Er saß auf der Schreibtischkante und lächelte Edith Beyer an, die das Vorzimmer des Leiters der Abteilung 3 des Landeskriminalamts hütete. Es war eine liebe

Gewohnheit geworden, dass er sich dort mit Heißgetränken versorgte.

»Was machen Sie über die Feiertage?«, fragte sie Lüder, nachdem sie erzählt hatte, dass sie selbst mit ihrem Lebenspartner Heiligabend zu Hause verbringen und dann bis zu Beginn des neuen Jahres mit ihm und ein paar Freunden in ein großes und komfortables Ferienhaus nach Dänemark fahren würden. »Fanø ist unsere Trauminsel«, hatte sie angefügt.

»Wir werden Weihnachten traditionell im Familienkreis verbringen.« Lüders Augen leuchteten. »Heiligabend und am ersten Weihnachtstag ist das Haus voll. Meine Eltern kommen. Und alle Kinder sind da.«

»Alle vier?«

Lüder nickte. »Das ist ein Großkampftag für meine Frau. Aber sie wird dabei tatkräftig von den Mädchen und meiner Mutter unterstützt.«

Edith Beyer stieß einen Seufzer aus. »Schön, dass es Ihrer Frau wieder besser geht. Dass sie die psychosomatischen Störungen allmählich in den Griff zu bekommen scheint. Den Geiselnehmern ist gar nicht klar, was sie da angerichtet haben.«

Lüder nickte versonnen. Das traf zu. Noch war Margit nicht die Alte, aber in zunehmenden Maßen bewältigte sie den Alltag und nahm auch wieder das Zepter in vielen Bereichen ihrer bunten Patchworkfamilie in die Hand. Familie. Das waren sie nach vielen Jahren Partnerschaft jetzt wirklich. Im Frühjahr hatten sie geheiratet.

Edith Beyer zeigte zum Fenster hinaus. »Gruseliges Wetter. Wie gut, dass es derzeit ruhig ist.«

»Diese Zeit, in der viele Menschen auf den Weihnachtsmärkten Spaß haben, in der Glühwein und herzhafte Imbissangebote dazugehören, bedeutet für die Sicherheitsorgane immer eine besondere Anspannung, spätestens seit der irre Amri in Berlin mit dem Lkw viele Menschen ermordet hat. Leider gibt es Verrückte, die das christliche Fest zum Anlass nehmen, ihrem Hass auf unsere Kultur und unsere Werte Ausdruck zu verleihen und das durch Gewalt zu bekunden.«

»Hoffen wir das Beste«, meinte Edith Beyer. »Wenn es bei uns in Kiel schon keine weißen gibt, dann sollen es doch wenigstens friedliche Weihnachten werden.«

Beide tranken schweigend aus ihren Kaffeebechern und hingen ihren Gedanken nach. Sie wurden durch das Klingeln des Telefons unterbrochen.

»Beyer. Herr Dr. Starke?« Sie hörte kurz zu, dann sah sie Lüder an. »Der ist hier. – Gut, ich richte es ihm aus.«

Lüder zeigte auf die verschlossene Tür, hinter der Kriminaldirektor Dr. Starke saß, der Leiter des Polizeilichen Staatsschutzes im Landeskriminalamt Kiel. »Hat er Sehnsucht?«

Edith Beyer kam nicht mehr dazu, zu antworten. Die Tür öffnete sich, und der auch zu dieser Jahreszeit gut gebräunte Abteilungsleiter erschien. Er war – wie immer – tadellos gekleidet. Graue Hose, graues Sakko, hellblaues Hemd und eine passende Krawatte dazu. Mit Sicherheit war Dr. Jens Starke der bestangezogene Beamte im Polizeizentrum Eichhof. Er streckte Lüder die manikürte Hand entgegen.

»Guten Tag, Lüder. Wir sollen sofort zum Vize kommen.«

Der »Vize« war der stellvertretende Leiter des LKA, der Leitende Kriminaldirektor Jochen Nathusius.

»Moin, die Herren«, begrüßte sie Nathusius und zeigte auf den Besprechungstisch. »Bitte.« Es war eine Eigenart des scharfsinnigen Analytikers, ohne lange Vorreden sofort zum Thema zu kommen. »Uns ist ein Riesenproblem auf die Schienen genagelt worden. Wir bekommen einen überraschenden Staatsbesuch. Und das in vier Tagen.«

Lüder und Dr. Starke wechselten einen raschen Blick.

»Der amerikanische Präsident kommt.«

Die beiden Beamten vom Staatsschutz sahen sich an.

»Das ist nicht wahr«, entfuhr es Lüder. Es war rhetorisch gemeint. Nathusius scherzte nicht mit solchen Aussagen.

»Doch. Leider. Wir wissen aus den Medien um die Sprunghaftigkeit dieser Person. Er hat es auf dem von ihm bevorzugten Weg über Twitter angekündigt. Berlin ist ebenso überrascht wie die gern zitierten ›gut informierten Kreise‹.«

»Das geht doch nicht«, warf Dr. Starke ein.

»Das sollte man meinen«, erwiderte Jochen Nathusius mit einem Seufzer. »Aber wenn *er* diese einsame Entscheidung trifft, steht die Welt kopf.«

»Manches ist trotzdem nicht möglich. Der Wirrkopf kann nicht die Schwerkraft aufheben.«

Beim »Wirrkopf« fing sich Lüder zwei maßregelnde Blicke der anderen ein.

»Er kann«, erwiderte Nathusius. »So wie er über den roten Knopf verfügen kann, sind ihm auch solche Aktionen möglich.«

»Dann soll er sehen, wie er das organisiert bekommt«, meinte Lüder und erntete dafür ein mildes Lächeln des stellvertretenden LKA-Leiters.

»Wir haben nur eine Vorabinformation aus Berlin erhalten. Dort brennt der Baum.«

»Das kann ich mir vorstellen«, mischte sich Jens Starke ein. »Was haben wir damit zu tun? Es geht sicher um die Abstellung von Polizeieinheiten. Das ist eine schwierige Aufgabe für die Schutzpolizei.«

Nathusius nickte versonnen. »Der Präsident hat sich Schleswig-Holstein als Ziel auserkoren.«

»Was?« Lüder und Jens Starke fragten im Chor.

»Staatsbesucher werden doch oft in den bekannten Schlössern im Osten untergebracht. Heiligendamm. Meseberg. Von mir aus irgendwo in den bayerischen Bergen. Bei jedem anderen würde man es als Ehre betrachten. Aber bei Onkel Donald?«

Nathusius lächelte milde. »Wir sollten uns im Sprachgebrauch mäßigen, Herr Dr. Lüders. Wir diskutieren hier keine Einsatzlage am Stammtisch.«

»Was führt den Präsidenten nach Schleswig-Holstein? Wohin genau? Gibt es schon einen Ort?«, wollte Jens Starke wissen.

»Ja«, erwiderte Nathusius knapp.

»Schloss Glücksburg? Ahrensburg? Eines unserer Herrenhäuser?«, riet Lüder.

Nathusius zuckte mit den Schultern. »Wir erhalten nähere Informationen durch einen Beauftragten der Bundesregierung, der auf dem Weg nach Kiel ist. Mehr weiß ich derzeit auch noch nicht. Wir haben lediglich die Anforderung aus Berlin bekommen, die ans Innenministerium gegangen ist. Der Innenminister hat seinen Stab zusammengerufen. Unser Chef nimmt daran teil. Ansonsten gibt es nur die Twitternachricht.« Nathusius setzte seine Brille auf und las den Text von einem Blatt Papier ab:»Die Dänen werden das bereuen. Sie verweigern dem bedeutendsten Staatsmann der Welt die gebührende Achtung. Eine Zusammenarbeit mit ihnen ist nicht möglich. Ich werde statt nach Kopenhagen in die ehemalige Kolonie nach Woodstone reisen.«

»Woodstone?«, fragte Jens Starke verwundert.

»Der Mann ist für seine mangelhaften geografischen Kenntnisse bekannt. Mit ›Woodstone‹ hat er vermutlich Holzstein übersetzt und meint damit Holstein«, überlegte Lüder laut.

»Immerhin hat ihm jemand verraten, dass Schleswig-Holstein im Laufe der Geschichte mal dänisch, dann wieder deutsch war.«

»Lassen wir die Historie außen vor«, sagte Nathusius.»Ich habe Sie hergebeten, weil wir etwas zum Schutz des Gastes organisieren müssen.«

»Hat man das den Kielern aufs Auge gedrückt?«, fragte Lüder überrascht.

»Nein. Die Federführung liegt beim Bund. Trotzdem sollten wir uns Gedanken machen. Der Präsident ist einer der gefährdetsten Menschen der Welt. Ich benötige von Ihnen als Polizeilichem Staatsschutz eine Expertise. Worin besteht die Gefahr? Welche Maßnahmen könnten wir vorschlagen beziehungsweise ergreifen? Wo können wir präventiv tätig werden?« Nathusius sah Lüder an.»Sie haben Erfahrungen im Personenschutz.«

Lüder winkte ab.»Es war ein Vergnügen, dem damaligen Ministerpräsidenten zur Seite zu stehen. Der Mann mit dem weißen Bart war beliebt. So volksnah, wie der als Landesvater auftrat, konnte sich niemand vorstellen, dass er Ziel eines Attentäters hätte werden können. Das ist bei Onkel Don …« Der erhobene Zeigefinger Nathusius' ließ ihn den Satz nicht vollenden.»Wir brauchen einen Tarnnamen für das Zielobjekt. Ich schlage ›das Frettchen‹ vor.«

»Bitte?« Jens Starke musterte ihn irritiert.

»Das ist ein *Tarnname* für die Operation. Ein Frettchen wird in unterirdische Höhlen gelassen, um die dort Hausenden herauszutreiben.« Dabei fuhr sich Lüder wie zufällig mit der Hand über den Kopf.

Nathusius grinste. Der Leitende Kriminaldirektor hatte Lüders Anspielung auf die Haare des Präsidenten verstanden. Lüder hatte früher einmal angemerkt, der Erste Bürger der USA sehe aus, als hätte man ihm ein totes Frettchen auf den Kopf genagelt.

»Mehr kann ich Ihnen nicht sagen.« Nathusius zuckte mit den Schultern. »Sobald der Beauftragte aus Berlin eingetroffen ist, melde ich mich. Bleiben Sie bitte verfügbar. Diese Sache hat absolute Priorität.«

Damit waren sie entlassen.

Dr. Starke schüttelte auf dem Weg zu ihren Büros immer wieder den Kopf.

»Unfassbar«, murmelte er unentwegt. Dann bat er Lüder zu sich. »Wie wollen wir vorgehen?«

»Es wäre hilfreich, wenn wir mehr Informationen hätten. Für mich sind drei Fragen von Bedeutung. Erstens: Wer ist dieser Mann?« Lüder streckte den linken Zeigefinger in die Luft.

»Verstehe ich nicht, es ist der US-Präsident«, warf Jens Starke ein.

»Das ist sein Job. Aber wer ist er selbst?« Was ich darüber denke, sage ich lieber nicht, dachte Lüder. Es könnte eine Beleidigungsklage zur Folge haben. Das Mindeste wäre eine Rüge seines Vorgesetzten.

»Zweitens.« Es folgte der Mittelfinger. »Wo will er hin? Wir müssen umgehend sein Ziel in Schleswig-Holstein erfahren. Daran schließen sich viele Fragen an. Wie können wir die Örtlichkeit absichern? Gibt es diese Möglichkeit überhaupt? Welche Konsequenzen hat es für die Umgebung? Und drittens«, jetzt folgte der Daumen, »sollten wir uns Gedanken machen, von wem eine Gefahr für das Frettchen ausgehen könnte. Ich fürchte, das wird eine lange Liste.«

»Ich übernehme Punkt drei«, sagte Jens Starke. »Zum zweiten Punkt können wir im Augenblick nichts sagen.«

»Ich mache mir ein Bild von der Person«, sagte Lüder, nahm sich von Edith Beyer einen weiteren Becher Kaffee mit und kehrte an seinen Arbeitsplatz zurück.

Der Präsident war über siebzig Jahre alt und in New York geboren. Er hatte von seinem Vater ein Millionenvermögen geerbt und es zu einem Mischkonzern ausgebaut, dessen Schwerpunkt im Immobilienbereich lag. Im geschäftlichen Bereich hatte er sich nie zimperlich gezeigt, hatte jedes soziale Ansinnen im Wohnungsbau missen lassen, dafür mit Renommierobjekten, Hotels und Spielcasinos geglänzt. Eine frühere Anklage wegen Rassendiskriminierung war unter den Teppich gekehrt worden. Interessant war, dass der Präsident in der Vergangenheit öfter bei der Aufzeichnung seiner Familiengeschichte gelogen hatte. Er, der sich auch dank seiner Herkunft spöttisch bis arrogant über mittellose Menschen oder Einwanderer äußerte, unterschlug die Historie seiner Mutter aus einer armen schottischen Fischerfamilie. Lüder hätte genüsslich die zahlreichen Artikel zu den amourösen Abenteuern studieren können oder den bewegten Lebenslauf in familiärer Hinsicht. Aber das, so dachte Lüder, gehörte eher auf die Titelseiten der bei Damenfriseuren ausgelegten Zeitschriften.

Der Präsident, der rund um den Globus mit seinem »America First« für Unruhe sorgte, gehörte selbst einer Einwandererfamilie an. Seine Großeltern waren aus dem Pfälzischen als Armutsflüchtlinge nach Amerika ausgewandert. »Das war damals bayerisch«, sagte Lüder. »Kein Wunder, dass das Frettchen bis heute die Attitüde ›Nichts gilt außer mir‹ pflegt.«

Amerika bezeichnet sich oft und gern als Muster für die Demokratie. Lüder schüttelte bei diesem Gedanken den Kopf. Natürlich wurde dort gewählt. Meistens sicher auch fair. Auch wenn gelegentlich Zweifel auftauchten. Als bei der Präsidentenwahl von Bush jr. Stimmen aus Florida fehlten und es Unstimmigkeiten bei der Auszählung der technisch fragwürdigen Wahlmaschinen gab, lehnte der dortige Gouverneur es ab, das Ergebnis durch eine nachträgliche Handauszählung verifizieren zu lassen. Der Skandal war, dass der Gouverneur Jeff Bush hieß und der Bruder des Kandidaten war. Zur deutschen Vorstellung von Demokratie passte auch nicht, dass man in Amerika viel Geld benötigte, um in ein politisches Amt zu gelangen. Man könnte behaupten, Präsident könne nur jemand werden, der sich den Wahlkampf leisten kann. Nur selten gelang es Bewerbern, die Mittel über Sponsoren aufzubringen. Ob der Kandidat diesen im Erfolgsfall verpflichtet war? Lüder mochte darüber nicht nachdenken. Nein. Da war die Demokratie im von Amerikanern oft belächelten alten Teil der Welt ehrlicher.

Gerade der jetzige Präsident war nicht frei von Skandalen, und um seine Person rankte sich manch Fragwürdiges. Hatte er wirklich die Verfolgung strafbarer Tatbestände durch Geld, Bestechung, Drohung oder Amtsmissbrauch unterdrückt? »Freunde werden wir beide nicht«, sagte Lüder im Selbstgespräch. »Aber ich bin professionell genug, um zu wissen, dass ich meinen Anteil an deiner Sicherheit leisten muss.«

Lüder suchte Oberrat Gärtner auf, der mit zwei Mitarbeitern daran arbeitete, eine Liste mit potenziellen Gefährdern zusammenzustellen.

»Das sind nur Schlagworte«, erklärte Gärtner. »Ich habe auch mit dem Kollegen Meenchen vom Verfassungsschutz gesprochen. Aber wenn wir ehrlich sind … Das Ganze ist eine Nummer zu groß für uns. Wir haben unseren Bereich gut im Griff, aber die große Weltpolitik, die geht doch ein wenig an Kiel vorbei.«

Sie wurden durch den Abteilungsleiter unterbrochen, der plötzlich in der Tür stand. Er winkte Lüder zu sich. »Wir sollen sofort ins Innenministerium kommen. Der Kontaktmann aus Berlin ist eingetroffen.«

Jens Starke hatte ein ziviles Fahrzeug mit Fahrer besorgt, das sie mit Blaulicht zum Innenministerium brachte. Der Rotklinkerbau lag unweit des Landtags direkt an der Kieler Förde. Im Besprechungssaal mit Blick auf das im Novembergrau liegende Kieler Ostufer hatte sich eine Reihe von Personen eingefunden. Lüder nickte dem Staatssekretär des Innenministeriums zu, grüßte den Landespolizeidirektor mit einem Handzeichen und nahm zwischen Jochen Nathusius und Jens Starke Platz.

Staatssekretär Sorgenfrei wirkte gehetzt. Mit wenigen Worten betonte er die schwierige Situation, in die der amerikanische Präsident die deutschen Behörden gebracht habe. Es sei eine Herausforderung, der man sich stellen müsse. Dann entschuldigte er sich. Man erwartete ihn in der vom Minister geführten Runde. In diesem Gremium sollten die Experten, wie er betonte, nach praktikablen Lösungen suchen. Er erteilte einer brünetten Frau, deren ganzes Erscheinungsbild mit »dezent« umschrieben werden konnte, das Wort.

»Frau Ministerialdirigentin Wuschig leitet im Bundesinnenministerium die Unterabteilung ÖS II Extremismus, Terrorismus und Organisierte Kriminalität.«

Lüder zog die Blicke der Anwesenden auf sich, als er auflachte. Auch die Angesprochene sah zu ihm herüber.

Extremismus – Terrorismus – Organisierte Kriminalität. Wie passte das zum amerikanischen Präsidenten?, überlegte er, unterließ es aber, seine Gedanken auszusprechen.

»Guten Tag«, sagte die Frau, deren Alter Lüder auf etwa fünfzig Jahre schätzte. »Mein Name ist Sabine Wuschig. Wir alle stehen vor einer großen Herausforderung, die uns aus der überraschenden Entscheidung des amerikanischen Präsidenten erwachsen ist. Insofern gilt es, innerhalb kürzester Zeit ein praktikables Konzept zu etablieren, mit dem wir dem Gast den größtmöglichen Schutz bieten können. Dabei müssen wir auch seiner Person und seiner Position gerecht werden. Ich weiß, es ist eine Herausforderung. Insofern ist Ihrer aller Expertise gefordert.«
Sie sah in die Runde. »In der Kürze der Zeit haben wir versucht, alle wichtigen Ansprechpartner hier zusammenzubringen. Darf ich Sie bitten, sich selbst kurz vorzustellen?«

Neben Frau Wuschig hatte ein schlaksig wirkender Mann Platz genommen. Seine Haare waren akkurat in einem Scheitel gekämmt. Das Gesicht zierte eine Harry-Potter-Brille. Das ließ ihn jünger erscheinen, als er vermutlich war. Die farblich aufeinander abgestimmte Kombination und das am Kragen offene Hemd verrieten Geschmack.

»Richard von Ravenstein«, sagte der Mann. »Ich komme vom Bundesaußenministerium.«

»Würden Sie bitte Ihre Dienststellung mit nennen?«, bat Sabine Wuschig. »Das vereinfacht die Vorstellung.«

»Vortragender Legationsrat«, erklärte von Ravenstein. »Ich möchte die Gelegenheit nutzen und etwas zur Vorgeschichte sagen.«

Er sah Frau Wuschig an. Als die unmerklich nickte, fuhr von Ravenstein fort.

»Ihnen allen ist bekannt, dass der US-Präsident vor einiger Zeit das Ansinnen geäußert hat, von Dänemark die Insel Grönland zu erwerben. Er hat sich dabei wohl vom damaligen Kauf Alaskas von Russland leiten lassen.«

»Eine völlig aberwitzige Idee«, warf Lüder ein.

Von Ravenstein nickte leicht. »Jeder mag seine eigenen Gedanken dazu haben. Auf diplomatischer Ebene haben wir es zur Kenntnis genommen und nicht kommentiert. Die Vereinigten Staaten sind ein ... ach was, *das* politische Schwergewicht auf der Erde, und ihr Präsident repräsentiert dieses. Sie wissen, dass er mit einer größeren Machtfülle ausgestattet ist als die europäischen Regierungschefs. Ich muss zudem nicht ausführen, wie diese Persönlichkeit die Befugnis ausfüllt. Es steht uns nicht zu, öffentlich darüber zu befinden.« Er warf Lüder einen Bick zu und zwinkerte verstohlen mit einem Auge. »Natürlich verkauft ein souveräner Staat wie Dänemark kein Gebiet, schon gar nicht inklusive der Menschen, die dort leben. Abgesehen davon, dass Grönland innenpolitisch vollständig unabhängig ist und nur in allen außen- und verteidigungspolitischen Angelegenheiten von Dänemark vertreten wird. Das sollte auch die US-Administration wissen. Auch, dass es Bestrebungen gibt, Grönland in die volle Unabhängigkeit zu entlassen. Der Präsident wollte nur einen großen Immobiliendeal abwickeln, um das Land und seine Bewohner für einen Atomabwehrschild und zur Ausbeutung von Bodenschätzen zu benutzen.«

Sabin Wuschig räusperte sich vernehmlich.

»Ich bitte um Entschuldigung«, sagte von Ravenstein. »Das war jetzt kein Statement der Bundesregierung, sondern ein Pressezitat. Jedenfalls war der US-Präsident sehr verstimmt über die, wie er es nannte, ungebührliche Abfuhr, die ihm seitens der dänischen Regierung widerfahren ist. Deshalb weigert er sich, am NATO-Gipfel in Kopenhagen teilzunehmen. Er versteht es auch als Warnung, da sich die Europäer, hier weist er besonders auf Deutschland hin, seiner Auffassung nach nicht hinreichend engagieren. Stattdessen, so twittert er, will er einen Kurzbesuch in der ehemaligen dänischen Kolonie Schleswig-Holstein absolvieren. Vor diesem Hintergrund möchte die Bundesregierung das Ganze nicht weiter eskalieren lassen. Dem Wunsch des Präsidenten sollte entsprochen werden, auch wenn es keine offiziellen Kontakte zu deutschen Stellen geben wird.« Von Ravenstein hob die Hand in Richtung seines Nachbarn. »Wollen Sie etwas sagen, Herr Möller-Reichenbach?«

Der Mann mit den schütteren silbernen Haaren, der Hornbrille und dem dunkelgrauen Anzug nickte bedeutungsvoll.

»Möller-Reichenbach«, stellte er sich vor. »Bundespräsidialamt. Ich komme vom Referat Z 4, der Abteilung für Zentrale Angelegenheiten. Wir sind zuständig für alle Protokollfragen. Bei allen berechtigten Überlegungen hinsichtlich der Sicherheit ist stets drauf zu achten, dass der äußere Rahmen gewahrt bleibt. Es handelt sich um einen hochrangigen Staatsgast …«

»Ich denke, es ist ein privater Besuch«, warf Lüder ein.

Möller-Reichenbach verdrehte kunstvoll die Augen. »Herr … äh … Ein amerikanischer Präsident ist nie Privatmann.« Dann sah er der Reihe nach alle Anwesenden an. »Ich bitte Sie, diesem Umstand bei all Ihren Überlegungen Rechnung zu tragen.«

»Insofern hat der Gast eine Vorentscheidung getroffen«, sagte Sabine Wuschig. »Er hat sein Wunschdomizil benannt.«

Möller-Reichenbach nickte hoheitsvoll. »Es gibt unsererseits Bedenken, ob eine solche Unterkunft den richtigen Rahmen bietet. Da es aber ein Wunsch der amerikanischen Seite ist, können wir uns dem nicht verschließen.«

»Sie wissen also schon, wo er logieren will?«, fragte Lüder.

»Logieren.« Möller-Reichenbach ließ die Vokabel aus den Mundwinkeln tropfen. Es hörte sich an, als spräche er von einem Obdachlosenasyl. »Der Präsident hat stets seine deutsche Herkunft betont.«

»Na ja«, mischte sich von Ravenstein ein. »Er sprach vom deutschen Blut, nicht von der Herkunft.«

»Eine unglückliche Formulierung«, erwiderte Möller-Reichenbach. »Wir schätzen andere.«

»Deutsches Blut«, wisperte Lüder Nathusius zu, »hat einen Beigeschmack.«

Der Leitende Kriminaldirektor legte einen Zeigefinger auf die Lippen und raunte: »Pssst.«

Sabine Wuschig hatte die Unterbrechung mitbekommen, ohne die Worte zu verstehen.

»Wer sind Sie eigentlich?«, wollte sie wissen und streckte ihre gepflegte Hand in Lüders Richtung aus. Bevor der antworten konnte, ergriff Nathusius das Wort.

»Mein Name ist Jochen Nathusius. Die Herren neben mir sind Dr. Jens Starke und Dr. Lüder Lüders. Wir kommen vom Landeskriminalamt Schleswig-Holstein.«

»Hier aus Kiel?«, fragte Möller-Reichenbach.

Nein, aus Büttjebüll, dachte Lüder, unterließ es aber, es laut auszusprechen.

»Nennen Sie bitte Ihre Funktionen«, bat Frau Wuschig.

»Kriminaldirektor Dr. Starke ist der Leiter des Polizeilichen Staatsschutzes, Kriminalrat Dr. Lüders sein engster Mitarbeiter. Er verfügt über Erfahrungen im Personenschutz.«

»Wen hat er beschützt?«, unterbrach ihn der ältere Mann im beigefarbenen Blouson, der bisher geschwiegen hatte.

»Unseren Ministerpräsidenten.«

»Es macht einen Unterschied, ob man einen Politiker eines kleinen Bundeslandes beschützt oder einen hochrangigen Staatspräsidenten, wenn nicht gar den bedeutendsten derzeitigen Politiker«, sagte der Mann und wirkte dabei eine Spur hochnäsig.

Nathusius ging nicht darauf ein und nannte seinen Vornamen.

»Ich bin Leitender Kriminaldirektor und stellvertretender Leiter des LKA.«

»Insofern ist es gut, dass wir auch die lokalen Behörden mit im Boot haben«, sagte Frau Wuschig. »Wir werden auf Ihre Ortskenntnisse zugreifen.«

Lüder holte tief Luft. Ortskenntnisse. Sonst traute man den Kielern in dieser Runde offenbar nichts zu.

»Herr Kuckuck«, forderte Sabine Wuschig den älteren Mann auf.

»Kuckuck, Waldemar. Oberregierungsrat, Berlin. Wir vom BND verfügen über fundierte Erkenntnisse über die Gefährdungslage.«

»Dann lassen Sie uns daran teilhaben«, schlug Lüder vor.

»Das ist zu komplex, um es in zwei Sätzen unterzubringen.«

Ein sportlich wirkender Mann mit einem gepflegten Dreitagebart meldete sich zu Wort. »Mein Name ist Karsten Timmerloh. Ich bin Kriminaloberrat beim BKA und kann die Ausführungen des Kollegen vom BND hinsichtlich der Gefährdungslage ergänzen. Gleichzeitig soll ich die Bundespolizei entschuldigen. Sie ist für den Schutz unserer hochrangigen Persönlichkeiten zuständig und verfügt auch über Erfahrungen im Objektschutz. In der Kürze der Zeit von der Einladung bis jetzt haben es die Vertreter der Bundespolizei leider nicht geschafft hierherzukommen.«

»Das ist schade«, sagte Frau Wuschig. »Insofern müssen wir hier und heute auf das entscheidende Know-how verzichten. Wir werden die Bundespolizei aber auf jeden Fall einbinden.« Sie ließ ihre manikürte Hand ein wenig kreisen. »Herr Kuckuck oder Herr Timmerloh! Wer sagt etwas zu den potenziellen Gefährdern?«

Die beiden Angesprochenen setzten gleichzeitig an. Timmerloh hielt aber sofort inne und nickte dem BND-Mann zu. »Bitte.«

Kuckuck drückte das Kreuz durch, setzte sich kerzengerade hin und nahm seine Brille ab. »Wo soll ich anfangen? Es gibt eine lange Liste von Aktivisten, die es auf den Präsidenten abgesehen haben könnten. *Könnten*«, betonte er.

»Haben Sie konkrete Anhaltspunkte?«, wollte Lüder wissen.

»Die halbe Welt ist gegen diesen Mann voreingenommen.«

»Man kann manches anders sehen«, mischte sich von Ravenstein ein, »ist deshalb aber noch lange kein Gewalttäter.«

»Soll ich etwas ausführen?« Kuckuck warf dem Mitarbeiter des Außenministeriums und Lüder einen bösen Blick zu.

»Bitte«, sagte Frau Wuschig sanft.

»Es sind die bekannten Problemfelder. Die Hinweise verdichten sich nach unseren Informationen auf bestimmte Gruppierungen, die wir für besonders gefährlich halten. Da wären die Kurden, die sich nach dem Rückzug der Amerikaner verraten fühlen. Aus der dortigen Region rekrutieren sich auch weitere Gefährder. Islamisten und ihre Terrorableger. Sie würden jede Gelegenheit nutzen, um wieder auf sich aufmerksam zu machen. Nach Nine-Eleven wäre ein Attentat auf den US-Präsidenten ein Paukenschlag, nachdem diesen Terrorinstitutionen an vielen Stellen der Boden entzogen wurde. Denken Sie an den Bedeutungsverlust, den der IS erleben musste. Wir kennen noch andere Gruppierungen. Das südamerikanische Drogenkartell hat eine offene Rechnung mit den USA. In Mittelamerika hat sich eine Untergrundorganisation etabliert, die sich für die angeblichen Menschenrechte der illegalen Einwanderer über die Grenze von Mexiko starkmacht. Die Politik der harten Hand – Stichwort Grenzzaun – hat viele Gegner hervorgebracht. Rund um den Globus fühlen sich viele berufen, auch zum Teil militant, für den sogenannten Klimaschutz einzutreten. Das sind nicht nur Kinder, ob aus Schweden oder anderswo, auch aus den pazifischen Ländern oder Südamerika, die fordern, dass sich auch die USA den Klimazielen der Europäer anschließen müssen. Gerade der US-Präsident steht für einen verheerenden Marsch direkt in die Katastrophe.«

Kuckuck unterbrach seine Ausführungen und nahm mit spitzen Fingern einen Schluck Kaffee zu sich.

»Die Liste lässt sich beliebig fortsetzen. In China ist man aufgrund des Handelskonflikts dem Präsidenten alles andere als wohlgesinnt. Das Land hat sich zur Welthandelsmacht entwickelt. Das bleibt nicht ohne Folgen. Und die innenpolitischen Probleme hat man in China mit wirtschaftlichem Fortschritt beiseiteschieben können. Die könnten jetzt wieder aufwachen. Daran ist der dortigen Führung genauso wenig gelegen wie den Russen. Dort geht der Protest gegen die Einschränkung der Demokratie einher mit den aufgrund des Embargos verhängten wirtschaftlichen Sanktionen. Die Menschen wollen Freiheit, aber auch Wohlstand. Und eingeschränkte Rechte kann man mit Wohlstand sublimieren. In Singapur beklagt sich niemand über nur singulär vorhandene Bürgerrechte.«

Kuckuck ließ seinen Blick in die Runde schweifen, um sich von der Wirkung seiner Ausführungen zu überzeugen. Dann fuhr er fort: »Wir dürfen die innenpolitischen Gegner nicht unterschätzen. Die Minderheiten von Schwarzen, Latinos und sozial Benachteiligten …«

»Denen man die Krankenversicherung verweigert?«, merkte Lüder an.

Kuckuck ging nicht darauf ein. »Leute, die schärfere Waffengesetze wünschen, und viele andere. Auch jene, die in der freien Wirtschaft durchs Raster gefallen sind.«

»Sie haben viele Allgemeinplätze angeführt«, sagte Lüder ungehalten. »Das andere Gremium mit den Politikern wäre dazu das richtige Forum gewesen. In diesem Kreis wäre es dienlicher, wenn Sie konkreter würden. Von welcher Seite erwarten wir eine Gefahr für den Besucher? Haben Sie sich mit befreundeten Diensten ausgetauscht?«

»Sie haben falsche Vorstellungen von unserer Arbeit. Erwarten Sie eine Liste mit Namen?«

»Ja.«

»Insofern muss ich Herrn Kuckuck recht geben«, mischte sich Sabine Wuschig ein. »Mit solchen Angaben können wir in der Kürze der uns zur Verfügung stehenden Zeit nicht rechnen.«

»Was soll dann geschehen? Wir müssten präventiv tätig werden. Gibt es schon einen Plan, unsere Grenzen zu schließen? Die Einreise von Attentätern erfolgt nicht unbedingt über Deutschland. Den Norden haben wir gut im Griff, gemeinsam mit den Skandinaviern. Aber was ist mit dem restlichen Europa? Wenn der gedungene Mörder über Brüssel oder Paris einreist?«

Timmerloh vom BKA nickte zustimmend. »Wir kennen nicht alle Schläfer, die beispielsweise als Migranten eingeschleust wurden. Diese Vorgehensweise ist uns bekannt. Was ist mit jenen, die unauffällig als Geschäftsleute oder Studierende bei uns sind? Wir kennen nicht einmal alle Geheimdienstler, nur die akkreditierten. Doch jeder Dienst verfügt auch über Personal, das im Verborgenen agiert. Oder?« Timmerloh sah Kuckuck an. Der zuckte nicht einmal mit den Augenbrauen.

»Was ist mit den Nichtregierungsorganisationen?«, setzte Lüder nach. »Mit anderen Worten: Wir wissen gar nichts.«

»So kann man das nicht sagen«, beschwerte sich Kuckuck. »Wir müssen unbedingt mit unseren amerikanischen Freunden sprechen.« Er holte hörbar Luft. »Es muss ...«

Lüder schaltete ab. Die Ausführungen stahlen ihnen Zeit, die sie nicht hatten. Entweder wusste der BND nichts, oder man hüllte sich in Schweigen. Beides war nicht hilfreich.

Lüder warf einen Blick aus dem Fenster auf die Förde. Es regnete. Alles war in ein Einheitsgrau getaucht. Der Wind kräuselte das Wasser. Von der anderen Seite, aus der Schwentine, näherte sich ein »Bügeleisen«, ein Fährschiff der Kieler Schlepp- und Fährgesellschaft, das mit seiner Bauform an das Haushaltsgerät erinnerte.

Mit Erstaunen registrierte er ein Ruderboot, in dem sich eine Frau und ein Mann tapfer gegen das Wetter und die Naturgewalten stemmten. Sie saßen in dem Gig-Ruderboot hintereinander mit dem Rücken zur Fahrtrichtung. Der Doppelzweier hatte Ausleger mit Dollen, in die, soweit er das aus der Distanz erkennen konnte, Skulls eingelegt waren, die eigentlich für Rennboote im Sommer genutzt wurden. Die beiden, erkennbar eher den Senioren zuzurechnen, mussten Ruderenthusiasten sein, dass sie sich bei diesem Wetter, bei dem andere sich scheuten, überhaupt das Haus zu verlassen, aufs Wasser trauten. Ihr schmales Boot tanzte auf den Wellen, als sie die Förde kreuzten und den südlich des Landtags gelegenen Ersten Kieler Ruderclub ansteuerten, dessen Gründung auf das Jahr 1862 zurückging. Sicher hatten sich die erfahrenen Sportler entsprechend ausstaffiert. Von hier aus sah er nur die seewasserfeste Kleidung und die Pudelmützen.

Es schmerzte ihn fast, als er zusah, wie die beiden mit kräftigem Zug die Skulls durch das aufgewühlte Fördewasser zogen.

»Insofern haben wir jetzt einen groben Überblick über die Gefahrenlage«, zog Frau Wuschig ein Resümee, nachdem Kuckuck geendet hatte.

»Das ist unbefriedigend. Wir hätten uns detaillierte Informationen gewünscht«, sagte Jochen Nathusius. »Auf dieser Basis können wir nicht viel planen.«

»Planen ist ohnehin kaum möglich«, ergänzte Dr. Starke. »Dazu reicht die Zeit nicht. Selbst wenn wir Ad-hoc-Maßnahmen ergreifen, können wir nur marginal tätig werden.«

»Ich sehe ein, dass eine Landespolizei mit solchen Ereignissen überfordert ist«, erwiderte Kuckuck. »Deshalb wurde das BKA mit ins Boot geholt.«

»Und die Bundespolizei vergessen«, erwiderte Lüder spitz.

»Die ist von uns informiert worden, konnte aber so kurzfristig nicht reagieren«, fügte Frau Wuschig an. »Das wurde hier schon gesagt.«

»Ich verstehe Ihre Sorgen«, meinte Möller-Reichenbach, »lassen Sie aber bei all Ihren Überlegungen nicht das Protokollarische außer Acht. Es handelt sich um eine hochgestellte Persönlichkeit, wenn nicht um *die Persönlichkeit* überhaupt. Ich muss auf die Einhaltung des Protokolls bestehen und behalte mir namens des Bundespräsidialamtes ein Vetorecht vor. Es gilt, nicht nur technische Aspekte zu betrachten.«

»Ich denke, es ist ausdrücklich ein privater Besuch«, sagte Lüder.

»Wenn der amerikanische Präsident kommt, ist es *nie* ein Privatbesuch«, erwiderte Möller-Reichenbach pikiert.

»Lassen Sie uns noch einmal auf die Unterkunft zurückkommen, die der Präsident ausgewählt hat«, erinnerte Lüder daran, dass sie diese Frage nicht weiter erörtert hatten.

Sabine Wuschig wollte antworten, aber Möller-Reichenbach kam ihr zuvor.

»Bezug nehmend auf sein deutsches Blut hat der Präsident eine entfernte Verwandte ausgemacht. Hildegard von Crummenthal.«

»Aus der Dynastie der Industriellenfamilie?«, wollte Lüder wissen.

»Die Familie ist nicht nur in der Industrie engagiert«, sagte Frau Wuschig.

»Ich weiß. Es ist ein weitverzweigter Familienclan …«

»Clan sollten wir nicht sagen«, protestierte Timmerloh vom BKA. »Darunter verstehen wir eher kriminelle Strukturen.«

Lüder unterließ es, eine Parallele zu mafiösen Strukturen zu ziehen, auch wenn er es satirisch meinte. »Die Crummenthals sind in vielen Bereichen tätig, auch wenn sie sich im Unterschied zu anderen Familien bedeckt halten und nicht direkt auf das Tagesgeschäft Einfluss nehmen. Sie lassen Managern den Vortritt. Man munkelt, dass manche von diesen wie Marionetten aus dem Hintergrund gesteuert werden.«

»Soll das eine politische Diskussion werden?«, sagte Kuckuck und sah Lüder mit zusammengekniffenen Augen an.

»Ich zähle nur Fakten auf. Also: Onkel Donald …«

»Ich protestiere gegen solche Formulierungen!« Möller-Reichenbach war laut geworden. »Der Präsident kann nach eigener Recherche auf verwandtschaftliche Beziehungen zu den Crummenthals verweisen.«

»In welcher Weise?«, unterbrach ihn Lüder.

Möller-Reichenbach verdrehte die Augen. »Friedrich Trump, der Großvater, war ein Cousin von Jakob Gröbele, der im Badischen erfolgreich eine Eisengießerei betrieb. Durch Heirat brachte Gröbele sein Unternehmen in die Crummenthal-Familie ein. Wir haben Kontakt zu Hildegard von Crummenthal aufgenommen. Das ist die Witwe von Heinrich von Crummenthal. Die alte Dame ist vierundachtzig.«

»Kann man ihr einen solchen Besuch zumuten?«, fragte Jens Starke.

»Das ist nicht die Frage. Ich sagte bereits: Wünsche des amerikanischen Präsidenten sind zu erfüllen«, meinte Möller-Reichenbach.

»Das klingt so, als sei die alte Dame nicht begeistert«, meinte Lüder. »Wer war Heinrich von Crummenthal? Irgendwie habe ich den Namen schon gehört.«

»Abgesehen von der Zugehörigkeit zur Familie und der damit verbundenen wirtschaftlichen Unabhängigkeit hat sich Heinrich von Crummenthal einen Namen als Kunsthistoriker gemacht. Auch seine Frau war auf diesem Sektor erfolgreich.«

»Na ja«, brummte Lüder. »Die erste Generation gründet ein Unternehmen, die zweite baut es aus, die dritte stabilisiert es, und die vierte studiert Kunstgeschichte.«

Sabine Wuschig klopfte mit der Spitze ihres Kugelschreibers auf die Tischplatte.

»Insofern haben wir ein erstes Informationsgespräch geführt. Wir werden in dieser Runde, gegebenenfalls ergänzt um weitere Expertise, die nächsten Schritte veranlassen. Ich denke, jeder von Ihnen weiß, was zu tun ist.«

»Abstimmungen mit zu vielen Beteiligten sind oft zäh«, stellte Kuckuck fest. »Ist die Präsenz der Landespolizei wirklich erforderlich?« Dabei streifte sein Blick Lüder.

»Ich denke schon«, erwiderte Frau Wuschig. »Sie hören von mir.«

Die drei Beamten machten sich auf den Weg zurück zum Landeskriminalamt.

»Ich fand das Treffen unbefriedigend«, sagte Lüder, als sie zu einem kurzen Resümee in Nathusius' Büro zusammensaßen. »Die Aufregung in Berlin ist verständlich. Es handelt sich um eine Kurzschlussreaktion des US-Präsidenten, der keine Vorstellung davon hat, dass es eine gewisse Vorbereitung braucht, wenn er sich irgendwo einnistet. Natürlich muss für seine Sicherheit gesorgt werden. Das Protokollarische interessiert mich weniger. Ob er ein blaues Himmelbett benötigt, die Toilette in seiner Lieblingsfarbe gestrichen werden soll oder ob sein Pizzabäcker eingeflogen werden muss … Darum kann sich der Butler vom Bundespräsidialamt kümmern. Aber wie halten wir ihm die fern, die ihm ans Leder wollen?«

Nathusius hüstelte. »Herr Dr. Lüders. Sie haben manchmal eine gewöhnungsbedürftige Ausdrucksweise.«

»Ich passe mich nur Onkel Donald an. Der wird in vielen

Medien als der pöbelnde Präsident bezeichnet. Das kann man mir nicht nachsagen.«

»Stimmt«, entgegnete Jochen Nathusius. »Sie sind kein Präsident.«

»Aber das Pöbeln ...«, ergänzte Dr. Starke. »Wir wissen jetzt, wo er wohnen will. Es schien so, als hätte Berlin die Zustimmung der Eigentümerin erwirkt.«

»Ich fahre nach Timmendorfer Strand und sehe mir die Örtlichkeiten an«, schlug Lüder vor.

»Gut«, antwortete Dr. Starke. »Ich werde mit dem Landespolizeidirektor und der Bundespolizei sprechen und Kontakt zum Ministerium halten«, erklärte Nathusius. »Sie«, dabei zeigte er auf Jens Starke, »stellen eine Taskforce zusammen, die sich Gedanken machen soll, was unsererseits machbar ist. Lassen Sie uns auch darüber nachdenken, was nicht machbar ist, aber trotzdem getan werden muss.«

Lüder kehrte in sein Büro zurück. Dort traf er auf Friedjof, den mehrfach behinderten Büroboten.

»Guten Tag«, sagte Friedjof leise.

»Mensch, Friedhof, was ist mit dir? Hat dein Lieblingsverein Holzbein Kiel wieder verloren?«

Friedjof schüttelte den Kopf. »Die halten einen guten Mittelplatz in der Zweiten Liga.«

»Da gehören sie auch hin. Das ist gut so«, sagte Lüder. »Im Haifischbecken Erste Liga werden sie nur zerschlagen. Viele Vereine, die zur Freude ihrer Anhänger den Aufstieg geschafft haben, mussten bitter Lehrgeld bezahlen und wurden dann in untere Ligen durchgereicht. Freuen wir uns, dass dein Holstein Kiel eine gute Rolle in der Zweiten Liga spielt.« Sind wir auch in der Zweiten Liga?, überlegte Lüder. Oder siedeln uns Leute wie Kuckuck vom BND oder die Vertreter der Berliner Ministerien in den Amateurklassen an?

»Wir haben außerdem den THW Kiel, eine erste Adresse im Handball.«

»THW – Technisches Hilfswerk. Und die spielen Handball«, sagte Friedjof leise.

Lüder lachte. »THW steht für Turnverein Hassee-Winterbek.«

»Hassee – da wohnst du doch«, stellte Friedjof fest. »Wie schön.«

Lüder stand auf und legte Friedjof freundschaftlich einen Arm um die Schulter. »Was ist mit dir? So kenne ich dich nicht.«

»Ach – nichts.«

»Friedhof!« Es klang nachdrücklich.

»Ich bin besorgt. Wegen Franzi.«

»So. Wer ist Franzi?«

»Meine Freundin. Wir wohnen seit zwei Wochen zusammen.«

»Mensch, alter Schwerenöter. Das ist ja großartig.« Lüder führte Friedjof zum Besucherstuhl und drückte ihn auf die Sitzfläche. Er selbst nahm auf der Schreibtischecke Platz.

»Franzi ist krank. Ein Infekt.«

»Das ist doch nicht weiter schlimm.«

»Ich mache mir aber Sorgen.« Er sah zu Lüder auf.

»Weshalb hast du das nicht erzählt – ich meine, mit Franzi?«

»Na – sie ist doch auch behindert. So wie ich.«

»Ja und? Du bist doch auch mein Freund.«

»Also …«, druckste Friedjof herum. »Sie hat das Downsyndrom. Und wenn wir beide unterwegs sind … Manche Leute gucken komisch.«

»Das sollte euch nicht stören.«

»Franzis Eltern sind okay. Sie haben nichts dagegen, dass wir zusammenwohnen, ich meine, so … so wie Mann und Frau.«

»Friedjof. Es zählt doch nur, dass ihr euch liebt.«

Friedjof nickte heftig. »Oha – doch. Das tun wir. Sie ist eine ganz Liebe. Und sie kocht gern. Am liebsten Pfannkuchen.«

»Mensch. Das ist eine wunderbare Neuigkeit. Weißt du was? Wir laden euch zum Essen bei uns ein.«

»Ehrlich?« Friedjof strahlte.

»Natürlich. Aber erst, nachdem der amerikanische Präsident wieder weg ist.«

»Was?« Der Bürobote musterte Lüder mit offenem Mund.
»Der ist auch bei euch eingeladen?«

Lüder lachte laut auf. »Um Gottes willen. Der ist nirgendwo
willkommen. Im Unterschied zu euch. Nun sieh zu, dass du deine
Runde abschließt. Dann machst du heute etwas früher Feierabend
und pflegst Franzi. Du wirst sehen. Morgen ist sie wieder fit.«
Friedjof atmete tief durch. »Danke«, sagte er und zog von
dannen.

Lüder machte sich auf den Weg nach Timmendorfer Strand. Für
die etwa siebzig Kilometer, die ihn an Preetz und Plön vorbei-
führten, benötigte er fast anderthalb Stunden. Zu anderen Jahreszeiten war es eine reizvolle Strecke durch die leicht hügelige
Landschaft. Heute bereitete das Fahren auf den alleenartigen
Straßen wenig Freude.

Timmendorfer Strand mit fast neuntausend Einwohnern galt
als eines der mondänsten Ostseebäder mit seinem großen tou-
ristischen Angebot. Vor der deutschen Wiedervereinigung be-
völkerten Massen die Orte an der Lübecker Bucht. Lüder hatte
sich damals, wie viele andere, gewundert, dass man die Lage
hemmungslos ausnutzte, um zu überhöhten Preisen Urlaubs-
freuden anzubieten, ohne im gleichen Maße zu investieren.

»Dein Soli verschwindet an Mecklenburgs Küste«, hatte sein
Vater irgendwann einmal festgestellt, nachdem seine Eltern die
herausgeputzten Orte im Osten entdeckt hatten.

Plötzlich war man an der Lübecker Bucht ins Hintertreffen geraten. Timmendorfer Strand schien davon verschont geblieben zu
sein. Selbst an einem Tag mit widrigen Witterungsbedingungen
wie heute traf man auf Touristen, die – wetterfest gekleidet – den
Ort durchstreiften. Wer den Strandweg Richtung Niendorf mit
seinem beschaulichen Fischereihafen benutzte, konnte das durch
einen Zaun und sorgfältig gestutzte Rhododendrenbüsche ab-
geschirmte Haus bewundern, das der Familie von Crummenthal
gehörte. Lüder wählte die Zufahrt über die ruhige Wohnstraße, in
der sich zahlreiche Traumhäuser auf großzügigen Grundstücken
aneinanderreihten.

28

Am gemauerten Pfosten neben dem schmiedeeisernen Tor fand er einen bronzenen Klingelknopf. Ein Namensschild fehlte. Es dauerte eine Weile, bis sich die Kamera in der gläsernen Halbkugel bewegte. Er wurde gescannt, nannte nach Aufforderung seinen Namen und hielt seinen Dienstausweis in die Kamera. »Kommen Sie«, sagte eine Stimme mit einem hart klingenden Akzent. Dann öffnete sich die Pforte automatisch. Es war ein weiter Weg durch das makellos gepflegte Anwesen bis zum repräsentativen Portal. Marmorstufen, stellte Lüder fest. Die vier Säulen waren makellos weiß. Das galt auch für die schwere Holztür mit den eleganten Verzierungen und den Messingbeschlägen. In der Türöffnung stand ein Mann mittleren Alters in einem mausgrauen Anzug. Er hielt in einer Hand den Türrahmen, in der anderen das Türblatt und sah Lüder mit einem fragenden Blick an.

»Landespolizei«, sagte Lüder und präsentierte erneut seinen Dienstausweis, den der Mann aufmerksam studierte. Lüder hielt ihn für den Mitarbeiter eines Sicherheitsdienstes.

»Sie wünschen?« Es war die Stimme, die ihn über den Lautsprecher am Tor begrüßt hatte.

»Ich würde gern mit Frau von Crummenthal sprechen.«

»Mit der gnädigen Frau?« Der Mann zog eine Augenbraue in die Höhe, als hätte Lüder um eine Audienz beim Papst gebeten. Oder beim amerikanischen Präsidenten, ergänzte er für sich selbst. »Ich werde nachfragen«, erklärte der Securitymann und schloss die Tür.

Es dauerte einige Minuten, bis er wieder erschien, die Tür ganz öffnete, Lüder ins Haus bat und ihm bedeutete, in der Halle zu warten. Lüder sah sich um. Hier schien alles auf Repräsentation ausgerichtet zu sein.

Eine geschwungene Marmortreppe mit einem handgeschnitzten Geländer führte ins Obergeschoss. Teppiche bedeckten große Flächen der ebenfalls mit Marmor ausgelegten Halle, in der Plastiken deponiert waren. Wäre nicht Weiß die dominierende Farbe, hätte das Interieur den Anstrich eines düsteren englischen Adelssitzes haben können. Dazu passten auch die Wandgemälde, eine

29

Galerie von in Öl gefassten, finster dreinblickenden Männern, vermutlich die Ahnenreihe der erfolgreichen Industriebarone, Bankiers und Reeder. Die hohen Räume waren an den Decken stuckverziert und wurden durch Kristallleuchter erhellt.

Eine Frau in einem beigefarbenen Pullover und einem Rock im schottischen Karomuster erschien. Auf dem ausladenden Busen lag eine Kette aus grüner Jade auf. Die ganze Erscheinung wirkte dezent.

»Guten Tag«, sagte sie. »Sie kommen von der Polizei? Darf ich fragen, in welcher Angelegenheit?«

Lüder wollte seinen Dienstausweis zeigen, doch die Frau winkte ab.

»Es geht um den Wunsch des amerikanischen Präsidenten, dieses Haus zu besuchen.«

»Das hat uns viel Unruhe beschert«, sagte die Frau. »Mein Name ist Berghoff. Ich bin die Assistentin Frau von Crummenthals«, stellte sie sich vor. »Sie sehen mich nicht überrascht, dass die Polizei uns ihre Aufwartung macht. Es war schon jemand von der Sicherungsgruppe des Bundeskriminalamts hier und hat sich umgesehen. Grob. Der Mann hat angekündigt, dass noch mehr Personal dieses Haus in Augenschein nehmen wird. Es gilt, potenzielle Risiken für den Besucher auszuschließen. Abgesehen davon werden auch Wünsche hinsichtlich der Bequemlichkeit zu erfüllen sein.« Frau Berghoff zog dezent die Augenbraue in die Höhe. »Als würde es ihm daran in diesem Haus mangeln.«

»Es klingt so, als wäre die Entscheidung bereits gefallen«, stellte Lüder fest.

»Es wurde seitens Berlins ein mehr oder minder starker Druck ausgeübt. Hinter dem Wunsch dieses Herrn«, das »Herr« ließ sie gekonnt nasal klingen, »stecken handfeste politische Interessen. Frau von Crummenthal konnte sich dem nicht verschließen. Sie fühlt sich in dieser Hinsicht in einer staatsbürgerlichen Verantwortung.«

Ob es auch wirtschaftliche Interessen sein könnten?, überlegte Lüder. Berlin könnte auf mögliche internationale Verflechtungen der Familie von Crummenthal verwiesen haben.

»Der US-Präsident hat auf seine familiären Kontakte aufmerksam gemacht«, warf Lüder ein.

Frau Berghoff zog hörbar Luft durch die Nase ein. »Gewiss«, sagte sie spitz. »Wenn wir weit genug bis zu Adam und Eva zurückgehen, sind wir alle miteinander verwandt.« Sie drehte sich um. »Kommen Sie bitte«, forderte sie Lüder auf und ging auf eine bestimmt drei Meter hohe Doppeltür aus dunklem Holz zu, hinter der eine Bibliothek lag. Diese wirkte im Unterschied zur lichtdurchfluteten Eingangshalle fast düster. Ein Kamin aus Sandstein dominierte neben den hohen Bücherregalen den Raum. Vor dem Kamin standen zwei schwere, mit Samt bezogene Sessel, davor ein runder Beistelltisch aus Messing mit einer Glasplatte. Ein gehämmertes Tablett, ebenfalls aus Messing – oder vergoldet? –, trug eine Teekanne, eine Tasse aus englischem Porzellan und die unvermeidlichen Accessoires für dieses Zeremoniell. Im mächtigen Sessel versunken, saß eine kleine schmächtige Frau mit schlohweißen Haaren. Hinter der Goldrandbrille sahen ihm zwei wässrige blaue Augen entgegen.

»Der Herr von der Polizei«, sagte Frau Berghoff.

Die alte Dame streckte Lüder die Hand entgegen. Sie trug eine weiße Bluse und eine Kette mit einem Medaillon um den Hals.

»Guten Tag, Frau von Crummenthal. Lüders ist mein Name. Ich komme vom Landeskriminalamt Kiel.« Die Hand mit den Altersflecken wirkte zerbrechlich. Die zierliche Frau musste die Füße auf eine Fußbank stellen. Ohne diese würden die Beine nicht bis zum Boden reichen.

»Bitte«, sagte sie und zeigte auf den zweiten Sessel. Dann drehte sie leicht den Kopf und ergänzte in Richtung Frau Berghoffs: »Bitte eine Tasse für Herrn Lüders, Eleonore.«

»Sehr gern«, antwortete die Assistentin und entfernte sich diskret.

Frau von Crummenthal sprach leise. Man musste sich konzentrieren, um ihren Worten folgen zu können. Es war keine Frage des Alters. Der Besucher wurde so gezwungen, ihr seine volle Aufmerksamkeit zu schenken.

»Ich fürchte, ich werde in der nächsten Zeit viel Besuch in diesem Haus erwarten. Ich hätte die Bitte gern zurückgewiesen, aber man hat mir versichert, dass es unumgänglich sei. So werde ich mich gezwungenermaßen an einen anderen Standort zurückziehen. *Müssen*«, fügte sie spitz an.

»Der Besucher bekundet seine familiären Bande zu Ihnen.«

»Er behauptet, mit der Familie meines verstorbenen Mannes verwandt zu sein. Aber dieser Mensch behauptet vieles. Die Crummenthals sind weit verzweigt und verfolgen unterschiedliche Interessen. Mein Mann hat sein Wirken der Wissenschaft gewidmet. Dort haben wir uns auch kennengelernt. Ich glaube nicht, dass der Parvenü eine Beziehung dazu hat. Worüber sollte ich mit ihm sprechen?«

Von der alten Dame ging eine natürliche Würde aus. Irgendwie erinnerte sie Lüder an die englische Königin. Nur die Handtasche konnte er nicht entdecken. Auch die Corgis fehlten auf dem Teppich vor dem Kamin. Alles in diesem Haus hatte Stil.

Eine Frau mit silbernen Haaren und einer Schürze, die an eine Bedienung in einem Wiener Kaffeehaus erinnerte, hatte den Raum betreten, stellte eine zweite Tasse vor Lüder ab und schenkte goldenen Tee ein.

»Zucker und Cream?«, fragte sie. »Sie bedienen sich selbst?«

»Danke, Alma«, sagte Frau von Crummenthal. »Es ist ein Unding, was man von mir verlangt. Alma und Heinz Gawlicek sind seit vierzig Jahren die guten Geister dieses Hauses. Man kann ihnen alles anvertrauen. Sie wohnen auf dem Grundstück.« Lüder hatte das Haus neben dem Eingang gesehen. »Der Bundespolizist hat angedeutet, dass man sie aus Sicherheitsgründen vorübergehend ausquartieren und durch anderes Personal ersetzen wird. Für was hält man uns? Sind Menschen austauschbar?«

»Sie hätten die Möglichkeit gehabt, Nein zu sagen«, wandte Lüder ein.

»Ach, Herr Lüders. Das wäre nur eine theoretische Möglichkeit gewesen. Es war auch jemand vom Außenministerium hier. Der hat sich die Räume nicht angesehen, sondern nur Kaffee getrunken. Er saß dort, wo Sie Platz genommen haben. Kaffee. Den

Tee hat er verschmäht. Wie soll eine alte Frau den Forderungen des amerikanischen Präsidenten widerstehen?«

»Es ist Ihr Recht.«

Sie lächelte milde. »Sie sind Polizist. Gelehrter?«

»Ich habe Jurisprudenz studiert.«

Das Lächeln verstärkte sich. Sie hob eine Hand. »Dann wissen Sie, dass recht *haben* und recht *bekommen* zwei Dinge sind, die mit einer unterschiedlichen Elle gemessen werden. Nehmen Sie einfach zur Kenntnis, dass Hildegard von Crummenthal sich wenig begeistert zeigt, sich des Drucks aus Berlin und Washington aber nicht erwehren kann. Ich hoffe nur, dass der unerwünschte Besuch rasch vorübergeht und wie nach einem Unwetter die Aufräumarbeiten nicht zu lange währen. Sie müssen mir auch nicht erklären, dass vor dem Einzug dieser unseligen Person ein Heer von Fremden meine Heimstatt auf den Kopf stellen wird. Wo auch immer in diesem Haus er nächtigen wird … er soll sich seine eigene alberne Mickey-Mouse-Bettwäsche mitbringen.«

»Ich kann Ihnen versichern, dass nach der Abreise ein Team das ganze Haus gründlich reinigen wird.«

»Amerikaner?«, fragte sie belustigt.

Lüder versicherte ihr, dass man vom Toilettenpapier bis zu irgendwelchen Minispuren alles ersetzen beziehungsweise reinigen würde. Zu groß war die Sorge, dass nach der Abreise die Gastgeber auf die Suche gehen würden, um anhand von DNA-Spuren Erkenntnisse über den Präsidenten und seinen Gesundheitszustand gewinnen zu können. Bei allem Zutrauen zu den guten Geistern Alma und Heinz – so gründlich wie die Spezialisten vom Secret Service würde niemand sonst das Haus reinigen.

Lüder stand auf. »Danke für die Zeit, die Sie mir gewidmet haben«, sagte er. »Nicht nur Ihr Tee ist etwas Besonderes, Ihnen zu begegnen ist ein außerordentliches Vergnügen. Ich versichere Ihnen, dass wir alles unternehmen werden, um diesen Besuch geräuschlos ablaufen zu lassen. Die Ihnen und Ihrem Anwesen entstehenden Unannehmlichkeiten kann ich leider nicht in Abrede stellen.«

Hildegard von Crummenthal nickte versonnen. »Das fürchte

ich auch. Man sagt, nur George Bush sei als Präsident eine wirkliche Persönlichkeit gewesen.«
»George Bush?«, fragte Lüder erstaunt.
Sie lächelte. »Der Senior. Alle anderen würden in unseren führenden Familien nicht eingeladen werden.« Es folgte ein tiefer Seufzer. »Auch nicht von mir. Aber – was kann eine alte Frau in dieser Welt ausrichten?«
»Ihr Stil und Würde verleihen«, sagte Lüder zum Abschied und erntete für dieses Kompliment ein strahlendes Lächeln.

Lüder fuhr mit seinem BMW langsam die Strandallee Richtung Zentrum entlang. Hier lagen viele repräsentative Wohnhäuser, vor allem aber Hotels. Das Grandhotel ähnelte äußerlich eher einem Betongebirge. Ein Hingucker war das Ensemble weißer Häuser, die an Japan erinnerten. Wer mochte dort wen bestochen haben, überlegte er im Stillen, dass diese fremdartige Architektur genehmigt worden war? Nein! Zum Glück war Bestechung in Deutschland ein seltenes Phänomen.

Je weiter er sich dem Zentrum näherte, umso lebhafter wurde der Verkehr der Fußgänger. Am Timmendorfer Platz umrundete die Strandallee den Gebäudekomplex, der zwischen der Straße und der Kurpromenade lag. Dort luden zahlreiche Geschäfte des gehobenen Bedarfs zum Bummeln ein, die Gastronomie zum Verweilen.

Die Straße machte einen Bogen nach rechts. Dort tauchte das markante Hotel einer internationalen Kette auf, das direkt an der Seebrücke lag. Es wirkte wie ein riesiger Klotz. Noch prägnanter war das weithin über die Lübecker Bucht sichtbare Hochhaus der gleichen Kette. Bei guter Sicht zogen sich die Hochhaustürme an der ganzen Küste bis nach Fehmarn hin. Offenbar hatten viele Gemeinden ihren sichtbaren Fußabdruck hinterlassen wollen. Diese unseligen Hochhäuser traf man leider auch in vielen anderen Orten an, in denen es sonst nicht an Bauplätzen mangelte.

Nun denn, dachte Lüder, wenn Hunde an jedem Baum ihre Duftmarke hinterlassen, dient es anderen Zwecken als der Nützlichkeit.

Der Fahrbahnbelag wechselte in ein dunkles Rot. Hotels in Häusern, die den Stil der alten Bäderkultur bewahrt hatten, wechselten mit modernen Zweckbauten und Gebäuden, die durchaus auf phantasievolle Architekten schließen ließen. Dazu gehörte auch eine Appartementanlage mit großzügiger Vorfahrt und ovalem Grundriss. Direkt daneben lag das Rathaus.

Lüder quetschte sein Fahrzeug in die letzte freie Parklücke und steuerte den Eingang des Gebäudes an, das mit einer Schmalseite zur Straße wies. Man hatte hier das Zweckmäßige mit dem Praktischen verknüpft. Im vorderen Bereich befand sich die Verwaltung, dahinter hatte man Appartements errichtet.

Ein bunt bemalter Fisch in einem kleinen Beet mit Heidepflanzen begrüßte die Besucher, bevor sie in die Eingangshalle eintauchten.

Lüder meldete sich beim Empfang an und bat darum, den Verantwortlichen der Verwaltung sprechen zu dürfen.

Die Angestellte schenkte ihm ein freundliches Lächeln und fragte nach seinem Anliegen.

»Landeskriminalamt Kiel.«

»Das wäre unsere Bürgermeisterin, Frau Meyer«, sagte die Frau und bat um einen kleinen Moment Geduld.

Lüder wandte sich den ausgelegten Prospekten zu. Kurz darauf sprach ihn eine Frau mit angenehmer dunkler Stimme an.

»Sie möchten mich sprechen?«

»Wenn Sie die Bürgermeisterin sind?«

Sie reichte ihm die Hand und begrüße ihn mit einem festen Händedruck. »Astrid Meyer«, stellte sie sich vor.

»Lüder Lüders« erwiderte er und nannte seine Dienststelle. Dann folgte er der sportlich wirkenden Frau mit den grauen Haaren und der modisch geschnittenen Kurzhaarfrisur.

Sie bat ihn in ihr Büro und bot ihm Platz an.

»Kriminalpolizei?«, fragte sie ohne das sonst übliche Erschrecken, das Menschen bei der Begegnung mit der Polizei zeigten.

»Es geht um den geplanten Besuch eines ausländischen Würdenträgers«, formulierte Lüder neutral.

»Ich habe davon gehört. Sie sind aber der Erste, der mit uns spricht. Sonst scheint es niemand für nötig zu halten. Was kommt auf uns zu? Und was haben wir zu bewerkstelligen?« Sie sah ihn fragend an. »Begeisterung weckt es bei uns nicht, dass der US-Präsident hierherkommt.«

»Ich wollte von Ihnen hören, ob sich schon eine Behörde bei Ihnen gemeldet hat.«

Astrid Meyer lachte kurz auf. »Das ist ein heilloses Durcheinander. Wie beim Straßenbau. Niemand ist zuständig. Andererseits aber wiederum alle.« Sie streckte die Hand in Lüders Richtung aus. »Wir freuen uns über jeden Gast in Timmendorfer Strand. Meine Mitarbeiter unternehmen alles, damit die Gäste sich hier wohlfühlen. Die Fürsorge gilt aber auch unseren Bürgern. Wir wollen und dürfen die Menschen nicht aus den Augen verlieren, nur weil ein Einzelner hierherkommen möchte. Ich gehe davon aus, dass er nichts, aber wirklich gar nichts von den Annehmlichkeiten unserer Gemeinde mitbekommen wird. Glauben Sie, der geht am Strand spazieren und weiß den Sand, die Luft und unsere Anlagen zu schätzen? Er bekommt doch nichts von unserer Infrastruktur mit. Und seine Frau – kommt die eigentlich mit? – wird das Angebot unseres Einzelhandels auch nicht zu würdigen wissen, ganz zu schweigen von unserem vielfältigen gastronomischen Angebot.« Die Bürgermeisterin schüttelte den Kopf. »Mit dieser Schnapsidee – wer ist eigentlich darauf gekommen? – bereitet man uns allen nur Ungelegenheiten.«

Lüder lehnte sich zurück. Astrid Meyer hatte viele kritische Punkte angesprochen.

»Zu Ihren Fragen: Ob die Gattin des Präsidenten ihn begleiten wird … Ich weiß es nicht.«

»Sehen Sie«, fuhr Frau Meyer dazwischen. »Das ist es, was ich kritisiere.«

»Der Gast wird sich in der Unterkunft einigeln. Ich gehe davon aus, dass er und sein Gefolge wenig vom Ort mitbekommen werden. Und anders als bei einem offiziellen Gipfeltreffen wird sich auch die Zahl der Journalisten in Grenzen halten.«

Astrid Meyer stieß einen abfällig klingenden Laut aus. »Ich kann mir vorstellen, dass es viele Leute gibt, die ihn hier nicht willkommen heißen. Sagen Sie mal …« Sie beugte sich vertraulich über den Tisch zu Lüder herüber. »Wie kommt der eigentlich auf die Idee, Timmendorfer Strand zu besuchen? Wer hat ihm das eingeflüstert?«

»Man munkelt, dass es verwandtschaftliche Beziehungen zu einer Ihrer Bürgerinnen gibt.«

»Zu Hildegard von Crummenthal. Ich kenne die alte Dame persönlich. Eine reizende Person. Gebildet. Aber zurückhaltend. Ich kann mir nicht vorstellen, dass Frau von Crummenthal stolz auf diese Verwandtschaft ist.«

Lüder ließ es unkommentiert.

»Was geschieht nun? Werden Sperrbezirke eingerichtet? Worauf müssen wir uns einstellen? Im schlimmsten Fall kommt das öffentliche Leben zum Erliegen. Regeln Sie das seitens des Landeskriminalamts?«

»Ich sondiere das Terrain nur am Rande«, versuchte Lüder seine Rolle kleinzureden.

»An wen können wir uns wenden? Ich meine, es wäre hilfreich, wenn man sich mit uns an einen Tisch setzen würde. Wie gesagt: Es gibt hier nicht nur den einzelnen Besucher, sondern die Bürger unserer Gemeinde und unsere Gäste. Das öffentliche Leben erlischt. Wir können den Ort nicht für eine bestimmte Zeit zumachen. Wie soll das gehen?«

Leider hatte Frau Meyer recht. Aufgrund der Kurzfristigkeit des Besuchs mussten die Verantwortlichen viel improvisieren. Zum Glück, überlegte Lüder, bin ich selbst bei diesem Tohuwabohu nicht involviert.

Er warf einen Blick auf das gerahmte Foto an der Wand. Vor dem Hintergrund einer grandiosen Naturlandschaft schoss ein Geysir in die Höhe.

»Island?«, fragte Lüder und zeigte auf das Bild.

Astrid Meyer nickte mit einem träumerisch verklärten Blick.

»Das Land unserer Sehnsucht«, sagte sie. »Mein Mann und ich lieben Island. Waren Sie schon einmal dort?«

»Es ist immer noch eines unserer Ziele.«

»Erfüllen Sie sich diesen Traum«, sagte die Bürgermeisterin.

»Gleich nach Timmendorfer Strand und Umgebung ist es der zweitschönste Ort auf Erden«, meinte sie und begleitete die Aussage mit einem schwärmerischen Lächeln.

»Es wird sich nicht vermeiden lassen, dass es Einschränkungen geben wird«, wagte er zu prophezeien. »Straßen werden gesperrt werden. Und es wird eine Sicherheitszone errichtet werden.«

»Prima.« In der Stimme der Bürgermeisterin schwang ein Hauch Resignation mit. »Sollen unsere Urlaubsgäste statt an der Ostsee am Hemmelsdorfer See promenieren? Müssen wir die Touristen während des Aufenthalts mit einem Buspendelverkehr ins Hansaland expedieren?« Sie lachte auf. »Wir könnten natürlich auch einen Besichtigungsparcours vor dem Crummenthaler Anwesen einrichten.« Sie malte mit ihren Händen großflächig in der Luft herum. »Nur für kurze Zeit: Disneyland in Timmendorfer Strand.«

»Bitte?«, fragte Lüder.

Das Lächeln ging in ein schallendes Gelächter über. »Er heißt doch Donald. Donald Duck zu Gast bei uns.«

Lüder gefiel die dynamische Art der Bürgermeisterin. Er hatte keinen Zweifel, dass sie ihre ganze Energie für ihre Gemeinde und die Menschen dort aufwandte.

»Ich werde Ihre Bedenken vorbringen«, sagte er zum Abschied und war froh, dass Astrid Meyer nicht an die dröhnenden Hubschrauber gedacht hatte, die zusätzlich über den mondänen und ruhigen Urlaubsort fliegen würden.

Lüder kehrte nach Kiel zurück und fand eine Nachricht auf seinem Rechner vor. Die schwedische Säpo – die Säkerhetspolisen – hatte sich aus Stockholm beim LKA gemeldet. Man hatte eine Information hinsichtlich des Besuchs des US-Präsidenten. Irgendjemand hatte den nationalen schwedischen Nachrichtendienst informiert und um Unterstützung gebeten. Die Säpo war für die Gegenspionage, den Verfassungsschutz, die Bekämpfung des Terrorismus und den Personenschutz, beispielsweise der Königsfamilie, zuständig. Die Nachricht war Lüder zugeleitet worden, da er über gute schwedische Sprachkenntnisse verfügte.

»Die Schweden sprechen alle hervorragend Englisch, schon als kleine Kinder, da die Filme in der Regel nicht synchronisiert werden«, erzählte er Dr. Starke und rief in Stockholm an.

Kommissar Jonas Nyström war ihm von gemeinsamen Lehrgängen und vom Erfahrungstausch bekannt. Sie wechselten ein paar private Worte, bevor Nyström berichtete, dass ein Mann namens Gutiérrez unter falschem Namen aus New York in Stockholm eingereist war. »Er traf mit einem Airbus A330 der SAS von Newark kommend in Stockholm Arlanda ein. Er ist unter dem Namen Andrés Norales angekommen, angeblich Mitarbeiter einer Steuerberatung aus Panama. Wir haben es geprüft. Diesen Norales gibt es wirklich. Er ist aber nicht nach Europa geflogen. Gutiérrez hat sich in Arlanda einen Leihwagen genommen. Den hat man in Sundsvall gefunden. Danach verliert sich seine Spur. Man nimmt an, dass er über Dänemark nach Deutschland einreisen wird.«

»Wie sind Sie auf Gutiérrez aufmerksam geworden?«, wollte Lüder wissen.

»Wir haben unsere Quellen«, wich Nyström aus. Kein Sicherheitsdienst verriet diese.

Lüder verschaffte sich Informationen über Rodrigo Gutiérrez. Der Mexikaner war neununddreißig Jahre alt und galt nicht nur in seiner Heimat als einer der meistgesuchten Verbrecher. Er stammte aus der Colonia Anapra, einer Armensiedlung in Ciudad Juárez, der Millionenstadt an der Grenze gegenüber El Paso. Das erinnert mich an John Wayne, dachte Lüder. Der Rio Grande – oder Rio Bravo, wie die Mexikaner ihn nannten – war der Grenzfluss zwischen den beiden Städten. Lüder stockte bei der Aussprache des Bundesstaates, der Texas gegenüberlag. Chihuahua.

Der US-Präsident führte unter anderem als Argument für den geplanten Grenzzaun zu Mexiko den großen Rauschgiftschmuggel an. Mexiko galt als Transferland. Zwischen den Drogenkartellen untereinander, aber auch mit der Polizei und dem Militär wurde ein regelrechter Krieg geführt. Man ging von einer

Viertelmillion Mordopfer in den letzten zwölf Jahren aus. Allein im ersten Halbjahr 2019 zählte man fast fünfzehntausend. In ganz Deutschland kommen wir auf etwa vierhundert Mordopfer, überlegte Lüder. Aber in einem ganzen Jahr. Korrupte Polizeieinheiten mischten in Mexiko munter mit. Rodrigo Gutiérrez hatte mit Hilfe eines Paters den Weg aus den Slums geschafft und war Polizist geworden. Er hatte sich durch sein konsequentes Vorgehen, das man eher mit »brutal« übersetzen konnte, einen Namen gemacht und war dadurch ins Visier der Drogenbosse geraten. Statt ihn zu eliminieren, hatte man ihn umgedreht. Seit sechs Jahren war er als gefürchteter Auftragskiller des Drogenkartells unterwegs. Ihm wurden fast einhundert Morde nachgesagt. Er galt auch als Spezialist für schwierige Aufträge. Dabei half ihm seine Spezialausbildung in seiner Heimat und beim FBI. Nun hatte man Gutiérrez auf den amerikanischen Präsidenten angesetzt.

Es war zu dieser späten Stunde still geworden im LKA. In Nathusius' Büro hatten sich Dr. Starke, Kriminaloberrat Gärtner und Lüder eingefunden. Sie lauschten Lüders Bericht über seine Besuche bei Hildegard von Crummenthal und der Bürgermeisterin, nahmen die Bedenken der beiden entgegen und bekundeten, dass es nicht in der Macht dieser Runde lag, Maßnahmen zu ergreifen, die etwas an der Situation ändern würden.

»Es gibt viele, die zurückstehen müssen«, stellte Nathusius fest. »Ich verstehe die Skepsis Frau von Crummenthals. Auf die Belange der Nachbarn, der Einwohner und Feriengäste wird keine Rücksicht genommen.«

»Das ist ein Unding«, beklagte sich Lüder. »Da hat ein Einzelner eine Schnapsidee, und alles gerät aus dem Gleichgewicht. Es geht nicht nur um die Beeinträchtigung vieler Menschen, es entstehen auch immense Kosten. Wer kommt dafür auf?«

»Es gibt Fragen, Herr Dr. Lüders«, erwiderte Nathusius, »deren Beantwortung nicht in unserer Verantwortung liegt. Lassen Sie uns den Fokus auf die Aspekte der Sicherheit legen. Welchen Beitrag können wir Schleswig-Holsteiner leisten?« Er sah nacheinander die Männer in der Runde an.

»Ich denke, diese Frage ist Teil einer konzertierten Aktion, an der das BKA mit seiner Sicherungsgruppe, aber auch die Bundespolizei maßgeblich beteiligt sind. Wir spielen nur die zweite Geige«, sagte Gärtner.

»Das entbindet uns aber nicht von der Pflicht, unser Scherflein dazu beizutragen«, mahnte Dr. Starke.

»Wir werden aufgefordert werden, Personal zur Verfügung zu stellen«, sagte Nathusius. »Ich werde mich darum kümmern und mit dem Landespolizeidirektor sprechen, in welchem Rahmen wir Einsatzkräfte für die Objektsicherung bereitstellen können. Abhängig von der Analyse der Gefährdungslage ist hierzu auch die Heranziehung weiterer Kräfte aus anderen Bundesländern denkbar. Die Bundespolizei kann das nicht allein übernehmen.« Jochen Nathusius musste sich keine Notizen machen. Er würde sich zuverlässig um diese Fragen kümmern.

»Ich übernehme für uns die Koordination zu den anderen Sicherheitsbehörden«, sagte Dr. Starke, und Gärtner wollte sich um eine Zusammenstellung der potenziellen Gefährder bemühen.

»Dann versuche ich, etwas über den Verbleib von Gutiérrez herauszufinden«, sagte Lüder. »Ich spreche mit der Bundespolizei, damit man Flug- und Fährhafen sowie die Bahnreisenden und die Grenzübergänge kontrolliert. Das wird Begeisterung bei den Reisenden, aber auch bei den Speditionen wecken, wenn es zu Staus auf den Straßen kommt, nur weil ein Einziger eine beleidigte Leberwurst spielen musste und den Dänen und ihrem NATO-Gipfel eins auswischen will.« Er faltete die Hände und sah mit dramatischem Blick zur Zimmerdecke empor. »Lieber Gott, manchmal bist du ungerecht. Wenn Onkel Donald unbedingt Urlaub am Timmendorfer Strand machen möchte, dann soll er dort für sich und seinen Bodyguard ein schickes Hotel buchen, die Nachtruhe einhalten und nicht vergessen, die Kurtaxe zu bezahlen. Aber nein! Und Berlin wedelt eilfertig mit der Parfümflasche hinterher, wenn dieser Mensch einen Darmwind entlässt, sei es auch nur der Marke Twitter.«

Nathusius lächelte. »Ich weiß um Ihren Hang, Sachverhalte dramatisch zu unterstreichen, aber in diesem Fall sind die Berliner genauso überrollt worden wie wir. Und wenn eine solche Persönlichkeit solche Wünsche äußert, muss der ganze Apparat funktionieren. Wir sind ein Teil davon. Und unsere Zahnräder greifen präzise ineinander. Davon bin ich überzeugt«, sprach der Leitende Kriminaldirektor das Schlusswort, bevor sich die vier Männer in den wohlverdienten Feierabend begaben. Mittlerweile hatte der neue Tag begonnen.

ZWEI

Es war eine kurze Nacht gewesen. Auch die heiße Dusche am Morgen hatte den versäumten Schlaf nicht ersetzen können. Margit war aufgestanden, als Lüder das Einfamilienhaus im Hainholz erreichte. Nach der Begrüßung hatte sie ihm eine Kleinigkeit zum Essen zubereitet, sich zu ihm gesetzt und ihm zugehört. Er hatte von einem langen Bürotag und den Besprechungen zum Überraschungsbesuch des amerikanischen Präsidenten berichtet.

»Davon habe ich gehört«, hatte Margit gesagt. »Sinje wusste davon.«

Die Jüngste war inzwischen vierzehn Jahre alt und zeigte ein gesundes Selbstbewusstsein. Es war lange her, dass Lüder am Wochenende mit ihr auf dem Arm zum Bäcker gegangen und die Frühstücksbrötchen für die Familie besorgt hatte.

»Die Kids haben in der Schule darüber gesprochen. Unsere Kleine erzählte, dass einige spontan die Idee hatten, den Präsidenten aufzusuchen und mit ihm zu reden. Über das Klima und den Weltfrieden.«

»Vermutlich sind die Kinder in vielen Punkten klüger«, hatte Lüder geantwortet. »Aber Politik wird nun einmal nicht mit dem Herzen und oft auch nicht mit dem Verstand gemacht, sondern von anderen Dingen bestimmt.«

Zum Glück war der Besuch beim gemeinsamen Frühstück nicht thematisiert worden.

Auf dem Weg ins Landeskriminalamt hatte Lüder sich gewohnheitsmäßig mehrere Tageszeitungen besorgt, die er, bei einem Becher aromatischem Kaffee, in seinem Büro überflog. Die in aller Öffentlichkeit geäußerte Absicht, Kopenhagen zu meiden, war natürlich Gegenstand der Nachrichten. Ernsthafte Kommentatoren setzten sich mit der politischen Tragweite der Absage an Dänemark auseinander und fragten sich, ob sich das Klima innerhalb des Nordatlantikpakts weiter abkühlen könnte. Welche Konsequenzen ergaben sich für die Bundesrepublik, die in jüngster Zeit oft im Sperrfeuer amerikanischer Angriffe lag? Dank der Bedachtsamkeit der Berliner Politik wurde kein zusätzliches Öl ins Feuer gegossen. Anders sah es bei den Vertretern der Wirtschaft aus. Wenn es den Amerikanern gefiel, konnten sie noch mehr Sand ins Getriebe der Weltwirtschaft werfen. Zölle, Exporteinschränkungen und andere Schikanen vermochten erhebliche Auswirkungen auf die deutsche Wirtschaft zu haben. Die Amerikaner schreckten auch vor Drohungen und Erpressungen nicht zurück, auch treuen Verbündeten wie der Bundesrepublik gegenüber, gingen massiv gegen Aktionen souveräner Staaten vor und beabsichtigten, Vorhaben wie die Gasleitung Nord Stream 2 zu boykottieren. Die Entrüstung politischer Kreise der Bundesrepublik über die amerikanische Erpressung verpuffte ins Leere. Der Mann mit dem Haarschmuck eines platt gefahrenen Kaninchens, wie Lüder es nicht nur in privater Runde gelegentlich umschrieb, sah die Welt als seine Spielwiese an und wähnte sich als deren Dirigent. Wer sich seinen noch so kruden Gedanken widersetzte, musste die Konsequenzen erwarten. Mochten die Widersacher noch so martialische Sprüche von sich geben – niemand war der Allmacht der Amerikaner gewachsen. Ihr Arm reichte fast überall hin. Wie heftig mochte der Schlag gegen jene sein, die sie für ein Attentat auf das Aushängeschild Amerikas, ihres Präsidenten, verantwortlich hielten? Für Lüder als Polizist war es selbstverständlich, sich für den Erhalt jedes Lebens einzusetzen, Verbrechen schon im Vorfeld zu verhindern. Ein Anschlag auf den US-Präsidenten, und das auf deutschem Boden, wäre verheerend.

Andere Zeitungen beschäftigten sich auch mit dem Besuch. Im Mittelpunkt ihrer Betrachtung standen Fragen wie die nach der Beköstigung und ob die First Lady auch mitkäme. Wie würde ihr Programm aussehen? Würde sie zum Shopping gehen? Mit wem würde sich der Präsident treffen? Müssten für ihn Bad und Schlafzimmer umgestaltet werden? Auch wenn, am Rande, die Frage nach den Kosten für den deutschen Steuerzahler gestellt wurde, spielte in den Medien die Frage nach der Sicherheit des Besuchers keine Rolle.

Lüder suchte Hauptkommissar Werth von der Abteilung 2 –
Organisierte Kriminalität – auf.

»Seid ihr auf dem Laufenden hinsichtlich der Hell Kings?«,
fragte er den untersetzten rotblonden Beamten.

»Was möchtest du wissen?«, griente Werth, öffnete den Mund
und drehte genüsslich das Kaugummi zwischen den Vorderzäh-
nen hin und her.

»Es gibt doch Verbindungen der Hell Kings zum mexikanischen Drogenkartell. Ein befreundeter Nachrichtendienst hat uns
eine Information zukommen lassen, dass in Verbindung mit dem
Besuch des US-Präsidenten ein Auftragskiller zu uns unterwegs
ist. Man hat seine Spur in Schweden verloren. An den Grenzüber-
gängen werden verschärfte Kontrollen durchgeführt. Es ist aber
nicht sicher, ob der Mann auf direktem Weg einreist oder über
ein anderes EU-Land. Es wäre denkbar, dass er den Weg über die
Niederlande, Belgien oder über Osteuropa, zum Beispiel Polen,
wählt. Da er hier fremd ist und auch nicht Deutsch spricht, ist er
auf logistische Unterstützung angewiesen.«

»Ah, verstehe«, sagte Werth und schob das Kaugummi in die
linke Wange.

»Sag mal«, wollte Lüder wissen und zeigte auf die Ausbeulung.
»Nimmst du ein Viertelpfund davon gleichzeitig?«

»Nö«, erwiderte Werth fröhlich. »Immer wenn der Geschmack
nachlässt, schiebe ich ein neues nach. Zurück zu deiner Frage. Wir
haben in Sachen Rauschgiftkriminalität mittlerweile feste Strukturen. Die Hell Kings mischen dabei munter mit. Uns gelingen
immer nur kleine Nadelstiche. Die Truppe ist straff organisiert,
fast militärisch diszipliniert und nur schwer zu knacken. Die
Rockertruppe tummelt sich auf vielen Feldern. Prostitution und
Rauschgift sind wohl mit die einträglichsten. Jeder Kaufmann
weiß, dass bei starker Konkurrenz die Endpreise auf dem Markt
nur schwer anzuheben sind, wenn du kein Monopol hast. Die
Rendite liegt im Einkauf. So haben sich die Hell Kings Kontakte
zum mexikanischen Drogenkartell geschaffen. Uns gelingt es hin
und wieder, Lieferungen abzufangen. Aber an den Kopf kommen wir nicht heran. Die Hell Kings sind eine von den Türken

dominierte Organisation. Der hiesige Statthalter ist der nominelle Vizepräsident des Chapters, Haydar Nefer. Er wohnt mit seinem Stab in Gaarden. Wohnt? Er residiert dort. Wäre Gaarden kulturell nicht so vielschichtig, könnte man meinen, es sei sein Reich.«

»Was wisst ihr über Nefer?«

»Eine ganze Menge ...«, begann Werth und berichtete, dass Haydar Nefer als Sohn eines türkischen Gastarbeiters vor dreiundvierzig Jahren in Kiel geboren worden war. Der Vater hatte auf *der Werft* gearbeitet und im Arbeiterkiez Gaarden Wurzeln geschlagen. Dort war Haydar Nefer als zweiter von drei Söhnen geboren und aufgewachsen. »Es gibt noch zwei Schwestern, aber die zählen nicht«, schob Werth ein. »Der Rest der Familie ist, bis auf den jüngsten Bruder Mahmut, unauffällig. Mahmut mischt bei den Hell Kings mit. Haydar ist als Jugendlicher aufgefallen. Diebstahl. Raub. Körperverletzung. Das Übliche.« Werth hob die Hand abwehrend in die Höhe. »So meine ich es nicht. Keine Vorurteile. Das sieht man an den Eltern und den anderen Geschwistern. Ich wollte damit sagen, dass Haydar in eine Clique geraten ist, die ihn mitgerissen hat. Durch Brutalität und Gewalt hat er sich in dieser Gang, die von Mitgliedern mit türkischem Migrationshintergrund dominiert wird, seinen Platz als Vizepräsident erobert. Erobert? Ich würde eher sagen: erkämpft. Wir halten ihn für eine Reihe von Straftaten für verantwortlich, konnten ihm zwar weder einen vermeintlichen Auftragsmord noch seine Mitttäterschaft nachweisen, sind uns aber sicher, dass Haydar Nefer ein Großer in der Szene ist. Er lebt immer noch in der ehemaligen elterlichen Wohnung in der Wikingerstraße in Kiel-Gaarden.«

»Wenn wir vermuten, dass Rodrigo Gutiérrez versucht, Kontakt zu ihm aufzunehmen ...«

»Das könnte sein«, fiel ihm Werth ins Wort. »Schließlich sind die Mexikaner verlässliche Lieferanten der Hell Kings. Wir würden uns an dieser Aktion gern beteiligen.«

»Gut«, sagte Lüder. »Wird Nefer überwacht? Telefon? Soziale Netze? Messengerdienste?«

46

Werth verzog das Gesicht und kratzte sich den Hinterkopf.
»So einfach ist das nicht. Der Mann ist durchtrieben. Und vorsichtig. Was meinst du, weshalb wir ihm nicht an die Karre pinkeln können? Er ist deutscher Staatsbürger.«
»Doppelte Staatsangehörigkeit?«, wollte Lüder wissen.
»Nein. Nur deutsch. Da wir keine handfesten Verdächtigungen gegen ihn vorbringen können, bekommen wir auch keinen Beschluss für eine Überwachung.« Werth zog erneut eine Grimasse. »Wir zeigen gelegentlich Präsenz, indem wir uns auffällig vor seinem Haus hinstellen und die Wohnung beobachten. Eindruck schindet das bei Nefer nicht. Er nimmt es stets mit einem breiten Grinsen zur Kenntnis. Wir haben auch schon seine Frau beschattet. Die wird regelrecht nervös. Nefers Kinder sind seine empfindliche Stelle. Sie sind acht und elf Jahre alt. Rein theoretisch würden wir dort eine Zivilstreife hinterherlaufen lassen, vor der Schule postieren und sie nachmittags auf dem Weg durch das Viertel begleiten. Das würde Nefer treffen. Davon bin ich überzeugt. Aber das geht nicht. Niemand würde die Kinder mit hineinziehen.«
»Welche Chance besteht, Nefer während des Besuchs des US-Präsidenten zu observieren?«
»Uns fehlen dazu die Ressourcen. Wir unterstützen aber gern mit Informationen, falls deine Abteilung oder eine andere Behörde wie das BKA oder die Bundespolizei das übernimmt.«
»Ich werde mit Haydar Nefer sprechen«, beschloss Lüder.
»Das wird nicht erfolgreich sein. Wenn du dich auf den Weg nach Gaarden machst, sage Bescheid. Wir begleiten dich.«
»Danke, aber das regele ich allein.«
»Von mir aus. Trotzdem sollten zwei Kollegen in der Nähe sein. Außerdem hätten wir wieder einen Vorwand, um uns öffentlich zu zeigen.«
»Danke«, sagte Lüder, kehrte in sein Büro zurück und rief Staatsanwalt Acun Taner an. Seit der ersten Begegnung bestand eine unterschwellige Sympathie zwischen ihm und dem jungen Juristen. Im Unterschied dazu war Lüder mit Taners Vorgänger, Oberstaatsanwalt Brechmann, nie warm geworden.

Taner hörte ihm zu und bestätigte, dass ihm die Hell Kings und Haydar Nefer bekannt seien. »Natürlich werde ich mit dem Richter sprechen und versuchen, die Genehmigung zu einer umfassenden Überwachung zu erlangen«, versicherte Taner. »Ich fürchte aber, die Argumente dafür reichen nicht aus und der private Besuch eines ausländischen Staatsmannes schon gar nicht.« Dr. Starke hatte eine Kurznachricht geschickt und bestätigt, dass er die Bundespolizei informiert hatte. Man würde dort die geeigneten Maßnahmen zur verschärften Kontrolle der Grenzübergänge einleiten. Auf dem Dienstweg waren auch ein Bild, mit der Einschränkung, dass Gutiérrez so aussehen *könnte*, sowie ein Dossier über das, was man über den Auftragskiller wusste, weitergeleitet worden.

Lüder beabsichtigte, mit Gutiérrez' möglichen Unterstützern zu sprechen. Vielleicht würde es gelingen, eine Kontaktaufnahme zu unterbinden. Das würde dem Auftragskiller das Vorhaben erschweren. Er sprach mit Werth, und kurz darauf warteten zwei stämmige Polizeibeamte in Zivil in einem unauffälligen Ford Focus auf ihn. Sie stellten sich als Boll und Schmidt vor und wirkten so unauffällig wie zwei Preisboxer, die als Türsteher in einem Rotlichtbezirk engagiert waren. Allein ihr äußeres Erscheinungsbild machte Eindruck.

Lüder quetschte sich auf den Sitz hinter dem Beifahrer. Eine Adresse musste er nicht nennen. Die beiden waren von Hauptkommissar Werth instruiert worden. Boll steuerte das Fahrzeug gelassen durch den städtischen Verkehr auf das Kieler Ostufer. Lüder sah während der Fahrt aus dem Seitenfenster. Die breiten Schultern seiner Begleiter versperrten den Blick nach vorn. Nach einer wunderbaren Kindheit im mittelholsteinischen Kellinghusen war Kiel seit Langem seine Stadt. Nicht jeder erfasste den gediegenen Reiz der Landeshauptstadt, fand den Blick für die verborgenen Schönheiten und wusste um die Lage an der Förde, am Nord-Ostsee-Kanal und die Nähe von Ostsee und dem ruhigen Hinterland mit den paradiesischen Flecken, die entdeckt werden wollten.

Die Wikingerstraße ging vom Vinetaplatz ab, dem Herzen

Gaardens. Zahlreiche gut erhaltene Häuser mit reich verzierten Fassaden aus der Gründerzeit legten Zeugnis von vergangener urbaner Lebendigkeit ab. Die war heute einer kulturellen Vielfalt gewichen. In einem dieser Häuser wohnte Haydar Nefer.

Boll und Schmidt fanden in der Nähe einen Parkplatz, von dem aus sie das Haus beobachten konnten, während Lüder die Wohnung aufsuchte.

Die Haustür wirkte zerschrammt, an der Hauswand hatten sich Sprayer mit ihren Schmierereien versucht. Im Unterschied zu anderen Hauseingängen fand sich neben der Klingelanlage jedoch eine Kamera, die sich auf Lüder richtete, nachdem er geläutet und eine harte Stimme nach dem Grund seines Besuchs gefragt hatte.

»Lüders. Landeskriminalamt Kiel. Ich will mit Nefer sprechen«, sagte Lüder unfreundlich.

»Weshalb?«

»Ich will mit ihm persönlich sprechen, nicht mit seinem Butler.«

»Da kann ja jeder kommen.«

»Möglich. Aber ich bin nicht jeder, sondern Lüders. Klar?«

Die Verbindung wurde unterbrochen.

Nach drei Minuten klingelte Lüder erneut, indem er den Finger auf dem Knopf beließ.

»Bist du verrückt?«, fragte die Stimme.

»Nicht verrückt, sondern Lüders. Los. Mach auf. Wenn ich selbst komme, lässt man mich nicht warten.«

Es dauerte eine weitere Minute, bis der Summer ertönte. Lüder betrat ein Treppenhaus, in dem es nach Essen roch. Ausgetretene Stufen führten nach oben. Von den Wänden blätterte die Farbe ab. Hier residierte ein mächtiger Mann der Hell Kings?, wunderte sich Lüder. Auf dem Absatz der zweiten Etage war der Zugang versperrt. Der Aufgang war zugemauert. Eine massive Tür hinderte die Besucher daran, das nächste Stockwerk zu erreichen. Auch hier war eine Kamera angebracht. Mit einer kurzen Verzögerung ertönte der Türsummer und gab den Blick in eine andere Welt frei. Die Treppenstufen waren mit Teppich belegt, die Wände mit Textil verkleidet. Dezentes Licht leuchtete den Weg aus. Die Treppe endete vor einer weiteren massiven Tür.

Dort empfing ihn ein finster aussehender Mann, der, hätte er nicht das fremdländische Aussehen, ein Bruder von Boll und Schmidt hätte sein können.

»Lüders?«, knurrte der Gorilla unfreundlich. »Wer ist Lüders?«

»Ich. Wo ist Nefer?«

»Der spricht nicht mit jedem.«

»Kann sein. Aber mit mir.«

Ohne Vorwarnung streckte der Leibwächter seine Arme vor und wollte Lüder abtasten. Lüder hatte eine solche Reaktion erwartet, packte den Mann an den Handgelenken und riss ihn über das vorgestreckte Bein zur Seite, dass er gegen die Wand prallte. »Du fasst mich nicht an. Klar?« Lüder ließ ihn los und klopfte sich demonstrativ die Hände ab.

Aus dem Hintergrund erklang ein Beifallklatschen, begleitet von einem Lachen.

»Bravo«, sagte eine dunkle Stimme. Akzentfrei, stellte Lüder fest.

Haydar Nefer war mittelgroß. Dunkle Haare, fast schwarze Augen und scharf geschnittene Gesichtszüge verliehen ihm einen finsteren Ausdruck. Er trug eine helle Edeljeans und ein am Kragen offenes Seidenhemd. Am Handgelenk eine goldene Uhr, vermutlich eine Rolex. An einer Kette um den Hals hing ein goldenes Amulett, das die dichte Brustbehaarung bedeckte. Auf dem rechten Unterarm entdeckte Lüder ein Tattoo. Eine reich verzierte Königskrone, aus der Flammen emporstiegen. Hell Kings – assoziierte Lüder.

»So«, sagte Nefer mit spöttischem Unterton. »Sie sind also Lüders. Was hat mir *Lüders* so Bedeutsames mitzuteilen, dass er wie ein Berserker in meine Wohnung einbricht? Sie sollten eigentlich wissen, dass die Wohnung ein durch das Gesetz besonders geschützter Bereich ist.«

»Kriminalrat Lüders vom LKA«, stellte Lüder sich vor. »Sie haben mich freiwillig in Ihre Räume gelassen.«

»Na ja«, lachte Nefer. »Sie sind nicht mit der physischen, aber der psychischen Brechstange vorgedrungen. Kommen Sie.« Er führte ihn in ein modern gestaltetes Büro, das auch einem Steuerberater hätte gehören können. Lüder sah sich um. Der Raum unterschied sich in nichts vom Arbeitsplatz eines normalen Gewerbetreibenden.

Nefer breitete die Hände aus. »Mit welchem absurden Vorwurf wollen Sie mir heute kommen?«

»Ich möchte Ihnen etwas Gutes tun«, sagte Lüder und nahm ungefragt auf einem Ledersessel Platz.

»So?«

Lüder erklärte, dass der amerikanische Präsident zu Besuch nach Schleswig-Holstein kommen würde. Er sah Nefer an und konnte keine Reaktion in dessen Mimik erkennen.

»Es bedarf keiner großen Erklärung, dass der Präsident eine der meistgefährdeten Persönlichkeiten der Welt ist. Neben vielen anderen wünscht sich auch die mexikanische Drogenmafia, dass dieser Hardliner eliminiert wird.«

Nefer lachte höhnisch auf. »Wird das eine Crimestory? Sind Sie gar nicht vom LKA, sondern ein Krimiautor mit einer überbordenden Phantasie?«

»Dann wüsste ich nicht um Ihre geschäftlichen Kontakte zum Drogenkartell.«

»Vorsicht«, zischte Nefer. »Sie bewegen sich auf dünnem Eis, wenn Sie mir etwas unterstellen. Wie nennt man das? Verleumdung? Üble Nachrede? Falsche Verdächtigung? Es gibt Anwälte, die freuen sich über solche Mandate.«

Lüder wischte den Einwand mit einer Handbewegung weg. »Sparen wir uns solche Spielchen. Die Kollegen von der Organisierten Kriminalität sind Ihnen auf den Fersen. Das ist aber heute nicht mein Thema. Es geht um die Sicherheit des Präsidenten. Wir wissen, dass das Drogenkartell einen Auftragsmörder geschickt hat, der den Präsidenten umbringen soll. Sein Name ist Rodrigo Gutiérrez. Er ist bereits in Europa eingetroffen. Gutiérrez benötigt logistische Unterstützung. Bei der Planung, der Ausführung und der Flucht.«

»Ja und?«

»Es ist naheliegend, dass man Sie als hiesigen Geschäftspartner aufgefordert hat, diese Unterstützung zu leisten. Ich bin gekommen, um Sie zu warnen. Sollte Gutiérrez auch nur in die Nähe des Präsidenten gelangen, werden Sie gejagt werden bis ans Ende der Welt.«

»Hoho.« Das Lachen klang nicht mehr so selbstsicher. »Ist das eine neue Masche, mit der man Bürgern droht?«

Lüder schüttelte den Kopf. »Die Polizei ist auch dazu da, den Bürger zu schützen. Wer sich mit amerikanischen Institutionen anlegt, kann sich nicht sicher sein, mit welchen Mitteln das Imperium zurückschlägt. So wie wir, die unbedeutende Landespolizei eines kleinen Bundeslandes«, spielte Lüder seine Rolle herab, »auf Sie gekommen sind, werden auch die Amerikaner mit ihren Möglichkeiten zum gleichen Ergebnis gelangen. Ich will niemandem etwas unterstellen, aber man nennt es wohl Präventivschläge. Also: Seien Sie auf der Hut. Falls Gutiérrez Kontakt zu Ihnen aufnimmt, gehen Sie nicht darauf ein, selbst wenn die Mexikaner Sie dazu drängen. Das ganze Drogenkartell ist nicht halb so mächtig wie die Amerikaner.«

»Ist das ein Versuch, mir etwas anzuhängen? Zu unterstellen, ich wäre in kriminelle Machenschaften verwickelt? Trickreich angelegt, aber vergeblich.«

»Ich habe Sie warnen wollen. Wenn Sie darauf eingehen, wäre es für Sie und für uns von Vorteil. Ich gebe Ihnen meine Karte. Melden Sie sich bei mir, falls Gutiérrez Kontakt zu Ihnen aufnimmt. Ich sichere Ihnen Vertraulichkeit zu. Mir ist wichtig, dass der Präsident Schleswig-Holstein wieder unbeschadet verlässt.«

Nefer lachte laut auf. »Sie haben sich umsonst zu mir begeben. Ich kann Ihre Phantastereien nicht nachvollziehen.«

»Lassen wir Ihre Verbalien unkommentiert im Raum stehen. Es bleibt Ihnen überlassen, ob Sie meinem Rat folgen. Ich verspreche Ihnen als Polizist, dass ich jeden Straftäter mit der gleichen Intensität verfolge, wie ich jeden Bürger schütze. Und manchmal«, fügte Lüder mit einem süffisanten Lächeln an, »sind auch Straftäter Bürger.«

Nefer öffnete den Mund, aber Lüder gebot ihm mit einer Handbewegung Einhalt. »Lassen Sie es gut sein. Ich bin mir sicher, dass Ihr Bollwerk in diesem Haus für die, die es im Zweifelsfall auf Sie abgesehen haben, kein Hindernis darstellt.«

Lüder stand auf und wandte sich zur Tür, ohne Nefer eines weiteren Blicks zu würdigen.

Der Leibwächter musterte ihn finster, enthielt sich aber jeder Äußerung, als er Lüder zum Ausgang begleitete.

Auf dem Weg zur Straße wunderte sich Lüder über die Unterkunft, die Nefer sich geschaffen hatte. Wenn der Mann wirklich in Drogengeschäfte und Prostitution verwickelt war, könnte er sich ein anderes Domizil als Gaarden leisten. Stattdessen hatte er sich sein eigenes Reich im ehemaligen Arbeiterkiez geschaffen. War das Nostalgie?

Auf der Straße atmete Lüder tief durch. Er hatte nicht erwartet, dass Nefer ihm zustimmen würde, hoffte aber, dass die Warnung Früchte trug und dem mexikanischen Auftragskiller die Mission nicht unmöglich machte, aber doch erschweren würde. Nefer war gewarnt und musste selbst abwägen, ob er das Risiko, den Amerikanern in die Hände zu fallen, eingehen wollte.

Lüder war so intensiv mit seinen Gedanken beschäftigt, dass er die drei jungen Männer erst bemerkte, als einer einen halben Sidestep machte und ihn anrempelte.

»Eh, du Arsch«, sagte der Typ in der Lederjacke. »Suchst du Stunk? Mach Platz. Du hast hier nichts zu suchen.«

Lüder musterte die drei. Es war offensichtlich, dass sie auf Streit aus waren. Was er auch entgegnen würde – man würde es gegen ihn verwenden.

»Haben sie dich direkt aus dem Kindergarten in die Wildnis entlassen?«, fragte er.

Der dunkelhäutige Mann öffnete den Mund. Er war überrascht, direkt angegangen zu werden.

»Du Opfer. Haben sie dir ins Gehirn geschissen?«, fragte er.

Lüder lachte höhnisch auf. »Ich habe eine funktionierende Verdauung. Bei dir ist die Scheiße direkt ins Gehirn gedrungen.«

In den Augen des Mannes funkelte es. Er streckte die Hand

vor und wollte Lüder schubsen. Schubsen? Mit geballter Faust? Lüder war darauf vorbereitet. Er federte einen halben Schritt zurück und hatte keine Hemmungen, zum Eigenschutz auszuholen und dem überraschten Gegner einen kräftigen Tritt an die Stelle zu verpassen, die besonders empfindlich war. Mit einem Aufschrei sackte der Mann zusammen. Im selben Moment stürzten sich die beiden Begleiter auf Lüder. Einer hatte ein Kampfmesser mit Jungle-Tarn-Griff gezogen und stach damit in Lüders Richtung. Es blieb beim Versuch. Bevor der Mann den Angriff ausführen konnte, wurde er von Boll überwältigt. Die beiden Polizisten hatten die sich anbahnende Auseinandersetzung von ihrem Beobachtungsposten mitbekommen, waren ausgestiegen und schritten nun ein. Schmidt nahm sich des dritten Mannes an. Die beiden wurden rasch überwältigt, während der dritte immer noch zusammengekrümmt am Boden kauerte.

Mit schmerzverzerrtem Gesicht zischte er in Lüders Richtung: »Ich ficke deine Mutter.«

»Ist in Ordnung«, erwiderte Lüder, »aber wehe dir, du hast vorher deinen Hund gefickt. Dann mache ich dich so fertig, dass du hinterher nur noch als Eunuch im Harem des Sultans arbeiten kannst.«

Lüder nahm sein Mobiltelefon zur Hand und rief die Streife herbei. Nach deren Eintreffen übergaben sie die drei Männer den uniformierten Beamten und erklärten, sich für das Protokoll auf dem 4. Kieler Polizeirevier zu melden.

Bei seiner Rückkehr ins LKA wurde er von Edith Beyer abgefangen. »Sie sollen sofort zu ihm kommen.« *Ihm* – damit war der Abteilungsleiter gemeint.

»Wo warst du?«, empfing ihn Dr. Starke mit vorwurfsvoller Stimme. »Wir müssen ins Innenministerium. Man erwartet uns dort.«

Lüder berichtete auf der Fahrt an die Förde von seinem Besuch bei Haydar Nefer, ließ aber die Begegnung mit den gewalttätigen Jugendlichen unerwähnt.

Im Besprechungsraum des Ministeriums trafen sie auf eine Runde, die von Frau Wuschig geleitet wurde.

»Wir haben Sie früher erwartet«, sagte die Ministerialdirigentin vorwurfsvoll. Sie sprach Englisch. »Insofern hat Ihre Abwesenheit uns Zeit gekostet.«

»Dr. Lüders hat wertvolle Informationen gesammelt«, erwiderte Jens Starke.

Die beiden Kieler hatten Platz genommen, ohne die einzelnen Teilnehmer persönlich zu begrüßen.

»Können Sie bitte Englisch sprechen?«, bat Sabine Wuschig. »Die Herren Kuckuck vom BND und Timmerloh vom BKA kennen Sie. Das sind Steve Gallardo vom FBI und Pat O'Connor sowie Lance Ford vom Secret Service. Wir konzentrieren uns in dieser Runde auf die Fragen der Sicherheit. Deshalb sind die Herren von Ravenstein vom Außenministerium und Möller-Reichenbach vom Bundespräsidialamt nicht zugegen. Herr Möller-Reichenbach hat uns aber gebeten, bei all unseren Überlegungen das Protokollarische nicht zu vergessen. Auch wenn der Präsident nicht in offizieller Mission zu uns kommt, gilt es, ihm Respekt zu erweisen und es nicht am Komfort mangeln zu lassen. Insofern werden alle unsere Vorschläge und Entscheidungen noch einmal der Protokollabteilung vorgelegt werden müssen.«

Lüder musterte die drei Neuen in der Runde. Der FBI-Mann Gallardo hatte welliges dunkles Haar, dunkle Augen und eng anliegende Ohren. Aus halb geschlossenen Lidern betrachtete er die beiden Kieler Polizisten. In seinem Gesicht regte sich kein Muskel. O'Connor war ein Nachkömmling der zweiten oder gar dritten Generation. Trotzdem konnte er seine irische Herkunft nicht verbergen. Die rötlichen Haare ähnelten einer Drahtbürste. Sommersprossen und Segelohren ließen ihn eher wie einen Landwirt von der grünen Insel aussehen. Unter einem stahlharten Präsidentenschützer stellte man sich etwas anderes vor, dachte Lüder und ließ seinen Blick weiter zu Lance Ford wandern. Wenn es plakative Bilder von Geheimdienstagenten gab, dann verkörperte Ford eines. Millimeterkurz geschorene

Haare, ein glatt rasiertes energisches Kinn und ein fast eckiger Schädel ließen ihn gefährlich aussehen. »Wollen Sie uns über das Ergebnis Ihrer Recherchen informieren?«, bat Sabine Wuschig.

Lüder berichtete, dass Rodrigo Gutiérrez in Europa eingetroffen sei und man einen möglichen Kontaktmann habe ermitteln können, zu dem das LKA Verbindung aufgenommen habe.

Steve Gallardo vom FBI schüttelte verständnislos den Kopf. »Wo ist Gutiérrez jetzt? Weshalb hat man seine Spur verloren?«

»Europa besteht aus souveränen Staaten«, erwiderte Lüder. »Da ist ein größerer Abstimmungsaufwand erforderlich. Immerhin haben die Schweden ihn identifiziert ...«

»Aber nur, weil wir sie vorgewarnt haben«, fiel Gallardo Lüder ins Wort.

»Wir müssten dieses Thema hier nicht erörtern, wenn die USA einen potenziellen Mörder ihres Staatsoberhaupts an der Ausreise über New York gehindert hätten.«

Gallardo mahlte mit den Kiefern und funkelte Lüder böse an. Du mich auch, dachte Lüder und grinste zurück.

»Welche Maßnahmen haben Sie ergriffen, um Gutiérrez zu fassen?«, wollte O'Connor wissen.

Jens Starke berichtete, dass die Grenzübergänge gesichert seien und die Behörden den Mexikaner auf der Fahndungsliste hätten.

»Insofern sind geeignete Maßnahmen eingeleitet worden«, mischte sich Sabine Wuschig ein. »Unsere amerikanischen Freunde werden zusätzlich ihre Erfahrungen einbringen, um die Sicherheit des Gastes zu gewährleisten. Sie arbeiten dabei mit unseren Diensten Hand in Hand. Es findet eine enge Abstimmung zwischen dem Secret Service und der Sicherungsgruppe des BKA statt. Ich denke, das müssen wir hier nicht im Detail erläutern. Ein Stab arbeitet an Straßensperren. Das Gebiet um das Crummenthal'sche Haus muss weiträumig gesichert werden. Es wird eine Flugverbotszone geben.«

»Sie können das öffentliche Leben doch nicht zum Erliegen bringen«, wandte Lüder ein und erinnerte sich an die Worte der Bürgermeisterin.

»Beim Abwägen aller Interessen hat die Sicherheit Vorrang«, meinte Timmerloh vom BKA.

»Das Haus liegt am See«, sagte der FBI-Mann.

»An *der* See«, korrigierte Lüder.

Kuckuck schenkte ihm für den Einwand einen strafenden Blick.

»Wie ist die Seite geschützt? Über die Küstenwache haben wir noch gar nicht gesprochen.« Gallardo reckte sich.

»Das wird Aufgabe der Bundespolizei sein«, erklärte Timmerloh.

»Mit wie vielen Schiffen?«, hakte Gallardo nach.

Timmerloh druckste herum. Erst als der FBI-Mann erneut fragte, sagte er leise: »Eins.«

O'Connor straffte sich in seinem Sitz und bohrte mit einem Finger im Ohr. »Habe ich es eben richtig gehört? Die Marine will nur ein einziges Schiff bereitstellen?«

»Nicht die Marine. Die Bundeswehr ist nur für Einsätze außerhalb Deutschlands zuständig. Im Inneren übernimmt diese Aufgaben die Polizei«, erklärte Timmerloh.

»Das ist nicht Ihr Ernst!«, regte sich O'Connor auf. »Es geht um die Sicherheit des bedeutendsten Menschen der Welt.«

»Alle Menschen sind gleich wichtig«, sagte Lüder. »Das steht sogar in unserem Grundgesetz.«

»Wir sprechen hier nicht von irgendjemandem, sondern vom Präsidenten der Vereinigten Staaten«, erwiderte der Mann vom Secret Service.

»Dessen Sicherheit uns allen am Herzen liegt«, erklärte Lüder.

Gallardo streckte den Zeigefinger in Lüders Richtung aus. »Welchen Dienst vertreten Sie hier eigentlich?«

Bevor Lüder antworten konnte, erklärte Dr. Starke: »Wir sind vom Staatsschutz der Landespolizei.«

Gallardo ließ ein verächtlich klingendes Schnauben hören. »Provinzpolizei! Jetzt fehlt nur noch, dass der County-Sheriff auftritt.« Er sah Sabine Wuschig an. »Bringt es uns weiter, wenn wir in dieser Runde mit Leuten diskutieren, die nichts von der Sache verstehen?«

Sabine Wuschig bewegte ihre Hand beschwichtigend auf und ab.

»Wir sollten uns auf die Sache konzentrieren«, sagte sie mit fester Stimme. »Deutschland hat eine föderale Struktur und eine gut ausgebildete Polizei in den Ländern. Bei uns arbeiten alle Behörden effektiv zusammen. Insofern nehmen wir die Expertise der Bundespolizei und des BKA ebenso in Anspruch wie die Erfahrungen und Ortskenntnisse der Landespolizei.« Sie kreuzte ihren Blick mit dem Gallardos.

»Wie erfolgt die Sicherung des Luftraums?«, wechselte O'Connor das Thema.

Für einen Moment herrschte Ratlosigkeit im Raum. Lüder dachte kurz an die Lärmbelästigung, wenn knatternde Hubschrauber den Luftraum über Timmendorfer Strand füllen würden. Er schwieg vorsichtshalber und unterdrückte auch die Frage, ob jemand mit der Bürgermeisterin sprechen würde.

»Nicht gut«, beantwortete der Secret-Service-Mann seine eigene Frage. »Jeder sollte wissen, dass interessierte Kreise auch Drohnen einsetzen. Wir werden unser eigenes Sicherheitsnetz installieren müssen.«

Lüder wunderte sich, dass an dieser Stelle kein Einwand erhoben wurde. Es wäre Aufgabe der Ministerialdirigentin gewesen, auf die Souveränität Deutschlands zu verweisen. Die Amerikaner würden ein Drohnenabwehrsystem installieren und im Zweifelsfall im deutschen Luftraum herumballern. Wie weit ging der Kotau noch? Auf die naheliegende Lösung kam offenbar niemand: den US-Präsidenten zu bitten, die Reise nicht anzutreten.

»Insofern haben wir für heute alles besprochen«, schloss Sabine Wuschig die Sitzung.

Nein, dachte Lüder. Konkrete Beschlüsse hatten sie nicht gefasst. Die selbstbewussten Amerikaner hatten durchblicken lassen, dass sie das Heft des Handelns in die eigene Hand nehmen würden. Lüder sah Sabine Wuschig an. Irrte er, oder war die Frau erleichtert, dass ein Stück Verantwortung auf die Amerikaner überging? Auch seitens des BKA erfolgte keine Reaktion.

»Wird es eine Kameraüberwachung geben?«, fragte Lüder, nachdem sich einige Teilnehmer schon erhoben hatten.

»Selbstverständlich«, erwidert Gallardo. »Das regeln unsere Techniker.«

»Die Zeit, um alle Maßnahmen ordnungsgemäß einzuleiten, ist viel zu kurz«, monierte Lüder.

»Es ist keine Frage des Ob, sondern des Wie«, sagte Sabine Wuschig zum Abschied. Sie wirkte verärgert. »Anstatt vieles in Frage zu stellen, sollten wir in dieser Runde konstruktiv tätig werden. Guten Tag.«

Die anderen verließen ebenfalls den Raum, ohne sich von den beiden Kieler Polizisten zu verabschieden.

»Ich habe den Eindruck, wir sind hier unerwünscht«, sagte Lüder.

»Du hast ziemlich herumgemosert«, entgegnete Jens Starke.

»Ich habe kritische Fragen gestellt. Man bedient sich der Landespolizei als Erfüllungsgehilfen vor Ort. Unsere Jungs müssen am Zaun Streife laufen. Ob wir überhaupt hinreichend Personal bereitstellen können, interessiert niemanden. Die Adventszeit ist da, und man benötigt die Ressourcen für den Schutz der Weihnachtsmärkte. Für uns Schleswig-Holsteiner steht der Schutz der Bürger gleichberechtigt neben dem des US-Präsidenten.«

»Du zerbrichst dir den Kopf über die ganz großen Fragen. Die beantworten andere. Wahrscheinlich auch nicht in Kiel, sondern in Berlin. Oder in Washington.«

Lüder seufzte. »Der ganze Aufwand wird nur betrieben, weil ein störrischer alter Mann beleidigt ist, dass man ihm nicht Grönland verkaufen will. Wir wären von alldem verschont geblieben, wenn der Mann keine deutschen Vorfahren in seinem Stammbaum hätte, sondern welche aus Timbuktu.«

Dr. Starke unterdrückte die Antwort und schwieg auch auf dem Weg zurück ins LKA. Dort erfuhr Lüder, dass der junge Mann aus Gaarden, dessen Angriff er mit einem Fußtritt in die Männlichkeit hatte abwehren können, Strafanzeige gegen Lüder gestellt hatte. Die Nachricht übermittelte ihm Hauptkommissar Sawitzki vom 4. Revier. Lüder erinnerte sich an den bulligen rothaarigen Polizisten, den er beim Fall der gewalttätigen Auseinandersetzungen im Problemstadtteil Gaarden kennengelernt hatte. Staatsanwalt Taner meldete sich. Seine Stimme klang bedrückt. »Es tut mir leid, Herr Dr. Lüders. Ich habe alles in meiner Macht Stehende versucht, aber wie ich schon befürchtet habe, reichen die vorgetragenen Argumente nicht aus, um Haydar Nefer kommunikationstechnisch überwachen zu lassen. Das wäre denkbar, wenn er im Verdacht stünde, selbst ein Attentat auf den Präsidenten zu planen oder wesentlich daran beteiligt zu sein. Die bloße Vermutung, dass ein möglicher Attentäter ihn kontaktieren könnte – könnte!«, betonte Taner, »lässt eine solche Maßnahme nicht zu.«

Das hatte Lüder auch befürchtet.

Nach dem Telefonat suchte er das Kriminaltechnische Institut auf. Sören Hennings war ein hochgewachsener schlanker Mann, bei dem schon in jungen Jahren die Haare zurückgewichen waren. Der Diplom-Ingenieur war Zivilangestellter.

»Herr Dr. Lüders«, begrüßte er Lüder und zuckte dabei nervös mit den Augenlidern.

»Ich habe eine besondere Bitte«, trug Lüder vor und berichtete vom Besuch des Präsidenten.

Hennings bestätigte, davon gehört zu haben. »Wir sind in das Sicherheitskonzept eingebunden. Die amerikanischen Personenschützer vom Secret Service haben aber ihre eigenen Vorstellungen und wollen uns außen vor lassen. Es geht speziell um die Videoüberwachung des Areals.«

»Ja? Und?«

»Wenn der Secret Service durch seine Experten eine Anlage installiert, werden die Bilder mit Sicherheit nicht durch Kabel, sondern per Funk übertragen und irgendwo aufgezeichnet.«

»Davon ist auszugehen.«

»Könnte die Presse diese Bilder abfangen und für ihre Zwecke missbrauchen?«

»Ausgeschlossen«, erwiderte Hennings. »Die Amis werden

die Daten an der Quelle verschlüsseln und auch in dieser Form speichern. Erst beim Abspielen werden sie wieder decodiert. Da kommt man nicht heran.«

»Die Presse ist pfiffig und hat viele Möglichkeiten«, wandte Lüder ein.

Erneut bewegte Hennings seinen Kopf skeptisch. »Das mag zutreffen. Aber in Sachen Verschlüsselung sind die Amerikaner führend. Vielleicht haben die Chinesen einen ähnlich hohen Standard. Aber andere … Nee. Keine Chance.«

Lüder lächelte.

»Einmal rein hypothetisch: Ein Volk, das mit ›kluger Software‹ Dieselmotoren manipulieren kann, sollte auch dazu in der Lage sein. Schließlich galt deutsche Ingenieurkunst einmal etwas in der Welt. Aber das ist Vergangenheit.«

Hennings zog die Stirn kraus. Man sah, dass es dahinter fieberhaft arbeitete.

»Ich weiß nicht. Die Amis haben verdammt gute Verschlüsselungstechniken. Ich habe mich noch nie darum gekümmert.«

Lüder bewegte den Zeigefinger hin und her. »Das glaube ich nicht.«

Hennings wich seinem Blick aus. »Na ja. Zu meinem privaten Vergnügen.«

»Ich kenne Ihren legendären Ruf.«

»Das kann nicht sein. So etwas ist illegal.«

»Ich bin nicht als Polizist hier, sondern als Bewunderer«, schmeichelte Lüder dem Techniker.

»Man könnte einen getarnten Technikwagen mit einer Magnetfolie eines Unternehmens in einer Nebenstraße platzieren. Die Entfernung müsste überbrückbar sein. Wer genehmigt die Vorgehensweise?«

»Wer hat Ihrem … äh … Hobby zugestimmt?«

»Wollen Sie mich unter Druck setzen?«

»Keineswegs«, wiegelte Lüder ab. »Sie können kein Fahrzeug dorthin schicken. Ich würde mich darum kümmern. Falls es uns gelingen sollte, Daten einzufangen: Würden Sie den Versuch starten, die zu decodieren?«

61

»Unter diesen Umständen wäre es eine legale Handlung, zumindest an meinem Arbeitsplatz.« Hennings hob beide Hände in die Luft. »Wie gesagt: Ich halte es für nahezu ausgeschlossen, dass es gelingt.«

Lüder überlegte kurz. »Wäre es hilfreich, wenn ich Ihnen noch Unterstützung beschaffen würde?«

Hennings sah ihn fragend an.

»Ich kenne einen Mathematiker, der schon früher einmal Rätsel dieser Art für uns gelöst hat. Professor Michaelis aus Hamburg.«

»Das Ganze klingt reizvoll«, strahlte Hennings.

Lüder suchte Jens Starke auf und trug dem Abteilungsleiter seine Idee vor.

»Ausgeschlossen«, schnitt der Kriminaldirektor ihm das Wort ab. »Undenkbar, dass wir den Präsidenten bespitzeln. Wir sind die Polizei und kein Geheimdienst. Und selbst die Kollegen von der Abteilung Horch und Guck würden es nie wagen, den US-Präsidenten zu belauschen. Wenn das herauskommt, gibt es diplomatische Verwicklungen auf allerhöchster Ebene.«

»Die Amerikaner haben unsere Kanzlerin auch über einen langen Zeitraum ausgespäht. Außerdem munkelt man immer wieder, dass sie in die Software der sozialen Netze Hintertürchen einbauen lassen, die ihnen das Mitlesen von Mails und anderen Aktivitäten gestatten.«

»Wir diskutieren hier ein Politikum«, sagte Dr. Starke. »Du erinnerst dich, was vorhin in der Runde im Ministerium angemerkt wurde? Wir sind nur kleine Landpolizisten. Uns nehmen die doch gar nicht für voll.«

»Das vereinfacht unser Vorhaben. Ich möchte doch nur für uns einen Abzug. Die Informationen sollen unter keinen Umständen das Haus verlassen. Berlin, das BKA oder gar die Schlapphüte vom BND – nix da. Sieh mal, Jens. Wenn wir uns die Aufnahmen ansehen und auswerten, könnten wir von den Amerikanern lernen, wie sie ihren Objektschutz organisieren. Die sagen doch selbst, dass wir unfähig sind. Und du trägst die Verantwortung für den Personenschutz in unserem Bundesland.«

Jens Starke spitzte die Lippen. »Ich weiß nicht …«, murmelte er.

»Komm, Jens. Das erfährt niemand. Und Sören Hennings ist keine Plaudertasche.«

Dr. Starke nagte an der Unterlippe. »Gib mir Zeit, das noch einmal zu überdenken«, bat er.

»Sag mir Bescheid«, erwiderte Lüder und verließ das Büro des Abteilungsleiters.

Er war nicht sehr optimistisch gewesen, als er Jens Starke aufgesucht hatte. Nach dem Gespräch war seine Zuversicht gewachsen. Auf dem Flur begegnete er einem aufgeregten Kriminaloberrat Gärtner.

»Kommen Sie gleich mit«, sagte Gärtner und stürmte an Edith Beyer vorbei in das Büro des Abteilungsleiters.

Dr. Starke sah auf. Zorn funkelte in seinen Augen. Er mochte es nicht, wenn seine Mitarbeiter die Distanz nicht wahrten.

»Uns hat eben eine Eilnachricht erreicht«, sagte Gärtner atemlos. »Es gab einen Zwischenfall, an dem vermutlich Rodrigo Gutiérrez beteiligt war.«

»Geht es ein wenig präziser?« Dr. Starke zeigte sich ungehalten. »Ein exakter Lagebericht wäre hilfreich.«

Der sonst so souveräne Gärtner wirkte hilflos.

»Ich … Es sind nur vage Informationen. Ganz frisch. Ich dachte …«

Lüder fasste seinen Kollegen am Ellenbogen. »Wir kümmern uns um die Details«, sagte er und geleitete Gärtner hinaus. Vor der Tür erfuhr er, dass eine Nachricht von der Bundespolizei eingegangen sei.

Gärtner hatte sich ein wenig gefangen. Gemeinsam eruierten sie, dass es am Morgen in Bad Muskau einen Zwischenfall gegeben hatte.

»Bad Muskau? Das liegt in der Lausitz, im Südostzipfel Sachsens, an der Grenze zu Polen«, sagte Lüder. »Ist dort nicht der Erfinder der Eisbombe beheimatet gewesen?«

»Sie meinen Fürst Pückler?«, antwortete Gärtner. »Der hat es als sein Lebenswerk angesehen, in Bad Muskau einen riesigen

Park anzulegen. Dabei hat er sich finanziell übernommen und ist, um es mit heutigen Worten auszudrücken, pleitegegangen.« Bad Muskau lag an der Neiße, direkt gegenüber der polnischen Stadt Łęknica. Die Postbrücke verband die beiden Städte. Auf ihr herrschte ein reger Verkehr, da direkt auf der anderen Seite der stark frequentierte Polenmarkt angesiedelt war. Deshalb hatte die Bundespolizei ein besonderes Augenmerk auf diesen Grenzübergang. So war ihnen ein Fahrzeug mit polnischem Kennzeichen aufgefallen, das sich unsicher bewegte und von einem fremdländisch aussehenden Fahrer gesteuert wurde. Die beiden Polizisten des Bundespolizeireviers Bad Muskau waren dem Auto mit ihrem zivilen Streifenwagen gefolgt. Der Wagen war die enge gewundene Hauptstraße entlanggefahren und auf den Marktplatz abgebogen. Dort hatte der Fahrer ein Café-Bistro aufgesucht. Sie hatten ihm Zeit gelassen, eine Bestellung aufzugeben und sich mit seinem Tablett an einen Tisch zu setzen. Dann hatten sie ihr Fahrzeug verlassen, um eine Personenkontrolle vorzunehmen. Beim Betreten des Cafés war der Mann aufgesprungen. Dabei hatte er eine Schusswaffe gezogen und ohne Vorwarnung auf die beiden Bundespolizisten geschossen. Nach den bisher vorliegenden Informationen war ein Beamter mit einem Lungendurchschuss in das Städtische Klinikum Görlitz eingeliefert worden. Sein Zustand war kritisch. Sein Kollege erlitt einen Schuss durch die Schulter. Er befand sich in der Unfallchirurgie des Kreiskrankenhauses Weißwasser. Weitere Verletzte waren nicht zu beklagen. Nach den Schüssen war der Täter aufgesprungen und geflüchtet. Erste Zeugenaussagen beschrieben ihn als »Südamerikaner«.

»Wir können davon ausgehen, dass es sich um Gutiérrez handelt«, sagte Lüder. »Wir wissen, dass er ein skrupelloser Killer ist, der sofort von der Schusswaffe Gebrauch macht. Er wird von Schweden aus nach Polen gereist sein. Jemand muss ihm diesen Weg vorgeschlagen haben. Das ist ein Nachteil der offenen Grenzen in Europa. Wie es ihm gelungen ist, nach Polen einzureisen? Das werden wir so schnell nicht in Erfahrung bringen.«

Die Kriminalpolizeiinspektion Görlitz hatte sich des Vorfalls angenommen und in Zusammenarbeit mit der Bundespolizei eine Großfahndung eingeleitet. Man hatte auch das BKA informiert. Alle wussten, dass Gutiérrez brandgefährlich war. Das hatte er jetzt erneut unter Beweis gestellt. Und nun war er im Lande. Wer kann ihn aufhalten?, fragte sich Lüder.

Er war überrascht, als eine halbe Stunde später Gallardo und O'Connor bei Jens Starke auftauchten. Als Lüder das Büro des Abteilungsleiters betrat, waren die beiden Amerikaner gerade dabei, ihren Unmut über die deutsche Unfähigkeit herauszulassen. Gallardo sah Lüder nur kurz an, dann schimpfte er weiter, dass Gutiérrez ohne Weiteres einreisen konnte und man ihn nach dem Schusswechsel in Moskau – er nannte wirklich die russische Hauptstadt – nicht fassen konnte.

»Wir sind in großer Sorge«, pflichtete O'Connor seinem Landsmann bei. »Wir haben die Deutschen gewarnt, dass der Präsident gefährdet ist. Nun hat es den Anschein, als wäre es ein Leichtes, diese Tat an dem ungeschützten Platz an der Ostsee auszuüben.«

»Die Kurzfristigkeit dieses Überraschungsbesuchs stellt uns vor große Probleme«, erwiderte Dr. Starke. »Die Kollegen vom BKA und die Bundespolizei arbeiten an einem Sicherheitskonzept unter Berücksichtigung der Örtlichkeiten.«

Gallardo wischte mit der Hand durch die Luft. »Das ist alles ineffizient. Wir haben eigentlich gedacht, die Deutschen unterstützen uns. Aber auf sie ist kein Verlass. Nehmen Sie zur Kenntnis, dass wir unseren Präsidenten auf unsere Weise absichern werden.«

»Das BKA …«, setzte Jens Starke an, aber Gallardo schnitt ihm das Wort ab.

»Hören Sie auf, immer auf andere Zuständigkeiten zu verweisen. Wir sitzen hier«, dabei pochte er hart mit den Knöcheln auf die Schreibtischplatte, »weil Sie die Kriminalpolizei sind. Es ist Ihr Job, Gutiérrez zu fassen, bevor er weiteres Unheil anrichtet.«

Dr. Starke versicherte, dass das Augenmerk aller Behörden auf die Fahndung nach dem Mexikaner gerichtet sei.

»Der ist aber nicht der Einzige, der es auf Ihr Staatsoberhaupt abgesehen hat«, warf Lüder ein.

Gallardo schenkte ihm einen abschätzigen Blick, wandte sich aber gleich wieder dem Kriminaldirektor zu. »Wir wissen, wer unsere Gegner sind.«

Lüder kannte zahlreiche Amerikaner. Es waren in der Regel umgängliche und gastfreundliche Menschen, sofern ihnen nicht ein Amt oder eine Uniform verliehen waren. Man unterstellte oft den Deutschen, dass eine Uniform sie zu einem anderen Menschen machen würde. Selbst amerikanische Streifenpolizisten bestanden darauf, mit »Sir« angesprochen zu werden. Er stellte sich vor, wie ein deutscher Polizist reagieren würde, spräche man ihn mit »Euer Gnaden« an. Der Gedanke zauberte ihm ein Lächeln ins Gesicht.

»Finden Sie es amüsant, wenn hier jede Menge Attentäter frei agieren können?«, interpretierte Gallardo Lüders Mimik falsch.

»Machen Sie uns nicht dafür verantwortlich, dass die halbe Welt es auf Ihren Präsidenten abgesehen hat. Natürlich sind solche Persönlichkeiten immer gefährdet. Aber der Mann hat es auf die Spitze getrieben. Die Chinesen sehen in ihm die Ursache für den wirtschaftlichen Abschwung. Eine militante Gruppierung aus Mittelamerika möchte ihn aus dem Weg räumen. Sie macht ihn für das harte Vorgehen gegen Flüchtlinge verantwortlich und hasst ihn wegen des Plans, eine Mauer an der mexikanischen Grenze zu errichten. Im eigenen Land gibt es eine Widerstandsgruppe, die mit seiner Innen- und Gesundheitspolitik nicht einverstanden ist. Das sind aber nicht alle potenziellen Gefährdergruppen. Schweigen wir von den Iranern, den Irakern, den Arabern und so weiter. Es gehört schon eine Menge dazu, selbst die gutmütigen Dänen gegen sich aufzubringen.«

»Ist er ein Kommunist?«, fragte Gallardo und zeigte mit dem Daumen über die Schulter auf Lüder, ohne ihn anzusehen. »Oder haben Sie ihn von der Stasi geerbt? Es war ein Fehler, Deutschland wiederzuvereinigen.«

»Meine Herren«, mahnte Dr. Starke. »Wir sollten uns hier auf die Sachthemen konzentrieren.«

»Suchen Sie Gutiérrez und schalten Sie ihn aus. Um alles andere kümmern wir uns«, erklärte Gallardo. »Sonst ...«, fügte er drohend an.

»Was ist sonst?«, fragte Lüder mit donnernder Stimme, erhielt aber keine Antwort.

»Ihn da«, jetzt zeigte Gallardo auf Lüder, »wollen wir nicht mehr dabeihaben.«

Dann verließen die beiden Amerikaner grußlos den Raum.

Lüder nickte versonnen. »Uns ist allen bewusst, dass es eine heikle Mission ist.« Er schlug sich mit der flachen Hand gegen die Stirn. »Was verschlägt diesen Blödmann nach Schleswig-Holstein? Nachdem er seinen Bundesstaat Colorado nicht kannte, wird er mit Hedwig Holzbein nichts anfangen können. Ich habe es auch bei Amerikanern, die noch halbwegs bei Trost sind, ein ums andere Mal erleben müssen, dass nachgefragt wird: Baltic – was? Die kleine überflutete Wiese vor unserer Haustür spielt im Land der unbegrenzten Möglichkeiten keine Rolle.«

»Du solltest ein wenig mehr Diplomatie wagen«, sagte Dr. Starke. »Mit deinem mittelholsteinischen Bullerkopf kommst du nicht weit. Die Leute, mit denen wir es zu tun haben, spielen in einer anderen Liga. Wir sind hier in Randdeutschland.«

»Dann sollen sie selbst für den Schutz ihres Präsidenten sorgen, dabei aber unsere Spielregeln beachten. Wir sind hier nicht im Wilden Westen.« Mit einem Grinsen ergänzte er: »Sondern im Wilden Norden.«

»Wir müssen unser Bestes geben«, sagte Dr. Starke.

»Wie immer«, erwiderte Lüder und verließ das Büro des Vorgesetzten. Mit einem gefüllten Kaffeebecher suchte er seinen eigenen Arbeitsplatz auf.

Hauptkommissar Sawitzki meldete sich. »Ich habe eine gute Nachricht für Sie. Na ja, ob sie gut ist, müssen Sie selbst entscheiden. Der Anwalt der drei Gewalttäter, die Sie in Gaarden überfallen haben, war hier.«

»Wer ist das?«

Sawitzki nannte einen Namen.

»Den kenne ich«, erwiderte Lüder. »Nicht nur, weil er türkische Wurzeln hat. Er vertritt oft Mandanten mit Migrationshintergrund. Bei Straftaten, aber auch wenn es um Asylanträge oder Sozialhilfe geht. Dabei ist sicher hilfreich, dass er ihrer Muttersprache mächtig ist.«

»Sie sind ein Gutmensch«, brummte Sawitzki. »Wir vom 4. Revier müssen uns täglich mit den Chaoten auseinandersetzen. Was nützt uns der Hinweis, dass es sich um eine Minderheit in Gaarden handelt? Sie macht uns schwer zu schaffen. Wussten Sie, dass der Anwalt auch schon für Haydar Nefer aktiv geworden ist? Da schließt sich der Kreis.«

»Ich verstehe den Zusammenhang nicht.«

»Eben. Sie kommen nicht von hier. Nach dem Besuch des Anwalts hat der eine der Täter die Anzeige gegen Sie zurückgezogen. Er behauptet, sich im ersten Schock geirrt zu haben. Er ist zuerst gestolpert, weil die Stadt die Unebenheiten auf dem Gehweg nicht beseitigt hat und Gaarden verkommen lässt. Nachdem er Sie unfreiwillig gestreift hat, hat er das Gleichgewicht verloren und ist gestürzt. Dabei hat er sich die schmerzhaften Verletzungen am Gemächt zugezogen.«

»Und die beiden anderen?«

»Der mit dem Messer – die Anzeige bleibt bestehen. Der kommt nicht so einfach aus der Sache heraus. Da er bei uns kein Unbekannter ist, wird ihm dieses Mal mehr als ein Denkzettel verpasst werden. Oder wollen Sie Ihren Bericht korrigieren?«, fragte Sawitzki lauernd.

»Keineswegs. Die drei waren bewusst darauf aus, Gewalt zu verüben. Darüber soll das Gericht entscheiden.«

»Es gibt noch einen Zeugen, der sich gemeldet hat«, ergänzte Sawitzki. »Sie haben Haydar Nefer besucht. Nach Ihrem Aufbruch hat dessen Leibwächter zufällig aus dem Fenster gesehen und den Vorfall beobachtet. Seine Aussage deckt sich mit denen der Aggressoren, also auch das mit dem zufälligen Stolpern. Sie wollen doch nicht in Zweifel ziehen, dass es sich um ein abgekartetes Spiel handelt? Nefer will, dass die Sache auf kleiner Flamme gekocht wird. Und was der will, das geschieht in Gaarden. Das Gute – für Sie – ist die zurückgezogene Anzeige. Das Schlechte ist, dass wieder einmal am Recht manipuliert wird. Bleibt der gute Rat für Sie: Halten Sie sich künftig von Gaarden fern. Immer wenn Sie hier auftauchen, gibt es Ärger. Tschüss.« Damit hatte Sawitzki aufgelegt.

Der provozierte Streit mit Lüder kam Nefer ungelegen. Nach Lüders Besuch musste dem Hell King klar geworden sein, dass er in eine missliche Situation geraten könnte. Nefer musste ein großes Interesse daran haben, dass es in seinem Bereich ruhig blieb. Und diesen Vorfall hatte Nefer auf seine Weise bereinigt.

Dr. Starke rief ihn an. »Ich weiß nicht, weshalb ich mich darauf einlasse«, sagte der Kriminaldirektor. »Aber wir sollten es versuchen. Regelst du alles mit der Kriminaltechnik? Ich habe mir unter einem Vorwand das Einverständnis von Frau Dr. Braun besorgt. Die Dinge entwickelten sich positiv.«

»Danke, Jens.« Lüder war begeistert und suchte Sören Hennings auf. Der Techniker war schon informiert und versprach, alles in die Wege zu leiten. Auch Professor Michaelis war sofort von diesem »Abenteuer« angetan, nachdem Lüder ihn telefonisch vage ins Bild gesetzt hatte.

Lüder suchte verschiedene Dienststellen im Haus auf, sprach mit den Kollegen von der Technik, informierte sich bei den Experten des Mobilen Einsatzkommandos und des SEK, diskutierte mit den Leuten vom Personenschutz und ging noch einmal mit Oberrat Gärtner dessen Liste der potenziellen Gefährder durch. Es war unbefriedigend. Den Kielern waren die Hände gebunden. Die arrogant auftretenden Amerikaner trauten niemandem. Sie würden alles nach ihren Vorstellungen regeln wollen. Berlin hielt sich zurück. Dort war man darauf bedacht, den Amerikanern keinen Vorwand für Kritik zu liefern. Man versteckte sich, wie auch in der Politik, in der zweiten Reihe. Die involvierten Bundesinstitutionen erachteten es auch nicht als erforderlich, sich mit den Behörden des Landes abzustimmen.

»Wir sind für die nur nützliche Idioten«, knurrte Lüder vor sich hin.

Auch Bürgermeisterin Meyer hatte ihm ihr Leid geklagt. Die

nachgeordneten Instanzen hatten es hinzunehmen. Auf die Ratschläge der Betroffenen wurde kein Wert gelegt, auf ihre Bedenken schon gar nicht gehört. Die Gemeinde Timmendorfer Strand war sicher nicht erbaut vom Besuch des US-Präsidenten und von den damit verbundenen Einschränkungen. Für das gebotene Schauspiel müsste man eigentlich temporär die Kurtaxe erhöhen, dachte er und war überrascht, als ihn der Abteilungsleiter zu sich bat.

»Nimm Platz«, forderte ihn Jens Starke auf und schloss hinter Lüder die Tür. »Es gibt etwas Neues«, druckste er herum.

»Hat man etwas von Gutiérrez gehört?«

»Nein, leider nicht. Die Amerikaner …« Der Kriminaldirektor stockte. »Also. Die beiden sind in Berlin vorstellig geworden. Ich weiß nicht, über welchen Weg das gelaufen ist. Aber … du bist aus dem Geschäft.«

Lüder lachte bitter auf. »Die wollen mich loswerden?«

»Nicht wollen. Berlin hat Druck gemacht. Du bist von allen Aufgaben im Zusammenhang mit dem Präsidentenbesuch entbunden. Ab sofort machst du wieder normalen Dienst.«

»Wie wird das begründet?«

Dr. Starke wich seinem Blick aus.

»Unterschiedliche Auffassungen können nicht der Grund sein.«

»Man hält dich für politisch nicht zuverlässig.«

»Was?« Lüder war in die Höhe gesprungen.

»Das ist natürlich absoluter Blödsinn. Jeder hier weiß um deine Loyalität gegenüber dem Land, Recht und Gesetz. Daran gibt es keinen Zweifel. Die Amerikaner leiten ihre Ansicht aus deiner kritischen Haltung gegenüber dem Präsidenten ab.«

»Die nehmen doch für sich in Anspruch, für die Freiheit in der Welt einzustehen. Da müssen doch kritische Worte erlaubt sein.«

»Jaaaa«, erwiderte Jens Starke gedehnt. »Das gilt aber nicht, wenn man ihren Ersten Mann angreift. Außerdem sagt man, dass man dich nicht für fähig genug hält. Man spricht dir jede Kenntnis für solche Aufgaben ab. Das alles solltest du nicht persönlich nehmen. Du bist angeeckt. Um die amerikanischen Freunde nicht zu verärgern, hat Berlin diese Entscheidung getroffen.«

»Wer steckt in Berlin dahinter? Nenne mir den Namen«, forderte Lüder.

Doch Dr. Starke beließ es bei einem schlichten »Berlin«.

Mit einem unausgesprochenen »Ihr könnt mich alle mal …« machte Lüder Feierabend.

Margit zeigte sich über sein Erscheinen erfreut. Er nahm sie fest in den Arm.

»Du bist die Allerbeste, Frau Lüders«, sagte er.

Sie hatte – auch im Hinblick auf die Patchworkfamilie – einen Doppelnamen gewählt. Aber im Alltag hatten sich alle angewöhnt, sie mit »Frau Lüders« anzusprechen. Und das hörte sich verdammt gut an, fand Lüder.

DREI

Margit hatte sich gewundert, dass Lüder beim Frühstück offenbar alle Zeit der Welt hatte. »Musst du nicht zum Dienst?«, wollte sie wissen.

»Doch, aber es gibt noch ein paar andere Sachen, die wichtiger sind, als die Welt zu retten«, hatte er geantwortet. Er hatte ihr verschwiegen, dass man ihn ausgebootet hatte.

Margit war aufgestanden, um die Kanne von der Kaffeemaschine zu holen und nachzuschenken. Auf dem Weg hatte sie ihm über den Kopf gestreichelt.

»Wird mein Mann alt?«, hatte sie mit einem Lächeln gefragt.

»*Wird?*«

Jetzt war er im Polizeizentrum Eichhof eingetroffen. War es Einbildung? Oder verhielten sich die Kollegen, denen er auf dem Flur begegnete, heute anders? Manche Nachrichten verbreiteten sich wie ein Buschfeuer. Er hatte den Eindruck, jeder sah ihn merkwürdig an. Ein prüfender Blick hier, ein verstohlenes Zur-Seite-Sehen dort. Offenbar wusste das ganze LKA, dass sein Mitwirken in der Projektgruppe »Präsidentenbesuch« beendet war. Niemand richtete in dieser Sache das Wort an ihn, aber wie so oft kursierten Gerüchte, wenn es am Faktenwissen mangelte. Er verkroch sich mit dem Kaffeebecher in seinem Büro, schloss die Flurtür und folgte der alten Gewohnheit – dem Studium der Tageszeitungen.

Der Präsidentenbesuch wurde in allen Presseorganen thematisiert. Ernsthaft ausgerichtete Blätter stellten die Frage, ob es am Rande des ausdrücklich als privat deklarierten Besuchs auch Gespräche mit deutschen Politikern geben würde. Solche Leute sind nie »privat«, stellte ein Kolumnist fest. Die Zeitungen mit den seichteren Themen befassten sich mit der Frage, was der Staatsgast wohl essen würde, wie er schliefe und wo die First Lady shoppen ginge. Für diese Zeitungen war es klar, dass der Gast mit Ehefrau anreisen würde. »Schlafen sie in getrennten

Räumen?«, wollte der Zeitungsmensch wissen. Wenn das die Probleme der Menschen sind …, dachte Lüder sarkastisch.

Er wunderte sich, dass selbst Friedjof ihn heute nicht aufsuchte. Aber vielleicht hatte der Bürobote frei.

Lüder war überrascht, als ihn Dr. Starke kurz nach dem Mittagessen zu sich bat. Oberrat Gärtner war schon anwesend. Lüder hatte den Eindruck, dass die beiden Männer schon länger zusammensaßen.

»Auch wenn du mit anderen wichtigen Aufgaben betraut bist«, sagte der Abteilungsleiter, »möchte ich, dass du informiert bist und auf dem Laufenden bleibst.«

Der »Scheiß-Starke«, wie ihn Große Jäger einst genannt hatte, hatte eine erstaunliche Wandlung vollzogen. Es gab Zeiten, in denen er Lüder unverblümt einen Wechsel in ein anderes Tätigkeitsfeld nahegelegt hatte, und er betonte immer wieder, dass er in dieser Abteilung das Sagen hatte. Und nun bat er Lüder in sein Büro?

Dr. Starke berichtete, dass es vor etwa einer Stunde einen erneuten Zwischenfall gegeben hatte. Gutiérrez hatte in einem Bistro in der mecklenburgischen Kleinstadt Gadebusch eine Rast eingelegt und war dort mit dem Personal aneinandergeraten. Der Mexikaner war handgreiflich geworden und hatte den Bistromitarbeiter leicht verletzt. Anschließend war Gutiérrez zu Fuß geflüchtet. Niemand war ihm gefolgt. Deshalb konnte die herbeigerufene Polizeistreife auch nicht die Verfolgung aufnehmen. Es blieb unbekannt, mit welchem Fahrzeug sich Gutiérrez bewegte.

»Gadebusch«, überlegte Lüder laut, »liegt unweit der Landesgrenze zu Schleswig-Holstein. Der Killer bewegt sich zielsicher in Richtung Timmendorfer Strand. Der Ring um den Aufenthaltsort seines potenziellen Opfers sollte enger gezogen werden.« Er sah Gärtner an. »Sie haben eine Vielzahl möglicher Quellen genannt, die an einer Schädigung des Präsidenten interessiert sein könnten. Wir haben mit Gutiérrez aber einen ganz heißen Kandidaten. Der Mann ist eine Mordmaschine, soweit wir wissen. Weshalb ist er in Gadebusch aufgefallen?«

»Das ist eine wichtige Information«, sagte Dr. Starke. »Es ging um sprachliche Differenzen. Gutiérrez spricht kein Deutsch. Bei dem Bistromitarbeiter handelte es sich anscheinend um jemanden mit Migrationshintergrund, der seinerseits nicht des Englischen mächtig ist. In der mangelnden Kommunikationsfähigkeit Gutiérrez' könnte für uns ein Ansatzpunkt liegen. Ich habe diesen Gedanken auch schon mit Herrn Timmerloh vom BKA erörtert. Er hält Kontakt zu unseren amerikanischen Freunden.«

»Freunden?«, fragte Lüder skeptisch. »Unter diesem Präsidenten kann man nicht einmal mehr von Waffenbrüdern sprechen.«

Alle drei starrten auf das schnarrende Telefon. Dr. Starke nahm ab.

»Ja?« Während er lauschte, sah er abwechselnd Gärtner und Lüder an.

»Ist man sich sicher?« Dann hörte er wieder zu. »Ja, aber …«, setzte er an. »Das fällt mir schwer zu glaub…« – »Das kann nicht sein.« – »Aber …« – »Informieren Sie mich umgehend, falls es Neuigkeiten gibt.«

Dann legte er auf und schüttelte ungläubig den Kopf. Er tippte mit dem sorgfältig manikürten Zeigefinger auf den Telefonhörer.

»Die Lübecker Polizei glaubt, Gutiérrez gefasst zu haben.«

»In Lübeck?«, fragte Gärtner.

»Im Hauptbahnhof. Ein Beamter, der auf dem Weg nach Hause war, hat ihn zufällig entdeckt und die Wache der Bundespolizei im Bahnhof informiert. Die haben den Mann festsetzen können.«

»Wo ist er jetzt?«, wollte Lüder wissen.

»Immer noch im Bahnhof.«

»Und es hat keine Auseinandersetzung gegeben? Keinen Widerstand? Keine Schießerei?«, zeigte sich Lüder überrascht.

»Davon wurde nicht gesprochen.«

Lüder stand auf. »Wenn du damit einverstanden bist, fahre ich sofort nach Lübeck und sehe mich vor Ort um.«

Dr. Starke nickte geistesabwesend. »Das kann ich vertreten. Das ist unser Zuständigkeitsbereich. Falls es der Gesuchte ist und die Bundesanwaltschaft das Verfahren an sich zieht, ist es früh genug, dass wir den Fall an das BKA abgeben.«

Lüder machte sich umgehend auf den Weg in die Hansestadt. Er hatte Mühe, am Hauptbahnhof einen Parkplatz zu finden. Ein grauhaariger Hauptkommissar hörte sich seinen Wunsch an, prüfte sorgfältig Lüders Dienstausweis und beauftragte zwei jüngere Kollegen, den Festgesetzten vorzuführen.

Dr. Starke hatte mit seinen Zweifeln recht behalten. Der Mann, dem noch Handfesseln angelegt waren, war kein Mexikaner. Es handelte sich um einen Asiaten.

»Das soll Gutiérrez sein?«, fragte Lüder den grauhaarigen Hauptkommissar.

Der zog die Schultern in die Höhe. »Ich war davon nie überzeugt. Er da«, dabei zeigte er auf den Mann, der verloren zwischen den beiden wesentlich größeren Bundespolizisten stand, »hat uns einen südkoreanischen Pass präsentiert, den ich aber für gefälscht halte. Danach heißt er Yeong-jae Lee. Vielleicht heißt er auch Hong Bin.«

»Wer soll das sein?«, fragte Lüder.

Der Hauptkommissar grinste. »Keine Ahnung. So heißt der Chinese bei uns an der Ecke, zu dem meine Frau und ich gerne gehen.«

Lüder bat den Mann, Platz zu nehmen, und forderte die Polizisten auf, ihm die Handschellen abzunehmen.

»Das ist eine Vorsichtsmaßnahme«, erklärte der Hauptkommissar. »Wir haben bei ihm eine Schusswaffe gefunden, eine Daewoo. Ich habe einmal nachgesehen, weil das Ding bei uns eher eine Rarität ist.« Der Beamte zeigte auf den Bildschirm. »Daewoo ist ein südkoreanischer Mischkonzern. Die bauen Autos, aber auch Waffen. Das Ding hier ist eine DP51C-Pistole mit Kaliber neun Millimeter Luger.«

»Ist das Ihre Waffe?«, fragte Lüder.

Lee sah durch ihn hindurch.

»Zu welchem Zweck führen Sie eine Waffe mit sich?«

Keine Antwort.

»Sie wissen, dass es verboten ist und unter Strafe steht?«

Lee schwieg beharrlich. Entweder sah er an Lüder vorbei oder durch ihn hindurch. In seinem Gesicht regte sich nichts.

»Wie ist Ihr richtiger Name?«

Schweigen.

»Wir gehen davon aus, dass Ihr Pass eine Fälschung ist.«

Es half nichts. Sein Gegenüber gab keinen Ton von sich.

»Verstehen Sie mich überhaupt?«, wollte Lüder wissen.

Yeong-jae Lee antwortete nicht.

»Was führt Sie nach Lübeck?«

Erwartungsgemäß erhielt Lüder auch darauf keine Antwort. Der Hauptkommissar hatte seine Ellenbogen auf der Tischplatte abgestützt und seinen Kopf in die Handflächen gelegt.

»Harter Brocken, was?«, kommentierte er Lüders Versuche, dem Mann etwas zu entlocken. »Leute aus der Republik Korea benötigen kein Visum. Das steht in der Aufenthaltsverordnung. Was soll nun mit ihm geschehen? Wäre nicht das Ding mit dem Schießeisen – wir müssten ihn laufen lassen. Nee«, fiel ihm ein. »Da ist noch die Sache mit dem falschen Pass.«

»Wir behalten ihn unter Verschluss«, entschied Lüder, »bis die Dinge geklärt sind.« Lee war ein Rätsel, aber ob er in Verbindung mit dem Besuch des amerikanischen Präsidenten stand, war unklar.

Sie sahen auf, als im Nebenraum eine lautstarke Debatte losbrach. Ein Beamter betrat den Raum, wurde aber sofort unsanft zur Seite gedrängt. Lüder hatte die Stimmen erkannt. Gallardo und O'Connor. Der FBI-Mann stutzte, als er Lüder sah.

»Was machen Sie hier?«, brüllte er. »Sie sind doch aus dem Geschäft. Kommunist und Versager.«

Lüder sprang auf und baute sich vor dem Mann auf. Er war wenige Zentimeter größer als Gallardo. Lüder rückte ganz nah heran, dass sich die Nasenspitzen fast berührten.

»Pass auf, du Bloody Bastard«, zischte er. »Dieses ist mein Land. Hier bin ich Polizist, und du bist ein Nobody. Und wenn du noch einmal einen falschen Ton von dir gibst, zeige ich dir, wer der Versager ist. Klar?«

Gallardo zeigte sich nicht beeindruckt.

»FBI«, fauchte er zurück. »Wir sind in offizieller Mission unterwegs. Ist das der Mann?« Er zeigte auf Lee. »Wir wollen ihn abholen.«

»Bitte?« Lüder trat einen Schritt zurück.

Gallardo wandte sich an den Uniformierten, präsentierte ihm einen FBI-Ausweis und forderte die Übergabe des Mannes.

Der Hauptkommissar grinste breit und erachtete es nicht als erforderlich, aufzustehen.

»Sprich Deutsch mit mir, du Trottel«, sagte er trocken und zuckte demonstrativ mit den Schultern. »I can nix verständ you«, radebrechte er.

Lüder hatte Mühe, ein Lachen zu unterdrücken. So ein kunstvoll falsches Englisch hatte er noch nie gehört.

»Es geht um den Schutz unseres Präsidenten. Wir haben alle Vollmachten«, mischte sich O'Connor ein. Er rückte ein wenig an Lüder heran. »Mensch, unsere Völker sind Partner«, versuchte er es in vertraulichem Ton.

»Daran zweifele ich nicht. Aber hier gelten unsere Gesetze.«

»Wir haben auch Gesetze«, erwiderte O'Connor.

»Aber ein anderes Rechtssystem«, entgegnete Lüder. Unerwähnt ließ er, dass in Deutschland niemand auf die Idee käme, eine Fast-Food-Kette auf fünf Millionen Schadenersatz zu verklagen, weil der Kaffee angeblich zu heiß war.

»Amerikanische Polizisten haben alle eine Hochschule besucht. Was verstehen Sie von unseren Gesetzen?«

»Ich habe davon gehört«, antwortete Lüder. »Genug des Schwadronierens.« Er zeigte auf die Tür. »Gehen Sie. Der Mann hier wird nach unseren Gesetzen behandelt.«

Gallardo zeigte mit ausgestrecktem Arm auf Lüder und sah O'Connor an. »Hörst du das, Pat? Dieser Bulle will den Mörder unseres Präsidenten freilassen?«

Das war auch für O'Connor zu viel. »Komm, Steve«, sagte er und zog den sich widersetzenden Gallardo hinaus.

»Was war das denn?«, wunderte sich der Hauptkommissar.

Lüder lächelte. »Bilden Sie sich ein eigenes Urteil.«

»Die sind ja völlig durchgeknallt.« Der Grauhaarige machte eine Wischbewegung vor seinem Gesicht. »Und was ist nun mit Hong Bin?«

Der Koreaner hatte die ganze Zeit über stumm zugehört.

Sein Blick war zum jeweils Sprechenden gewandert. Lüder war überzeugt, dass Yeong-jae Lee den Disput um seine Person mitbekommen hatte.

»Wollen Sie uns jetzt etwas sagen?«, fragte Lüder. »Zu Ihrer Person und zu der bei Ihnen gefundenen Waffe?« Als Antwort erhielt er einen nichtssagenden Blick. Der Koreaner hielt es nicht einmal für notwendig, den Kopf zu schütteln. Lüder hätte dem Mann gern einen Schrecken eingejagt und behauptet, man würde ihn doch an die Amerikaner übergeben. Das hätte Lee nach der vorhergehenden Szene vielleicht beeindruckt. Irgendetwas störte Lüder an Lee. Wäre er ein harmloser Tourist, hätte er sich nicht so verhalten. Plötzlich hatte Lüder noch eine Idee. Er sprach den Hauptkommissar auf Englisch an.

»Ich werde den Pass mitnehmen und dem Generalkonsulat der Republik Korea in Hamburg übergeben. Die sollen sich dann um ihren Landsmann kümmern.«

Während er sprach, hatte er Lee beobachtet. Nur einem geschulten Beobachter fiel auf, dass Lee bei diesen Worten kaum merklich mit den Augenlidern zuckte.

Der Hauptkommissar verstand plötzlich jedes englische Wort. Nahezu akzentfrei erwiderte er: »Wollen Sie ihn gleich mitnehmen?«

»Nein. Ich werde veranlassen, dass die Koreaner ihn abholen und selbst nach Hamburg bringen. Oder sonst wohin.«

Lee schien sich plötzlich unbehaglich zu fühlen, schwieg aber weiter. Der Hauptkommissar gab seinen beiden Kollegen einen Wink mit der Hand, dass sie Lee abführen konnten.

»Das ist ein merkwürdiger Fall«, sagte er.

Lüder gab ihm recht, verschwieg aber seine Idee, dass Lee möglicherweise Koreaner war, aber von der anderen Seite der Demarkationslinie stammte. Halblaut murmelte Lüder: »Kim Jong-bum«, und meinte damit den nordkoreanischen Diktator. Merkwürdig, fiel ihm ein, dass viele als unberechenbar einzustufende Staatsmänner einen außergewöhnlichen Haarschnitt trugen.

Der Hauptkommissar wollte wissen, was wirklich mit Hong Bin, wie er ihn nannte, geschehen sollte.

Lüder versprach, sich darum zu kümmern, verabschiedete sich und fuhr nach Kiel zurück.

Dort berichtete er Dr. Starke von seinem Besuch und der Vermutung zur Nationalität Lees.

Der Kriminaldirektor stimmte ihm zu.»Dieser Lee ist ein Zufallsfund. Eine Verwechslung. Ich werde aber hellhörig, wenn sich ein undurchsichtiger vermutlicher Nordkoreaner mit einer Waffe im Gepäck in der Nachbarschaft zum amerikanischen Präsidenten aufhält. Das ist mir zu heikel. Was sollen wir mit Lee machen? Zum Reden werden wir ihn nicht bringen. Mit dem Konsulat sprechen?«

Lüder schlug vor, das BKA einzuschalten und Timmerloh zu informieren.»Der Koreaner ist ein Fang der Bundespolizei. Die verstehen sich auch auf den Umgang mit Leuten, die gegebenenfalls gegen das Ausländerrecht verstoßen haben. Der unerlaubte Waffenbesitz? Dafür geht Lee nicht ins Gefängnis. Und ob er es auf den US-Präsidenten abgesehen hat? Das ist schwer zu beweisen. Man muss seine Sachen durchforsten, prüfen, wo er sich aufgehalten hat, die Handydaten auswerten und so weiter. Es bedeutet viel Aufwand, allein die dazu erforderlichen richterlichen Genehmigungen einzuholen. Wenn Timmerloh der Meinung ist, es wäre lohnenswert, Lee als Spur weiterzuverfolgen, soll er die Bundesanwaltschaft einbeziehen. Die haben gute Kontakte und bekommen die richterlichen Beschlüsse eher als wir.«

Dr. Starke hatte Lüder schweigend zugehört.»Ich werde alles veranlassen«, sagte er.

Lüder tippte sich an die Schläfe.»Das war's dann für mich.« Anschließend kehrte er in sein Büro zurück.

Es war kurz vor Feierabend, als Gärtner in seinen Arbeitsraum gestürmt kam.»Er hat wieder zugeschlagen«, sagte der Kollege atemlos.

»Wer?«

»Der Präsident.« Gärtner nahm sich nicht die Zeit, Platz zu nehmen. »Er hat getwittert.«

»Hat er seinen Besuch abgesagt?«, hoffte Lüder.

»Nein. Aber lesen Sie selbst.« Gärtner reichte Lüder sein Handy.

»Ich sehe nichts.«

»Moment.« Gärtner wischte über das Display. »Hier.« Es waren mehrere Tweets, wie die Welt sie kannte.

Ich, der Präsident der Vereinigten Staaten, werde Amerika dorthin zurückführen, wo es hingehört: an die Weltspitze. America First. Das amerikanische Volk hat mich gewählt, weil ich der Einzige und Richtige bin, der das kann. Ich bin der wichtigste Mann der Welt. Das passt Amerikas Feinden nicht. Sie wollen das verhindern. Dazu ist ihnen jedes Mittel recht. Sie schrecken auch vor feigen Morden nicht zurück. Deshalb muss der Präsident der Vereinigten Staaten geschützt werden. Für den wichtigsten Mann der Welt sollten die notwendigen Maßnahmen machbar sein. Weshalb kann der Präsident nicht durch das Militär geschützt werden, wenn er statt in das nicht kooperative Dänemark nach Deutschland reist? Ist das deutsche Militär dazu nicht in der Lage? Sie verlassen sich auf Amerikas Stärke, ohne eine eigene schlagkräftige Armee aufzubauen. Amerikas Bürger sollen allein für den Schutz der NATO-Staaten aufkommen, unsere tapferen Soldaten ihr Leben für die anderen riskieren. Nein! Europa. Engagiert euch an Amerikas Seite. Zeigt euren guten Willen.

Lüder las den Text ein zweites Mal.

»Wie ernst kann man seine Absonderungen nehmen?«, sagte er mehr zu sich selbst.

»Unsere Meinung ist nicht gefragt«, stellte Gärtner fest. »Dieser Text löst in Berlin ein Erdbeben aus. Sie haben Sabine Wuschig und von Ravenstein aus dem Außenministerium gehört. Nach dem Handelsstreit und seinen Folgen für die deutsche Wirtschaft möchte man in Berlin keine weitere Eskalation und fürchtet, dass jede Abweichung vom Wunsch des Präsidenten das ohnehin getrübte Verhältnis weiter verschlechtern könnte.«

»Lieber Herr Gärtner«, setzte Lüder an. »Mit diesem Tweet hat man den Strick um unseren Hals enger gezogen. Da sollen sich andere den Kopf zerbrechen. Es ist nicht mein Problem. Ich bin aus dem Spiel.«

»Ja, aber ...«, begehrte Gärtner auf, brach aber ab. »Hoffentlich fasst dieser Mensch in seiner Selbstüberschätzung einmal einen klugen Gedanken und bleibt zu Hause.«

»Das kann er nicht«, widersprach Gärtner.

Der Oberrat hatte recht, dachte Lüder. Es würde gegenüber der Weltöffentlichkeit so aussehen, als würde der Präsident kneifen. Viele hatten die Diskussion vergessen, dass man ihm Feigheit vorwarf, weil er sich mit einem vorgeschobenen Grund um den Militärdienst in Vietnam gedrückt hatte. Das würden seine Berater nicht wieder aufwärmen wollen.

Lüder lehnte sich zurück und verschränkte die Arme vor der Brust. »Ich lasse mich überraschen. Die Sache bleibt spannend.«

»Ich bin lange im Polizeidienst«, stellte Gärtner kopfschüttelnd fest. »Aber so etwas ...«, ließ er den Satz unvollendet und ging.

»Für nichts auf der Welt möchte ich so einen Job haben«, sagte Lüder zu sich selbst. »Statt Washington oder Florida fühle ich mich in Kiel wohler.«

Es ging ihm richtig gut, als er nach dem Abendessen mit Margit zusammensaß. Sie hatten eine Flasche Rotwein geöffnet, und insgeheim freute er sich, dass seine Frau schon das zweite Glas trank. Solche Kleinigkeiten waren Anzeichen dafür, dass die Familie Lüders zurück auf dem Weg in die Normalität war. Dazu hatte auch Sinjes lebhafter Diskussionsbeitrag beigetragen. Die Tochter hatte festgestellt, dass Lüder aufgrund seiner Tätigkeit doch Zugang zum Präsidenten haben müsse. Das wäre eine gute Gelegenheit, sie mitzunehmen. Sie würde diesem »Typen« – und das war wörtlich – gerne erklären, wo die wirklichen Probleme dieser Welt lagen. Nicht die alten Männer, sondern die Jugend müsste mit der zukünftigen Welt zurechtkommen. Lüder hatte sich darüber amüsiert, mit welchem Feuereifer Sinje für ihre Meinung focht.

Jetzt saßen sie zu zweit zusammen und unterhielten sich über die Nachbarin, Frau Mönckhagen. Niemand vermochte sich gegen das Alter und seine Folgen zu stemmen. Auch die liebenswerte Frau von nebenan nicht. Margit hatte laut überlegt, in welcher Weise man ihr behilflich sein könnte, als sich Lüders Diensthandy meldete.

»Ich denke, du hast Feierabend«, merkte Margit an. Es war eine unterdrückte Rufnummer.

Lüder meldete sich mit einem schlichten »Ja«.

»Erkan ist weg«, sagte eine unbekannte Stimme.

Lüder war für einen Moment verblüfft.

»Ich verstehe nicht. Wer spricht dort?«

»Erkan, mein Sohn, ist nicht nach Hause gekommen.«

»Wer sind Sie?«

»Ich! Haydar Nefer.« Der Vizepräsident der Hell Kings.

»Ah. Herr Nefer. Was ist mit Ihrem Sohn?«

»Erkan war heute Nachmittag mit einem Freund verabredet. Er sollte um neunzehn Uhr zu Hause sein. Als er nicht kam, hat meine Frau dort angerufen. Man sagte uns, Erkan wäre um kurz nach sieben aufgebrochen. Von dort sind es fünf Minuten bis nach Hause. Aber hier ist unser Sohn nicht angekommen. Er ist immer zuverlässig, trödelt nicht und macht auch keine Umwege.«

»Haben Sie nach ihm gesucht? Kann er noch woanders sein?«

»Sie wissen, dass ich eine angesehene Position in Gaarden habe. Ich bin ein respektierter Geschäftsmann. Wir haben ein paar Freunde und Nachbarn alarmiert und nach unserem Sohn gesucht. Aber vergeblich. Nun bin ich in großer Sorge. Sie müssen mir helfen.«

»Ich verstehe Ihre Besorgnis. Sie sollten die örtliche Polizei informieren. Die hat mehr Möglichkeiten als ich.«

»Nix da«, sagte Nefer barsch. »Sie haben bei Ihrem Besuch

gesagt, ich soll mich direkt an Sie wenden. Unternehmen Sie etwas. Erkan ist elf.«

»Herr Nefer! Sie haben recht, wenn Sie sich an die Polizei wenden. Ihnen wird jede denkbare Unterstützung zuteilwerden.« Lüder atmete tief durch. »Wenn Sie möchten, setze ich die zuständige Polizei in Kenntnis. Die Kollegen werden sich umgehend mit Ihnen in Verbindung setzen.«

»Nein!« Nefer schrie ins Telefon. »Keine Polizei. Verstanden? Sonst ...«

»Ist gut«, sagte Lüder beschwichtigend. »Ich kann Ihnen wirklich nicht anders helfen, als die zuständigen Kollegen zu informieren. Hat sich jemand an Sie gewandt? Sind Sie bedroht worden? Hat man Forderungen an Sie gestellt?«

»Mein Sohn ist verschwunden. Das ist alles. Reicht das nicht?«

Lüder sprach beruhigend auf Nefer ein, konnte den Mann aber nicht überzeugen. Was sollte er unternehmen? Ohne Nefers Zustimmung Alarm schlagen? Falls der kleine Erkan entführt worden war, würde sich jemand bei Nefer melden. Der Hell King hatte sicher Feinde in seinem Geschäft. Und der Kollege Werth, mit dem Lüder über die Umtriebe Nefers gesprochen hatte, hatte angedeutet, dass der Vizepräsident schwer angreifbar sei. Allerdings wären die Kinder seine Schwachstelle. Wenn das der Polizei bekannt war, dürften auch andere darüber gestolpert sein.

»Lassen Sie uns noch etwas warten«, versuchte Lüder den aufgebrachten Vater zu beruhigen. »Falls sich etwas tut, rufen Sie mich jederzeit wieder an. Das gilt auch, wenn Sie sich entschlossen haben, die Polizei einzuschalten. Ich möchte Ihnen wirklich rat...«

Nefer hatte aufgelegt.

Margit kuschelte sich an ihn und wollte wissen, um was es ging.

»Ein besorgter Vater, dessen elfjähriger Sohn heute Abend nicht nach Hause gekommen ist«, erklärte Lüder.

»Oh verdammt«, meinte Margit und akzeptierte, dass Lüder

nicht darüber sprechen wollte. Die Beschaulichkeit des Abends war allerdings verflogen.

Lüder benötigte eine Weile, bis er die Grenze zwischen Traum und Wirklichkeit unterscheiden konnte. Das Telefon – das war Realität. Auch Margit war wach geworden und stieß ihn an. »Dein Handy«, sagte sie mit müder Stimme. Er angelte nach dem Smartphone und gab ein »Ja« von sich. Dabei versuchte er, ein Gähnen zu unterdrücken. »Sie haben sich gemeldet.« Nefer klang hastig. Lüder war mit einem Schlag hellwach. »Wer?« »Eine Frau. Sie hat gesagt, Erkan ginge es gut. Ich solle mir keine Sorgen machen. Ihm würde nix geschehen. Sie würden sich nicht an Kindern vergreifen. Ich solle nur ihrem Beispiel folgen und mich auch still verhalten. Einfach nix tun.« »Was meint sie damit? Hat die Frau es näher ausgeführt?« »Sie sagte, die Polizei müsste außen vor gelassen werden. Die wär ohnehin unfähig und könnte nix tun. Und ich solle mich ein paar Tage lang von allen Freunden fernhalten, auch von denen, die ich noch nicht persönlich kenne. So lange wären sie meine Freunde. Dann wäre alles wieder gut, und Erkan käme wohlbehalten zurück. Dem Jungen ginge es gut. Ganz bestimmt. Ich solle nicht glauben, sie wären Barbaren. Kindern würden sie nie etwas antun. Ganz sicher nicht. Würde ich die Leute aber enttäuschen, dann …« Nefer brach ab. Lüder vernahm sein Schluchzen durchs Telefon. »Sie würden garantieren, dass Erkan kein Haar gekrümmt wird. Erkan würde es sicher gut haben bei einer Adoptivfamilie in Syrien.«

Lüder hatte Mühe, sofort zu antworten. Das war eine perfide Drohung. Mit dem Stillhalten verlangte man von ihm, dass er jeden Kontakt zu Gutiérrez vermeiden sollte. Lüder hatte es dem Hell King auch nahegelegt. Jetzt wurde er mit der Entführung seines Sohnes erpresst. Für ihn war klar, dass sich die Amerikaner des Kindes bemächtigt hatten. Natürlich waren sie auf die gleiche Spur wie Lüder gestoßen, möglicherweise mit der – unfreiwilligen – Unterstützung des BKA-Mannes Timmerloh. Nein. Das

BKA war in diese perfide Entführung nicht verstrickt. Davon war Lüder überzeugt. Gallardo und seinen Spießgesellen traute er hingegen alles zu. Den Amerikanern war jedes Mittel recht, um ihren Präsidenten zu schützen. Das Vorhaben war legitim, schließlich galt es, einen Mord zu verhindern. Dabei einen kleinen unbeteiligten Jungen einzubeziehen, sprengte jedoch jeglichen Rahmen. Was sollte er jetzt unternehmen? Alarm schlagen. Das würde den Amerikanern nicht verborgen bleiben. Wie würden sie reagieren? Natürlich würden sie alles bestreiten. Ihnen etwas nachzuweisen dürfte kaum gelingen. Es würde keine weitere Kontaktaufnahme geben. Die Gefahr, dass Erkan tatsächlich in Syrien verschwand, war groß. Wer sollte ihn dort auffinden?

Unbändiger Zorn packte ihn. Er saß aufrecht im Bett und ballte die Fäuste. Gallardo, O'Connor oder wer auch immer dahinterstecken mochte …»Ich kriege euch«, sagte Lüder laut.

»Wen?«, wollte Margit wissen.

Er beugte sich zu ihr hinüber und streichelte ihr sanft über den Kopf.»Nichts. Nur ein Alptraum.«

»Nein«, erwiderte sie fest.»Dein Alptraum ist durch das Telefon zu dir gekrochen.«

»Schlaf weiter, Liebes«, sagte er ruhig. Er selbst fand keinen Schlaf mehr in dieser Nacht.

VIER

Lüder war übernächtigt. Er fühlte sich zerschlagen. Auch die heiße Dusche hatte daran nichts geändert. Margit hatte nur kurz erstaunt aufgeblickt, als er sagte, er müsse ins LKA fahren. »Am Sonnabend?« Weitere Fragen hatte sie nicht gestellt.

Vom Büro aus wählte er Jens Starkes Privatnummer an, nachdem er zuvor mit Nefer gesprochen und erfahren hatte, dass sich die Entführer des Jungen nicht wieder gemeldet hatten. Nefer war ausgewichen, als Lüder wissen wollte, ob Gutiérrez Kontakt zu ihm gesucht hatte. Der Kriminaldirektor war sprachlos. Er zeigte sich erschüttert. Öfter unterbrach er Lüder und wollte wissen, ob er sich sicher sei. Lüder erklärte, dass Nefer mit solchen Dingen nicht spaßen würde. Dr. Starke schloss sich Lüders Vermutung, dass die Amerikaner damit Druck ausüben wollten, an. »Das ist ungeheuerlich. Was sollen wir jetzt unternehmen?«

Es wäre deine Aufgabe, darüber nachzudenken, dachte Lüder. »Wir sollten es für uns behalten. Ich bin mir nicht sicher, wie vertrauenswürdig Timmerloh ist. Wenn er die Amerikaner einschaltet, könnte es Konsequenzen für Nefer und seinen Sohn haben.«

»Wieso eine Frauenstimme?«, hakte Dr. Starke nach.

»Ich habe Nefer gefragt. Er meint, sie hätte akzentfrei Deutsch gesprochen. Die Amerikaner sind gut aufgestellt. Es könnte jemand aus dem Konsulat oder der Botschaft gewesen sein, oder sie haben Mitarbeiter in ihren Reihen, die des Deutschen so gut mächtig sind.«

»Wir können die Sache nicht auf sich beruhen lassen«, sagte Dr. Starke.

Lüder schlug vor, Staatsanwalt Taner einzubinden. »Da eine Kindesentführung kein Staatsschutzdelikt ist, sollten wir die Sache der Kieler Kripo übergeben.«

»Einverstanden«, stimmte der Abteilungsleiter erleichtert zu und ergänzte, dass es keine neuen Hinweise auf den Aufenthaltsort von Gutiérrez gäbe.

Lüder hatte ein kleines Mädchen am Apparat, als er versuchte, den Staatsanwalt zu erreichen. Taner wurde durch ein lang gezogenes »Paaaapaaa« zum Telefon gerufen.

»Dr. Lüders?«, fragte er überrascht, hörte sich, ohne zu unterbrechen, Lüders Bericht an. »Wir müssen aktiv werden«, stellte er nach einer kurzen Pause fest. »Entführung ist ein Offizialdelikt. Da haben wir keinen Spielraum. Ich stimme Ihnen zu, dass wir uns in einer schwierigen Situation befinden. Wir dürfen das Kindeswohl nicht aus den Augen verlieren. Da wir es offenbar nicht mit gewöhnlichen Kriminellen zu tun und die Täter vermutlich unser Vorgehen unter Kontrolle haben, ist besondere Vorsicht angesagt. Sie haben es eben selbst gehört: Ich habe auch Kinder. Allein deshalb kann ich nicht tatenlos bleiben. Außerdem würden wir uns strafbar machen. Ich werde sofort mit dem Bereitschaftsrichter Kontakt aufnehmen und versuchen, dass wir eine Genehmigung zur Überwachung der Kommunikationseinrichtungen der Familie Nefer erhalten. Welche Dienststelle sollte die Ermittlungen führen?«

»Die Kieler Bezirkskriminalinspektion.«

»Sprechen Sie mit denen?«

»Ja«, sagte Lüder und rief Hauptkommissar Vollmers an. Der war wenig begeistert von der Störung am Wochenende. Das Knurren verschwand, als er von der Entführung hörte. »Natürlich sagt mir der Name Nefer etwas. Der Kerl hat so viel Dreck am Stecken, dass man damit ganze Gebirgstäler auffüllen könnte. Das hat aber nichts mit einer Kindesentführung zu tun. Ich leite sofort die Ermittlungen ein.«

Lüder mahnte, dass Vorsicht geboten sei. Washington und Berlin würden nicht sehr begeistert sein, wenn etwas an die Öffentlichkeit gelangte.

»Das ist mir so was von scheißegal«, erwiderte Vollmers. »Wenn sich jemand an Kindern vergreift, reiße ich auch einem Präsidenten das verlauste Haar einzeln heraus. Aber das wird vermutlich nicht möglich sein. Der Mopp, den er trägt, ist wahrscheinlich ein Toupet.«

Jetzt galt es, Geduld zu bewahren. Wenn es Lüder schon schwerfiel – wie mussten sich die Eltern fühlen? Gedankenverloren machte er sich auf den Weg zum Geschäftszimmer, um festzustellen, dass heute, am Sonnabend, Edith Beyer nicht mit einem dampfenden Kaffee bereitstand.

Er kramte die Telefonnummer von Karsten Timmerloh hervor. Der Kriminaloberrat vom BKA war sofort am Apparat. Lüder fragte, was mit Lee vom Lübecker Hauptbahnhof geschehen sollte.

»Wir haben uns der Sache angenommen«, erklärte Timmerloh.

»Weshalb interessiert es Sie? Ich wundere mich, dass Sie sich eingeschaltet haben und nach Lübeck gefahren sind. Nach meinem Wissensstand sind Sie nicht mehr beteiligt.«

»Es gibt eine einfache Erklärung: Ich bin Polizist.«

»Trotzdem kennen wir Zuständigkeiten.«

»Aber auch Gemeinsamkeiten. Uns eint die Orientierung an Recht und Gesetz. Ich war überrascht, als Gallardo und sein irrer Schatten O'Connor …«

»Irrer Schatten?«, unterbrach Timmerloh.

»Haben wir eine schlechte Verbindung? Ich sprach vom irischen Schatten. Die beiden wollten Lee abholen und beriefen sich dabei auf Sie.«

»Auf mich?« Timmerloh war verblüfft.

»Woher wussten die überhaupt etwas von diesem Verdächtigen?«

Für einen kurzen Moment war es still in der Leitung.

»Das kann ich Ihnen auch nicht sagen«, erwiderte Timmerloh schnippisch.

»Darüber wird noch zu reden sein. Es gibt ein Dienstgeheimnis, Herr Kollege.«

Am anderen Ende der Leitung blieb es stumm. Dann räusperte sich Timmerloh.

»Die Untersuchungen laufen noch. Die Identität des Verdächtigen konnte noch nicht einwandfrei festgestellt werden. Ihre Vermutung, es könnte sich um einen Nordkoreaner handeln, ist nicht von der Hand zu weisen. Rätselhaft ist auch, weshalb er eine Pistole mit sich führte. In Anbetracht des Präsidentenbesuchs ist Vorsicht geboten.«

»Niemand hat Einwände, wenn Sie präventiv tätig werden. Aber dazu sollten Sie sich nicht des FBI oder des Secret Service als Erfüllungsgehilfen bedienen.«

»Vorsicht! Solche Unterstellungen sind fehl am Platz.«

»Ich verspreche Ihnen, dass ich herausfinden werde, wer den Tipp weitergegeben hat.«

»Denken Sie daran, dass Leichtgewichte sich eher verheben können«, erwiderte Timmerloh.

»Halten Sie mich auf dem Laufenden in Sachen des Koreaners«, forderte Lüder.

»Wir werden sehen.«

»Ganz bestimmt«, schloss Lüder das Telefonat.

Für einen Moment saß er unschlüssig am Schreibtisch. Was konnte er jetzt noch unternehmen? Um die Entführung würden sich Hauptkommissar Vollmers und seine Leute kümmern. Lüder wusste den Fall bei den Kielern gut aufgehoben. Gutiérrez stand auf der Fahndungsliste ganz oben. Nach ihm hielten zahlreiche Polizisten Ausschau. Um Yeong-jae Lee würde sich das BKA kümmern. Und mich hat man von diesem Fall entbunden. Dann kann ich ins Wochenende fahren, auch wenn mich das Schicksal des kleinen Erkan beschäftigen wird, überlegte er.

Am frühen Nachmittag erreichte ihn ein Anruf von Jens Starke.

»Du musst sofort ins Amt kommen.«

»Brennt die Welt?«

»Schlimmer. Aus sicherheitspolitischen Überlegungen hat man geheim gehalten, dass der Präsident schon morgen, am Sonntag, eintrifft. Nur wenige sind eingeweiht.«

»Vielen Dank für das Vertrauen, aber ich bin nicht involviert.«

»Doch. Wir brauchen jetzt jeden Mann. Und wenn er gut ist, erst recht.«

Lüder verschlug es den Atem. Solche Worte kamen dem Abteilungsleiter sonst nie über die Lippen.

»Ich verstehe das nicht. Die Berliner, das BKA und die amerikanischen Freunde haben doch alles im Griff.«

»Lüder! In einer halben Stunde im Amt.«

Bevor er antworten konnte, hatte Dr. Starke das Gespräch beendet.

Als er aufbrach, fragte Margit, ob es Neuigkeiten in der Kindesentführung gab.

Lüder zuckte nur mit den Schultern.

Dr. Starke war vor ihm im Amt. Er wirkte aufgebracht und sah immer wieder auf die Armbanduhr. Schließlich stand er auf und wanderte ruhelos durch sein Büro.

»Was ist los, Jens?«

Der Abteilungsleiter sah aus dem Fenster. Auf dem Innenhof herrschte eine beängstigende Ruhe.

»Jetzt ist alles am Rotieren«, sagte Dr. Starke. »Die Zeit war einfach zu kurz. Und es mangelt an einem Koordinator, der alle Strippen fest in Händen hält. Frau Wuschig ist sicher eine erfahrene Führungskraft in der Berliner Ministerialbürokratie, aber für die derzeitige Lage zu unerfahren.«

»Es wäre einfacher, wenn nicht jede beteiligte Institution ihr eigenes Süppchen kochen würde«, wandte Lüder ein. »Und statt einer *Ministerial*dirigentin würde eine richtige Dirigentin mehr bewirken. Der Mann mit dem toten Frettchen auf dem Kopf hat es sich doch selbst eingebrockt«, stellte er fest. »Solche Typen sind es gewohnt, dass ihr Wille umgesetzt wird. Das Wie interessiert sie nicht.«

Es dauerte unerträgliche weitere anderthalb Stunden, bis Jochen Nathusius sie zu sich rief.

»Ich komme gerade aus dem Innenministerium. Wir waren dort von unserer Seite zu dritt. Der Landespolizeidirektor und Staatssekretär Sorgenfrei.«

Lüder lachte. »Wer einen Staatssekretär mit diesem Namen hat, ist aller Probleme ledig.«

»Im Ministerium hat eine große Runde getagt. Alle relevanten Institutionen waren vertreten.«

»Wer hat die Runde geleitet?«, wollte Lüder wissen.

»Frau Wuschig vom Bundesinnenministerium.«

»Insofern …«, setzte Lüder an.

Nathusius warf ihm einen fragenden Blick zu, aber Dr. Starke erklärte es. »Es ist die Eigenart von Frau Wuschig, jeden zweiten Satz mit ›insofern‹ zu beginnen.«

»Wir wollen uns auf das Wesentliche konzentrieren«, sagte Nathusius ernst. »Es gilt folgender Plan: Der Secret Service übernimmt die Innensicherung. Das heißt, er kontrolliert das Gebäude und das Grundstück innerhalb der Einfriedung. Es gibt eine informelle Vereinbarung. Bitte vergessen Sie, dass Sie Juristen sind, aber das Areal sollte als exterritorial betrachtet werden.«

»Das heißt, wir dürfen es nicht betreten? Was ist mit den Bewohnern?«, fragte Lüder.

»Das ist eine Zusage an die Amerikaner. Die Bewohner, also Frau von Crummenthal und das Personal, sind vorübergehend ausquartiert worden. Die USA übernehmen auch die ganze Technik wie zum Beispiel die Abhörsicherheit. Sie sorgen ebenfalls für die unmittelbare Sicherheit und die Verpflegung.«

»Und kontrollieren, ob das Wasser atomar verseucht ist«, warf Lüder ein.

»Ab dem frühen Abend, sobald die Einsatzkräfte vor Ort sind, wird ein fünfhundert Meter umfassender Sicherheitsring gebildet. Der Zugang ist dann nur noch Anwohnern gestattet. Das gilt auch für die Strandpromenade und den Strand selbst.«

»Die Touristen?«

»An einer Lösung wird noch gearbeitet.«

Lüder unterdrückte die Frage, ob man inzwischen mit Bürgermeisterin Meyer gesprochen hatte. Vermutlich nicht.

»Diese Außensicherung übernehmen wir, die Landespolizei. Hierzu werden die Hundertschaften der Bereitschaftspolizei aus Eutin eingesetzt. Später kommen Verstärkung und Ablösung aus Hamburg und Mecklenburg-Vorpommern. Die Sicherung der Seeseite und des unmittelbaren Luftraums …«

»Hat man an Drohnen gedacht?«, unterbrach ihn Lüder.

»Herr Dr. Lüders! Am Tisch saßen lauter Experten«, erklärte Nathusius leicht genervt. »Auch das ist erörtert worden. Zu Ihrer Information: Diese Aufgaben liegen in deutscher Hand.«

»Der Präsident hatte sich doch den Einsatz der Armee gewünscht.«

»Lüder!« Es klang wie ein Ordnungsruf von Jens Starke.

»Ist ja schon gut.«

»Die Bundespolizei wird im Ort verstärkt Streife fahren und auch die Zufahrtswege nach Timmendorfer Strand verstärkt im Auge behalten.«

»Trotzdem bleiben viele Unwägbarkeiten.«

»Dessen sind sich alle bewusst. Die Beteiligten hätten sich gewünscht, dass dieser Kelch an uns vorübergeht. Es bringt nichts, das Für und Wider zu erwägen oder gar zu diskutieren. Den Wunsch des US-Präsidenten konnte man nicht zurückweisen.«

»Wie erfolgt die Anreise?«

»Das ist etwas komplizierter. Der Präsident wird morgen mit der Air Force One in Hamburg landen. Dafür werden der Flugplatz und der Luftraum vorübergehend gesperrt. Dort nimmt ihn ein Hubschrauber auf und bringt ihn nach Timmendorf. Er wird auf dem Strand direkt vor dem Haus landen. Am Dienstag wird er auf dem gleichen Weg abreisen.«

Lüder schüttelte heftig den Kopf. »Welch ein Wahnsinn! Dieser Aufwand, ganz zu schweigen von den Kosten, nur weil er beleidigt ist, dass ihm die Dänen Grönland nicht verkaufen wollen. Wie gut, dass mich die ganze Sache nicht tangiert.«

Nathusius hüstelte. »Sie haben Erfahrungen im Personenschutz. Ihr kritischer Geist ist gefragt. Deshalb haben wir uns überlegt, Sie verantwortlich mit einzubinden.«

»Was sagt die Berliner Runde dazu? Und die Amerikaner?«

»Das ist eine Entscheidung auf Landesebene.«

»Wie stellen Sie sich das vor?«

»Wir benötigen jemanden, der mit wachsamem Auge die Außensicherung kontrolliert.«

»Das übernimmt doch die Bereitschaftspolizei mit ihren erfahrenen Führungskräften.«

»Daran wollen wir auch nichts ändern. Ihre Aufgabe wird es sein, zu überwachen, ob alles wie gewünscht abläuft oder ob es Schwachstellen gibt. Da wäre noch etwas.« Nathusius legte eine Pause ein. »Der Besuch ist als Privatbesuch deklariert. Trotzdem ist geplant, dass unser Ministerpräsident am Montag einen Höflichkeitsbesuch abstattet. Sie sind auserkoren, ihn dabei zu begleiten. Als Sicherheitsbeamter.«

»Davon werden die Amerikaner nicht begeistert sein«, stellte Lüder fest.

»Das wäre vorerst alles«, schloss Nathusius die Besprechung und schob Lüder einen Zettel über den Tisch. »Das ist die Rufnummer von Polizeidirektor Wolter. Er leitet den Einsatz der Schutzpolizei.«

»Ich habe noch eine Neuigkeit«, sagte Jens Starke. »Auf der Wache der Bundespolizei im Lübecker Hauptbahnhof gibt es einen aufmerksamen Hauptkommissar. Der hat auf der Videoüberwachung eine verdächtige Person entdeckt. Leider konnte sie entkommen.«

»Schon wieder einen Koreaner?«, fragte Lüder.

»Nein. Mit hoher Wahrscheinlichkeit handelt es sich um Rodrigo Gutiérrez.«

»Der Mann ist ein Phänomen. Er bewegt sich unablässig auf sein Ziel zu. Offenbar ist er durch nichts aufzuhalten. Er müsste doch gewarnt sein. Ihn scheint nichts zu erschrecken.«

»Wir wissen, dass Gutiérrez ein eiskalter Mörder ist«, sagte Nathusius. »Ihm werden zahlreiche Tötungsdelikte zugeordnet. Der Auftrag, den Präsidenten der Vereinigten Staaten zu ermorden, wäre die Krönung seines Lebenswerks, wenn man die kriminelle Karriere dieses gefährlichen Mannes so bezeichnen darf. Dafür geht er auch kontrollierte Risiken ein. Vergessen wir nicht, welche Organisation hinter ihm steht. Vermutlich reist er mit der Information, dass für ihn bei einem missglückten Attentat nur die Gesetze Deutschlands gelten und er nicht ausgeliefert wird.«

Lüder kehrte in sein Büro zurück und nahm am leeren Schreibtisch Platz. Er unterstützte nicht den weitverbreiteten Hass auf alles Amerikanische. Das Land und seine Menschen nahmen viel auf sich, um für etwas Ordnung in der Welt zu sorgen. Der Begriff »Weltpolizei« hatte seine Berechtigung. Natürlich war nicht alles vom Idealismus geprägt. Dahinter steckte ein Machtkalkül, selbstverständlich auch handfeste wirtschaftliche Interessen. Je nach Standpunkt apostrophierte mancher die Vereinigten Staaten als Mutterland des Kapitalismus. Diese Lebensform war die Triebfeder für den Erfolg. Das System nahm aber keine Rücksicht auf jene, die schwächer waren und nicht mithalten konnten, gleich, ob es sich um ein Individuum oder um ganze Länder handelte. Der vorherige Präsident hatte Maßnahmen für die Hilfebedürftigen eingeleitet, während der jetzige das Prinzip der freien Wildbahn lebte. Der Stärkere kam durch, Alte oder Angeschlagene blieben auf der Strecke. In der Natur fielen sie den Fressfeinden zum Opfer. Aber der Mensch war kein Tier. Der Präsident hatte sich viele Feinde gemacht. Rund um den Globus. Nun jagten sie ihn. Und hier, im beschaulichen Schleswig-Holstein, sollte verhindert werden, dass sie Erfolg hatten.

Er atmete noch zweimal tief durch, bevor er Haydar Nefer anrief. Der Hell King war sofort am Apparat.

»Ja?«, fragte er hastig. »Haben Sie Erkan?«

»Ich sagte Ihnen, dass ich nichts für Sie tun kann. Leider. Mein Rat war, die Polizei einzuschalten.«

»Lassen Sie die aus dem Spiel. Es geht um das Leben meines Sohnes. Dafür würde ich alles geben.«

»Reden wir nicht um den heißen Brei herum. Die Entführer haben eine Forderung gestellt. Sie verlangen, dass Sie jeden Kontakt zum Auftragskiller der mexikanischen Drogenmafia vermeiden. Halten Sie sich daran. Falls Gutiérrez Sie anspricht, auf welchem Weg auch immer, informieren Sie mich umgehend. Sie werden wissen, in wessen Händen sich Erkan befindet.«

Lüder hörte es am anderen Ende der Leitung schwer atmen.

»Sie unterstellen mir fortwährend, dass ...«

»Hören Sie auf«, unterbrach ihn Lüder rüde. »Die Ermittlungen gegen Sie wegen Drogenhandels und anderer krimineller Machenschaften sind ein anderes Thema. Hier geht es um das Wohl eines Kindes. Nur das zählt. Es liegt in Ihrer Hand. Ich bin mir sicher, dass Erkan nichts geschieht. Die Entführer sind keine Barbaren.«

»Oh doch«, schrie Nefer aufgebracht. »Sonst hätten sie sich nicht an einem unschuldigen Kind vergriffen.«

Lüder wollte noch wissen, ob sich die Entführer zwischendurch gemeldet hätten.

Das war nicht der Fall.

Hauptkommissar Vollmers war schwerer zu erreichen.

»Es gibt keine Neuigkeiten«, sagte der Kieler. »Dass wir sehr behutsam vorgehen müssen und verdeckt arbeiten, erschwert unsere Ermittlungen. Wir können keine Zeugen befragen, nicht durch Gaarden laufen und nach dem Kind fragen. Eine vertrauenswürdige Quelle konnte uns berichten, dass der Junge wirklich einen Schulfreund besucht hatte und von dort nach Hause aufgebrochen war. Ob jemand die Entführung beobachtet hat? Das wissen wir nicht. Auch die Telefonüberwachung hat nichts ergeben. Wir haben auch versucht, an die Nummer der Frau heranzukommen. Die Liste der Anrufe liegt uns vor. Aber ausgerechnet zu diesem Anruf lässt sich der andere Teilnehmer nicht ermitteln.«

»Das werte ich als Fehler der Amerikaner. Die verfügen über die technischen Möglichkeiten, so etwas zu verschleiern. Und genau deshalb erhärtet sich der Verdacht gegen sie.«

»Wir bleiben am Ball«, versprach Vollmers.

Wer mochte seitens der Amerikaner hinter dieser Aktion stecken?, fragte sich Lüder. Das FBI war eine Polizeibehörde, die für Verstöße gegen alle Bundesgesetze und für Verbrechen, die einzelne Staatsgrenzen innerhalb der USA überschritten, zuständig war. Daneben war es auch für die Verfolgung terroristischer Aktivitäten zuständig, für die Bekämpfung der Drogenkriminalität und besonders schwerer Gewalt- und Wirtschaftsverbrechen. Das FBI war aber nicht nur eine Polizei- und Strafverfolgungsbehörde, sondern führte auch nachrichtendienstliche Aufgaben wie die Spionageabwehr aus. In diesem Punkt ähnelte es deutschen Verfassungsschutzämtern, denen aber Polizeibefugnisse fehlten. Es unterschied sich vom BKA auch dadurch, dass es offiziell Auslandsbüros unterhielt und FBI-Beamte oft in den US-Botschaften stationiert waren. Ob Gallardo in Berlin akkreditiert war? Die FBI-Leute waren im Allgemeinen hoch qualifiziert, besaßen einen Hochschulabschluss und waren zusätzlich an der FBI-Akademie ausgebildet worden. Der FBI-Direktor wurde vom US-Präsidenten ernannt und hatte einen direkten Draht ins Oval Office. Dort traf man sich in der Regel einmal wöchentlich zur Lagebesprechung. Das Motto des FBI lautete »Treue, Mut, Rechtschaffenheit«. Für Lüder war es undenkbar, dass eine solche Institution Straftaten wie eine Kindesentführung beging.

Dagegen war der Secret Service undurchsichtiger. Eine seiner Hauptaufgaben war der Schutz des Präsidenten, seiner Familie, ehemaliger Präsidenten und anderer hochgestellter Persönlichkeiten. Dabei ging man rigoros vor. Beim Besuch von Präsident Bush fielen in Frankfurt aus Sicherheitsgründen einhundertfünfzig Starts und Landungen aus, in Köln wollte der Secret Service die Hohenzollernbrücke für mehrere Stunden sperren lassen. Das hätte große Teile des Eisenbahnnetzes, aber auch das Fernverkehrsnetz in benachbarte Länder zum Erliegen gebracht. Jetzt hatte es Timmendorfer Strand erwischt. Auch Hamburg würde unter den Auswirkungen leiden.

Agenten des Secret Services hatten sich ohne Erlaubnis deutscher Behörden angemaßt, einen mutmaßlichen Straftäter am Frankfurter Flughafen festzunehmen, für den kein Haftbefehl vorlag. Wiederholte sich der Versuch in Lübeck?

Es war eine verantwortungsvolle Aufgabe, die dem Secret Service zufiel. Deshalb galt es trotzdem, deutsches Recht zu wahren. Dafür stand Lüder ein. Na ja, dachte er, bis man mich ins Abseits gestellt hat. Der Versuch, Gutiérrez die Vorbereitungen für ein mögliches Attentat zu erschweren, indem man ihm die logistische Basis entzog, war nachvollziehbar. Darunter durfte aber kein kleines Kind leiden. Wie gern hätte er diesen Standpunkt Gallardo und O'Connor klargemacht, aber damit hätte man preisgegeben, dass man von der Entführung wusste.

In Führungsstäben, in den Runden im Ministerium und den beteiligten Behörden, bei den Hundertschaften und an zahlreichen anderen Stellen herrschten jetzt fieberhafte Aktivitäten. Er lehnte sich zurück und rieb sich die Hände. Ohne mich, dachte er und beschloss, den Rest des Tages mit seiner Familie zu verbringen.

FÜNF

An diesem Sonntag wurde eine weitere Kerze auf dem Advents-
kranz entzündet. Man ließ sich Zeit beim Frühstück und plante
den Besuch eines Weihnachtsmarktes. Vielleicht aber wollte man
auch lieber zu Hause bleiben. Dafür sprach das Wetter. Es regnete. Von der Westküste wurden stürmische Böen gemeldet, die
zum Glück die Ostsee nicht erreichten. Die Tageshöchsttem-
peraturen sollten bei vier Grad liegen. Von weißer Weihnacht
träumte niemand.

Jonas, der kurz die Nase aus seinem Zimmer gestreckt hatte,
knurrte, Lüder möge dem Ami ausrichten, er habe leider recht.
Es gebe keine Erderwärmung. Zumindest nicht in Kiel.

Lüder hatte mit Vollmers telefoniert. Es schien, als habe der
Hauptkommissar die ganze Nacht durchgearbeitet. Der Kieler
beklagte sich aber nicht. Leider waren keine Fortschritte bei der
Suche nach dem kleinen Erkan zu verzeichnen. Bisher gab es
keine Spur. Bei den Eltern hatte sich niemand mehr gemeldet.
Auch Gutiérrez blieb verschwunden. Der Koreaner Lee war
unter einem Vorwand weiter festgesetzt. Ein Richter spielte mit,
da die wahre Identität noch nicht ermittelt werden konnte. Das
BKA war mit Fotos des Mannes in der Umgebung der nordkoreanischen Botschaft in Berlin auf Spurensuche. Lüder hatte
gelächelt, als er hörte, die Befragten seien sich nicht sicher, weil
die Asiaten alle gleich aussähen.

Er wählte regen- und windfeste Kleidung und machte sich um
die Mittagszeit auf den Weg nach Timmendorfer Strand. Trotz
des widrigen Wetters herrschte auf den Straßen lebhafter Verkehr.
Waren es Verwandtenbesuche? Oder ließen sich die Menschen
nicht davon abhalten, den Lübecker Weihnachtsmarkt zu besuchen?

In Timmendorfer Strand hatten die Maßnahmen anlässlich
des Präsidentenbesuchs gegriffen. Die Straßen waren weiträumig
abgesperrt. Auch Lüder ließ man nicht hindurch. Er fand einen

Parkplatz am Niendorfer Hafen und machte sich zu Fuß auf den Weg. Die erste Sperre auf Höhe des Jugendgästehauses konnte er noch mit Hilfe seines Dienstausweises passieren. Am zweiten Posten scheiterte er. Mehrere junge Polizeibeamte zeigten sich unerbittlich. Einer nahm schließlich sein Funkgerät zur Hand und fragte bei seinem Bereitschaftsführer nach. Er hatte sich dabei ein wenig abseitsgestellt, sodass Lüder zwar das Rauschen und Knattern, aber nicht den Wortlaut vernahm.

Nach der Rückkehr bat der Beamte erneut um Lüders Ausweis, prüfte das Dokument und sagte, er könne passieren. Der Mann zeigte über die Schulter. »Dahinten, am Strand, steht der Befehlskraftwagen unserer Hundertschaft. Dort finden Sie Hauptkommissar Müller.«

Lüder stapfte den mit Pfützen übersäten Weg entlang und war froh, als er in den blau-weißen Fiat Ducato einsteigen konnte.

»Herr Dr. Lüders?«, fragte ein bulliger Hauptkommissar mit kahl rasiertem Schädel. Er hielt Lüder die Hand hin. »Müller«, stellte er sich vor. »Ich bin heute Ihr Sparringspartner. Zumindest bis Mitternacht. Dann werden meine Jungs hoffentlich abgelöst.« Er zeigte auf eine Karte. »Unser Abschnitt geht von der Absperrung, an der Sie aufgehalten wurden, bis zum zu sichernden Objekt. Dort schließt sich der Bereich der zweiten Hundertschaft an. Meine Männer, oh Pardon, Leute sichern den Strand, die Strandpromenade und die Rodenbergstraße, an der das Haus liegt. Wir patrouillieren mit Wechselstreifen. Den wasserseitigen Zugang bewachen feste Posten. Das Grundstück selbst ist von den Amerikanern übernommen worden. Die Nachbargrundstücke werden von gemischten Streifen der Bundespolizei und uns kontrolliert. Dabei ist auch ein Secret-Service-Mann. Sind Sie mit diesen Maßnahmen einverstanden?«

Lüder versicherte Müller, dass er sich in dessen Vorgehensweise nicht einmischen werde. Er erhielt einen offen tragbaren Ausweis und ein Funkgerät.

»Die Frequenz ist eingestellt«, sagte Müller. »Damit haben Sie Kontakt zu mir und meiner Hundertschaft. Und wenn es Ihnen zu nass oder zu kalt wird – in unserem ›Gefechtsstand‹

sind Sie jederzeit willkommen. Unter uns Pastorentöchtern: Es wäre bequemer gewesen, wenn dies alles hier nicht stattfinden würde. Aber das ist meine private Meinung.«

Lüder unterließ es, Müllers Ansicht zu bestätigen.

Der Hauptkommissar zeigte auf das Funkgerät im Fahrzeug. »Die Meldung ist vor zehn Minuten durchgekommen. Er ist jetzt in Hamburg gelandet. Wir können damit rechnen, dass wir in ungefähr einer Stunde Besuch bekommen. Lassen wir es auf uns zukommen.«

»Bis später«, verabschiedete sich Lüder und ging an der Strandpromenade entlang. In Sichtweite zueinander liefen die Bereitschaftspolizisten herum. In ihrer Kampfausrüstung hatten sie wenig Ähnlichkeit mit dem freundlichen älteren Wachtmeister, der im Rahmen des Verkehrsunterrichts die Schulen aufsuchte. Die alte, aber bewährte Heckler-und-Koch-Maschinenpistole hielten die jungen Beamten dabei wie ihre Babys im Arm. Lüder tastete automatisch noch einmal zum Holster, in dem seine Dienstwaffe, eine SIG Sauer P99 Q, steckte.

Er nickte den Polizisten freundlich zu, grüßte sie mit einem »Moin« und wechselte ein paar Worte mit ihnen. »Lüders, LKA«, stellte er sich vor. »Ich bin heute Ihr Kollege.«

Eine junge Polizistin mit einer stämmigen Figur und einem langen über den Rücken laufenden Pferdeschwanz sah ihn aus großen Augen an.

»LKA?«

»Wir leiden alle gemeinsam«, erwiderte Lüder, als er bemerkte, dass sie fror. »Wo kommen Sie her, Frau ... äh ...?«

»Scholz. Jana Scholz. Ich komme aus Eutin.«

»Von der Bereitschaft«, sagte Lüder. »Nein. Ich wollte wissen, wo Sie wohnen.«

»Ach so. Noch bei meinen Eltern in Rieseby.«

»Bewegen Sie sich«, riet er ihr. »Das wärmt.« Lüder zeigte zum Himmel. »Schietwetter. Regen. Kalt.«

»Das können Sie laut sagen«, meinte Jana Scholz. »Aber unser Chef ist klasse. Das hier – da muss man durch. Aber Müller versorgt uns zwischendurch mit 'nem heißen Kaffee. Und irgendwann ist's vorbei. Ist nicht schön, aber so was stählt einen. Sagen Sie den Kameraden Bescheid, dass Sie hier herumlaufen. Sonst …« Statt den Satz zu Ende zu führen, hob sie kurz ihre Maschinenpistole an.

Manchmal standen zwei Polizisten kurz zusammen und wechselten ein paar Worte. Auf Höhe des Hauses, in dem der Präsident in Kürze Einzug halten würde, stieß Lüder auf einen schlaksigen jungen Beamten. Er wurde misstrauisch beäugt, als er sich näherte. Lüder sprach ihn deshalb schon auf Distanz an und zeigte auf seinen Sonderausweis.

»Jan Botterbloom«, nannte der Polizist seinen Namen und gab bereitwillig Auskunft, dass er in Süderbrarup beheimatet war.

Das Crummenthal'sche Haus war hell erleuchtet. Zusätzlich hatte man an den Grundstücksgrenzen mobile Lichtmasten aufgestellt, an denen auch – wie erwartet – Kameras installiert waren. Er bemerkte direkt am seeseitigen Zaun schwer bewaffnete Männer, die einem Science-Fiction-Film entsprungen sein konnten. Lüder hielt Abstand und rief ihnen »Police« zu. Wer mochte den amerikanischen Marines, so schätzte er die Bewacher ein, die Erlaubnis für ihren Auftritt erteilt haben?

Der schmale Fußweg neben dem Haus war gesperrt. Auch Lüder erhielt keinen Zutritt. Er folgte der Strandpromenade, begrüßte im Vorbeigehen die Beamten der nächsten Hundertschaft und suchte anschließend das Fahrzeug des Kriminaltechnischen Instituts. Es war ein neutraler schmutzig weißer Ford Transit, der auf einem Hotelparkplatz stand. Hier mündete die Rodenbergstraße auf die Strandallee, auf der nur gelegentlich ein Fahrzeug entlangrollte.

Lüder klopfte gegen die Schiebetür des Fords. Nichts rührte sich. Auch der Blick ins Führerhaus zeigte keine Besonderheit. Er versuchte es an der Hecktür und rief halblaut: »Lüders, LKA. Hallo?«

Alles blieb ruhig. Ob er sich geirrt hatte? Anderen musste dieses Fahrzeug auch auffallen. Er wirkte zwischen den anderen Autos an dieser Stelle deplatziert. Und das BKA, der Secret Service, die Bundespolizei – jede Institution war unterwegs.

Er ging die Strandallee zurück und bemerkte hier nur eine einzige Doppelstreife der Bundespolizei. Lüder hatte das Gebäudeensemble der Bundesagentur für Arbeit erreicht, die hier ein Schulungszentrum unterhielt, als sich sein Handy bemerkbar machte. Jens Starke bat um einen kurzen Bericht über die Situation vor Ort.

»Ich habe auch Neuigkeiten«, sagte der Abteilungsleiter. »Es war offenbar Gutiérrez, der versucht hat, in Lübeck in den Besitz einer Langwaffe zu gelangen.«

»Ein Gewehr?«

Jens Starke bestätigte es. »Der Mafioso hat anscheinend nicht damit gerechnet, dass es bei uns wesentlich schwieriger ist, Waffen zu erwerben, als in den USA. Sein Bemühen war erfolglos. Allerdings ist er weiterhin auf freiem Fuß.«

Über welches Geschick musste der Mann verfügen, dass er sich inmitten einer fremden Umgebung und ohne Kenntnisse der Sprache so bewegen konnte?, fragte sich Lüder im Stillen.

»Hallo?«, riss ihn Jens Starke aus seinen Überlegungen. »Die Überwachung Haydar Nefers ist bisher erfolglos gewesen. Dort haben sich weder Gutiérrez noch die Entführer des Jungen gemeldet. Das MEK observiert die Wohnung rund um die Uhr. Auch auf diesem Weg hat keine Kontaktaufnahme stattgefunden.«

»Das ist merkwürdig«, erwiderte Lüder. »Ich würde verstehen, wenn Nefer aus Sorge um seinen Sohn jede Form der Unterstützung von sich weist. Aber woher soll Gutiérrez von der Entwicklung wissen? Seine Auftraggeber dürften nicht informiert sein und ihn zurückgehalten haben. Ist es Nefer gelungen, eine Botschaft abzusetzen, die uns entgangen ist? Über einen solchen Weg könnte auch umgekehrt die Kommunikation erfolgen.«

»Das ist uns unbekannt«, gestand Dr. Starke ein. »Das Wichtigste kommt aber noch.«

»Kann es größere Überraschungen geben?«

»Oja. Yeong-jae Lee oder wie immer er heißen mag, ist frei.«

»Waaaas?«

»Seit anderthalb Stunden.«

»Wie konnte das passieren?«

»Das würde ich auch gern wissen«, antwortete Dr. Starke. »Es gibt keine Erklärung dafür.«

Lüder fuhr sich mit gespreizten Fingern durch die Haare.

»Wir sind ein Rechtsstaat mit unabhängiger Justiz. Ein Richter hat angeordnet, dass Lee noch festzuhalten ist. Nun läuft er frei herum. Ob er wirklich frei ist? Oder stecken die Amerikaner dahinter? Sie wollten Lee schon in Lübeck in ihre Hände bekommen.«

»Lüder. Du scheinst eine Paranoia gegenüber Amerika zu entwickeln.«

»Keineswegs. Das ist ein großartiges Land mit wunderbaren Menschen. Und eine Handvoll Idioten kann nicht mein Weltbild zerstören. Wer sonst sollte ein Interesse an Lee haben, von dem wir noch nicht einmal die richtige Identität kennen?«

»Die Amerikaner sollten doch froh sein, wenn wir einen möglichen Attentäter aus dem Verkehr gezogen haben«, stellte Jens Starke fest.

»Für mich ergibt das auch keinen Sinn. Haben wir die Situation eigentlich noch im Griff?«

»Ich hoffe es.« In Dr. Starkes Stimme klang Pessimismus mit.

»Wärst du Dussel doch zu Hause geblieben«, dichtete Lüder einen Uraltschlager um, der einem Düsseldorfer riet, am Rhein zu bleiben.

»Das ist die Lösung«, meinte Jens Starke. »Du singst ganz einfach. Damit vergraulst du jeden. Den Präsidenten. Mögliche Attentäter. Einfach alle.«

Lüder kehrte zum mobilen Leitstand von Hauptkommissar Müller zurück. Er war dort kaum angekommen, als ohrenbetäubender Lärm die Luft erfüllte. Das Flapp-Flapp der Rotoren eines Hubschraubers ließ jedes Gespräch im Keim ersticken.

»Er ist da«, brüllte Müller.

»Leider.«

Immerhin hatte es der Besucher bis hierher ohne Zwischenfall geschafft. Jetzt standen zwei bewegte Tage vor ihnen.

Lüder nahm dankbar das Angebot an, einen heißen Kaffee zu trinken.

»Fünfzig Meter weiter ostwärts«, sagte Müller, »hat das THW eine mobile Verpflegungsstation aufgebaut.«

Inzwischen hatte der Regen noch zugelegt. Es goss in Strömen. Lüder sah auf die Wetter-App. Für die nächsten Stunden zeichnete sich keine Besserung ab. Leidtragende waren die Polizisten, die für die Bewachung eingeteilt waren. Andererseits kam ihnen das Wetter entgegen. Es würde möglichen Attentätern das Vorhaben genauso erschweren.

Es war den ganzen Tag über trübe gewesen. Jetzt brach die Dunkelheit herein.

»Wer deckt die Seeseite ab?«, wollte Lüder wissen.

Müller reichte ihm ein Fernglas und zeigte auf die Lübecker Bucht hinaus. In der Dämmerung waren die Konturen eines Schiffes nur noch schwach zu erkennen. »Küstenwache«, stand an der Seite.

»Da liegt die BP81, die ›Potsdam‹«, erklärte Müller. »Man mag es nicht glauben, aber die Bundespolizei See hat insgesamt nur drei Schiffe dieser Bauart, jedes mit vierzehn Mann Besatzung und einem einzigen Schiffsgeschütz. Die ›Potsdam‹ mit Heimathafen gleich um die Ecke in Neustadt ist in Cuxhaven stationiert und wurde hierher beordert.« Er tippte sich an die Stirn. »Man muss sich vor Augen halten, dass der Bundespolizei nur ein Schiff dieser Klasse für die gesamte Ostsee zur Verfügung steht. Diese Armada übernimmt die seeseitige Sicherung.«

Müller wurde abgelenkt. Er stülpte sich den Kopfhörer über, lauschte und sagte. »Ich komme.« Zu Lüder gewandt, ergänzte er: »Das Zielobjekt ist gelandet.«

Lüder begleitete den Hauptkommissar, der mit raumgreifenden Schritten Richtung Haus eilte. Auf dem Strand stand ein Hubschrauber. Die Szenerie war hell erleuchtet. Ohrenbetäubender Lärm erfüllte die Luft. Die Bewaffneten, die Lüder vorhin am Zaun bemerkt hatte, hatten den direkten Strandabschnitt abgeriegelt. Davor stand der junge Polizist.

»Na, Botterbloom?«, fragte Müller. »Alles okay?«

»Ja, Herr Hauptkommissar. Der Herr Präsident ist schon im Haus.«

»Haben Sie ihn gesehen?«

»Nicht so richtig. Als die Schraube gelandet war, ist er ausgestiegen. Jemand hat versucht, einen Regenschirm zu halten. Ein paar Leute haben sich um ihn gesellt. Dann ist der Tross zum Haus gezogen. Das war alles.«

»Gut, Botterbloom. Halten Sie weiter die Augen offen. Ich sorge dafür, dass nachher jemand mit einem heißen Kaffee vorbeikommt. Klar?«

»Ja, Herr Hauptkommissar.«

Müller steuerte den nächsten jungen Polizisten an. Unterwegs sagte er: »Das sind prima Burschen, gleich welchen Geschlechts. Wer hier ist, hat sich gegen eine Vielzahl von Bewerbern durchgesetzt. Die machen das nicht des Geldes wegen oder weil sie als Beamte einen sicheren Job haben. Bei Demonstrationen und Krawallen müssen sie sich von Chaoten verprügeln lassen, bei den Alltagseinsätzen werden sie beleidigt und bedroht, wenn nicht gar angegriffen. Das macht nur jemand, der den nötigen Idealismus mitbringt. Glauben Sie, der im Haus da drüben versteht so etwas?« Dann wechselte Müller ein paar Worte mit dem nächsten jungen Polizisten seiner Hundertschaft. Der Regen war unerbittlich.

»Ob der dort im Warmen eine Vorstellung davon hat, was die jungen Leute hier draußen erdulden müssen?«, fragte Müller laut, als ihn die nächste Meldung erreichte. »So 'n Schiet, aber das war ja nicht anders zu erwarten. Hinten im Ortskern haben sich Demonstranten versammelt, die sich auf den Weg hierher machen wollen. Der Einsatzleiter schätzt, dass es etwa fünfhundert sein mögen. Wir können von Glück sagen, dass wir so ein mieses Wetter haben. Sonst hätte es auch ein Vielfaches sein können. Die sind im Augenblick auf der Promenade vor der Passage und wollen sich auf den Weg hierher machen. Eine Hundertschaft aus MeckPomm riegelt dort ab. Am Ende der Promenade wollen sie prophylaktisch den Wasserwerfer in Position bringen. Hoffentlich hält die Sperre. Ich möchte nicht erleben, dass meine Jungs hier in Handgreiflichkeiten verwickelt werden.«

Lüder dachte an das Gespräch mit Bürgermeisterin Meyer. Niemand hatte es sich so gewünscht. Müller hob kurz die Hand. »Ich muss mich um die Dinge kümmern«, sagte er und verschwand in Richtung seines mobilen Leitstands.

Der Hubschrauber am Strand ähnelte einem übergroßen Insekt. Die Aérospatiale AS 332 »Super Puma« der Bundespolizei wurde oft für den Transport von Mitgliedern der Verfassungsorgane, aber auch für ausländische Staatsgäste eingesetzt. Ein Bundespolizist umkreiste die Maschine als Wache. Das Haus war hell erleuchtet. Ob sich der Präsident wohlfühlte im gleißenden Licht? Von Ravenstein aus dem Bundespräsidialamt hatte stets seine große Sorge um das Wohlergehen des Gastes vorgetragen. Nein. Lüder hätte nicht mit solchen Persönlichkeiten tauschen mögen. Es war ein Leben auf dem Präsentierteller. Nichts blieb vertraulich. Jeder Schritt war fremdbestimmt. War das der Preis für die Macht? Theoretisch könnte ein US-Präsident mit dem Finger auf dem roten Knopf diese Welt zerlegen. Es gab Menschen, die behaupteten, dieser Präsident würde das auf eine andere, aber auch zerstörerische Art und Weise ausführen. Unter den Demonstranten, die etwa zwei Kilometer entfernt ihr Recht wahrnahmen, gab es manche, die dieser Überzeugung waren.

Lüder schüttelte den Regen von der Kleidung ab. Er nahm seinen Rundweg wieder auf, ging zur Straßenseite, pendelte auf der Strandpromenade hin und her und wechselte immer wieder ein paar Worte mit den jungen Polizisten. Zwischendurch suchte er Müllers Fiat Ducato auf. Am Timmendorfer Platz, wo die Kurpromenade in die Strandallee überging, hatte es ein paar harmlose Scharmützel zwischen Demonstranten und Polizei gegeben. Die Mehrheit, erfuhr Lüder, verhielt sich ruhig.

»Ruhig?« Müller hatte schallend gelacht. »Die Leute veranstalten einen ohrenbetäubenden Lärm. Ich bedauere die Anwohner und die Urlaubsgäste. Wenn es nach mir ginge, würde ich die Demonstranten in Zwanzigergruppen bis vor das Haus durchlassen. Dort dürfte jede Gruppe eine halbe Stunde lang ihren Unmut kundtun, bis sie von den nächsten abgelöst wird. Ob der Besucher morgen früh übermüdet und entnervt abreisen würde?«

»Er ist zu uns gekommen, weil die Dänen ihn brüskiert haben«, stellte Lüder fest. »Wenn auch wir ihm auf diese Weise begegnen, erklärt er uns den Krieg.«

»Ich halte mich zurück, bevor …«

Müller wurde abgelenkt. Eine Gruppe schien sich von den anderen Demonstranten gelöst und den abgesperrten Bereich umgangen zu haben. Nun attackierten sie die Sicherungskräfte von der Flanke her. Sie müssten ungefähr auf Höhe des Hotelparkplatzes sein, auf dem Lüder den Ford Transit des Kieler LKA vermutete.

Müller war aufgesprungen. »Ich muss dahin«, rief er und verschwand mit einem Oberkommissar in einen bereitstehenden Streifenwagen.

Lüder ging wieder in den Regen hinaus und suchte das Zelt des THW auf. Ein gemütlich aussehender Mann mit einem kugelrunden Bauch begrüßte ihn freundlich und schimpfte auf das Wetter. Dann fragte er nach Lüders Wünschen, lachte erneut und sagte: »Die dürfen Sie alle haben. Ich kann sie nicht erfüllen. Hoffentlich sind Sie nicht Vegetarier oder Veganer. Bei uns gibt es nur Gulaschsuppe.«

Die war heiß und gut. Lüder bedankte sich, nachdem sie noch etwas Small Talk zum Wetter betrieben hatten. »Weihnachtsmarktwetter norddeutscher Art«, meinte der THW-Mann und wünschte ihm mit einem spöttischen Lächeln noch einen schönen Abend »da draußen«.

Müller war noch nicht wieder zurück.

»Das hat uns gerade noch gefehlt«, sagte der altgediente Polizeihauptmeister, der Stallwache hielt. Auf Lüders Nachfrage berichtete er, dass eine kleine Gruppe gewaltbereiter Demonstranten versucht hatte, die Absperrung zu durchbrechen. Die Beamten an der Kontrollstelle waren daraufhin von Kollegen

unterstützt worden, die unten an der Promenade Dienst taten.
»Die Chaoten haben mit Flaschen und Steinen geworfen. Dabei ist eine Kollegin verletzt worden.«
»Wie schwer?«
Der Hauptmeister zuckte mit den Schultern. »Sie ist auf dem Weg ins Krankenhaus nach Eutin. Ausgerechnet unsere kleine Jana.«
»Jana Scholz?«, fragte Lüder. Mit der jungen Beamtin hatte er vorhin gesprochen.
»Was denken die sich eigentlich? Ob in Connewitz, Hamburg, hier – Polizei und Rettungsdienst sind die Prügelknaben der Nation. Den Begriff Prügelknaben darf man getrost wörtlich nehmen. Früher hatten die Leute noch Respekt vor uns.«
»Ist der Zwischenfall eingedämmt?«
Der Hauptmeister nickte. »Ich denke schon. Unser Chef …«
»Müller.«
Der Grauhaarige nickte erneut. »Unser Chef fackelt nicht lange, schon gar nicht, wenn jemand seinen Leuten ans Leder geht.«
Lüder versuchte nacheinander, Jens Starke und Vollmers in Kiel zu erreichen. Beide meldeten sich nicht. Zu Hause hatte er mehr Glück. Margit fragte nach seinem Wohlbefinden.
»Danke. Alles in Ordnung. Ich sitze hier im Warmen, bekomme Kaffee serviert und warte darauf, dass der Dienst zu Ende ist.«
»So gut möchte ich es auch haben«, antwortete Margit.
»Ich habe es noch besser«, sagte Lüder. »Ich habe darüber hinaus auch noch eine tolle Frau. Die beste von allen.«
Mit einem »Schmeichler« wünschte sie ihm weiterhin einen hoffentlich ruhigen Dienst.
Inzwischen war es stockfinster geworden.
Er schlenderte erneut den Weg an der Promenade entlang. Von den Krawallmachern war hier nichts zu sehen. Alles wirkte ruhig und friedlich. Auch ohne Absperrung, war sich Lüder sicher, würde bei diesem Wetter hier niemand unterwegs sein. Er pustete einen Regentropfen von der Oberlippe. Den zweiten an

der Nasenspitze bekam er erst nach einer heftigen Kopfbewegung abgeschüttelt.

Er war mehrfach auf und ab gegangen und stand nun bei Jan Botterbloom.

»Aus Süderbrarup«, sagte Lüder.

Botterbloom nickte. »*Jo. Vun door. De Lüüd höcht sick eens, wenn ick dat vertell.*«

»Es gib Ortsnamen, von denen manche glauben, sie würden in Wahrheit nicht existieren. Süderbrarup und Buxtehude, aber auch Wasserlos, Linsengericht, Witzwort und manche andere.«

»Als Kind in Süderbrarup groß werden – schöner geht es nicht«, sagte Botterbloom und sein Gesicht nahm einen schwärmerischen Ausdruck an. »Wir haben dort einen Hof, leider zu klein, um meinen Bruder und mich zu ernähren. So bin ich bei der Polizei gelandet. Eigentlich müsste man froh sein. Landwirt ist ein Knochenjob. Na ja. Heute ist der Polizeidienst auch kein Zuckerschlecken. Sie sind … bestimmt Hauptkommissar«, riet der junge Beamte.

»LKA«, antwortete Lüder ausweichend.

Sie schwiegen eine Weile.

»Meine Freundin und ich … Wir wollten heute eigentlich nach Kappeln. Stattdessen stehe ich mir hier die Beine in den Bauch. Was soll hier schon passieren?«

In diesem Moment flammte ein Suchscheinwerfer auf. Das musste auf der »Potsdam« sein. Der Strahl tastete das leicht bewegte Wasser der Ostsee ab. Lüder schätzte, dass das Schiff der Bundespolizei etwa einen halben Kilometer vor der Küste lag. Die Polizeisirene der »Potsdam« durchbrach die Stille des Abends. Dazwischen mischte sich das gequälte Aufjaulen eines Bootsmotors. Auch für ungeübte Ohren war zu vernehmen, dass jemand den Außenborder auf äußerste Leistung gestellt hatte. Der Suchscheinwerfer der »Potsdam« erfasste ein über die Wasserfläche flüchtendes kleines Boot, das über die Wellen hüpfte. Die Insassen mussten dabei von harten Schlägen getroffen werden. Lüder wunderte sich, dass die »Potsdam« aus dem Stand heraus Geschwindigkeit aufnahm, einen Kreis zog und dem kleinen Boot den Weg abzuschneiden versuchte. Das Boot preschte dicht unter der Küste in nordöstlicher Richtung davon.

»Die wollen Richtung Niendorfer Hafen«, sagte Lüder. »Dort ist Polizei stationiert. Dort kommen sie nicht an Land.«

War das Gutiérrez? Lüder würde dem Mexikaner zutrauen, dass er sich ein Boot besorgt hatte, um einen Angriff von der Wasserseite zu wagen. Bis zum Hafen war der Strand durch Müllers Hundertschaft besetzt. Dort konnte Gutiérrez – oder wer auch immer dieses Unternehmen gestartet hatte – nicht anlanden. Das kleine Boot musste sich weiter nahe unter der Küste Richtung Osten bewegen, um die Landnase herumfahren und dann am Brodtener Ufer eine Anlandemöglichkeit suchen. Ein kurzer Blick nach links und rechts zeigte Lüder, dass alle anderen Posten den Zwischenfall auch bemerkt hatten. Lediglich im Haus und auf dem Grundstück rührte sich nichts.

Trotz der Dunkelheit konnte man erkennen, wie die »Potsdam« mit ihren elftausend PS durch die Ostsee pflügte. Wenn das Schiff voll aufdrehte, erreichte es eine Höchstgeschwindigkeit von einundzwanzig Knoten, das entsprach knapp unter vierzig Stundenkilometern. Die Perspektive täuschte, aber es schien, als wäre das flüchtende Boot genauso schnell. Gebannt verfolgte er die Jagd. Und ausgerechnet jetzt war Müller nicht vor Ort, sondern noch an der Absperrung beschäftigt, an der seine Leute angegriffen wurden.

Aus dem Funkgerät kamen viele Stimmen, die wenig verständlich durcheinanderredeten, bis sich eine sonore Stimme mit einem lauten »Funkdisziplin!« durchsetzte. Lüder hörte, dass der Sprecher Anweisungen gab, die Einsatzkräfte sollten sich in Richtung Niendorf und des weiter östlich gelegenen Abschnitts orientieren. Der Kommandierende verwies auch darauf, dass das Boot eventuell bis Travemünde fahren könnte. Irgendwie musste die Bootsbesatzung ihren Fluchtweg geplant haben. Oder ein Komplize beobachtete das Geschehen und folgte seinerseits dem Boot. Das schloss aber Gutiérrez nahezu aus. Ihre Beobachtungen hatten immer darauf hingewiesen, dass der Mann allein arbeitete. Oberrat Gärtner hatte in seiner Gefährdungsanalyse stets darauf verwiesen, dass nicht nur der Profikiller im Auftrag des Drogenkartells als potenzieller Attentäter in Frage kam.

»Und nun, Herr Hauptkommissar?«, fragte Botterbloom.

»Nicht Hauptkommissar. Lüders ist mein Name.«

Bei der angenommenen Geschwindigkeit würde das kleine Boot in drei bis vier Minuten den Niendorfer Hafen erreicht haben. Ob die Insassen, sofern es überhaupt mehrere waren, das berechnet hatten? Während die »Potsdam« langsamer wurde, war das kleine Boot Lüders Blick entschwunden.

»Wir bleiben hier«, sagte Lüder mit beruhigender Stimme. »Hier sind viele Kollegen im Einsatz. Sie wirken sehr sportlich, trotzdem schaffen Sie es nicht, dem Boot über den Strand zu folgen.«

Botterbloom ließ ein befreites Lachen hören.

Während alle gebannt auf die Lübecker Bucht starrten, warf Lüder einen Blick zurück auf das Haus.

»Das gibt's doch nicht«, rief er erstaunt aus und riss Botterbloom das Fernglas vom Hals. Auf dem Balkon, im hellen Scheinwerferlicht, erschien der Präsident. Persönlich. Sein Erscheinungsbild, seine Figur – all das war den Menschen dank der Medien rund um den Erdball präsent. Der mächtigste Mann der Welt legte die Hände auf die Brüstung und sah gelassen auf die dunkle Ostsee hinaus. Es wirkte, als würde ein zufriedener Urlauber den Blick an einem lauen Sommerabend genießen. Seelenruhig zündete sich der Präsident eine Zigarette an und inhalierte tief den Rauch.

»Spinnen die?«, rief Lüder. »Da wird ein Riesenaufwand betrieben, und dann lassen die Leibwächter den Mann allein ins Freie? Wo ist der Secret Service?«

»Was soll denn geschehen?«, fragte Botterbloom. »Der Angriff ist abgewehrt.«

Lüder sah fasziniert durch das Fernglas. Da stand er. Der Präsident der Vereinigten Staaten. Und rauchte. Wenn man von der legeren Kleidung absah, sah er so aus, wie man ihn aus den Medien kannte. Er trug ein Hemd, einen Pullover und hatte die

111

rote Krawatte, die zu seinem Markenzeichen geworden war, ab-gelegt. Regen und Wind schienen ihm nichts auszumachen. Gebannt sah Lüder auf das im gleißenden Scheinwerferlicht liegende Haus. Merkwürdig, dass man ihn ins Freie ließ, nach-dem überall Bataillone zu seiner Sicherheit in Marsch gesetzt worden waren. Plötzlich veränderte sich der Gesichtsausdruck von Zufriedenheit zu Erstaunen. Durch das Fernglas war ein kleiner dunkler Fleck auf der Stirn des Präsidenten deutlich zu erkennen. Lüder nahm kurz das Fernglas zur Seite und setzte es wieder an. Der Fleck blieb. Dann schien die Gestalt Kraft zu verlieren. Die Zigarette fiel aus dem Mundwinkel. Die Hände suchten Halt an der Brüstung. Das Gesicht verzerrte sich zu einer Fratze. In Zeitlupe sackte der Mann in sich zusammen.

Das konnte nicht sein. Lüder zweifelte an seiner Beobachtung. Es sah aus, als sei der Präsident von einem Geschoss getroffen worden.

Lüder drehte sich auf dem Absatz um und starrte Richtung Strand. Dort stand der Hubschrauber. Direkt daneben sah er zwei Gestalten, die in aller Ruhe ein Gespräch führten und rauchten. Etwas weiter zeichnete sich die Silhouette einer Doppelstreife ab, die die Waffen geschultert hatte und langsam Richtung Osten ging.

»Auf das Objekt ist geschossen worden«, sagte Lüder hastig.

»Er ist weg«, antwortete Botterbloom träge. Der junge Poli-zist schien nichts mitbekommen zu haben. Lüder kannte dieses Phänomen. Nach längerer Zeit ließ die Konzentration nach. Man sah etwas, ohne es zu registrieren.

»Schlagen Sie Alarm«, rief Lüder.

»Was soll ich denn sagen?«

»Alarm!«

In diesem Moment erschienen zwei Männer in dunklen An-zügen auf dem Balkon, warfen einen suchenden Blick in ihre Richtung, auf die See und in den Garten. Dann erlosch das Flut-licht im Garten schlagartig. Die Villa war in Dunkel getaucht. Lediglich die Innenbeleuchtung brannte noch. Auf dem Balkon huschten die Finger von Taschenlampenstrahlen herum. Es erklangen gedämpfte Kommandos. Die Schatten mehrerer Leute waren zu sehen. Dann wurde die Balkontür geschlossen.

Das Ganze hatte keine Minute gedauert.

Botterbloom sprach in sein Funkgerät. Der junge Mann war so aufgeregt, dass er sich verhaspelte. Dankbar reichte er das Gerät an Lüder weiter.

»Kriminalrat Lüders. LKA. Es wurde soeben ein Attentat auf das Schutzobjekt ausgeübt. Lösen Sie Alarm aus.«

»Sind Sie sich sicher?«, fragte der Teilnehmer am anderen Ende.

»Machen Sie.«

Es entstand eine kurze Pause.

»Es wäre gut, wenn wir eine Bestätigung aus der Villa hätten.«

»Dort hat man jetzt andere Sorgen. Lassen Sie alles abriegeln. Für diesen Fall gibt es einen Alarmplan. Benachrichtigen Sie auch Rettungskräfte.«

Es knackte im Gerät. Nach zwanzig weiteren Sekunden hörte Lüder, wie der Alarm an alle Einheiten ausgelöst wurde. »Plan Rot«, wiederholte die Stimme mehrfach.

Fast im selben Augenblick erschallten Signalhörner. Lüder unterschied die Tonlagen von Rettungswagen und Polizeieinsatzfahrzeugen.

Der Hubschrauber hatte alle Lampen angeschaltet. Lüder hörte, wie der Rotor gestartet wurde. Auf dem Strand wurde es hell. Jetzt schien es dort von Polizisten zu wimmeln.

Müller meldete sich auf Lüders Handy. »Haben Sie den Alarm ausgelöst?«, fragte er mit ruhiger Stimme.

Lüder bestätigte es und berichtete von seiner Vermutung, dass auf den Präsidenten geschossen worden war.

»Dazu gibt es bis jetzt keine Bestätigung«, erwiderte der Hauptkommissar. »Kann es ein Irrtum gewesen sein?«

»Nein«, sagte Lüder und schilderte kurz seine Beobachtungen.

»Hat Botterbloom neben Ihnen gestanden?«

»Ja.«

»Hat er es auch gesehen?«

»Nein.«

113

»Hm. Wir würden uns vor aller Welt lächerlich machen. Hier kann man auch nicht argumentieren, wir hätten präventiv gehandelt.« Müllers Stimme wurde ein wenig leiser, so als würde er in eine andere Richtung sprechen. »Wo ist der verdammte Kahn der Entenpolizei?«

»Die ›Potsdam‹? Die verfolgt ein flüchtiges Boot in östlicher Richtung.«

Müller zögerte einen Moment. »Das war aber vorher. Von dort kann der – angebliche – Schuss nicht abgefeuert worden sein.«

»Richtig. Der Schütze war anders positioniert.«

»Ja, aber …«, widersprach Müller. »Der Strand und die Promenade sind komplett abgeriegelt. Dort kommt keine Maus unbesehen hindurch.«

»Bleibt die See«, gab Lüder zu bedenken.

Erneut antwortete Müller mit einem »Ja, aber …« Dann sagte er: »Moment.«

Lüder hörte den Hauptkommissar mit anderen sprechen, ohne die Worte zu verstehen. Schließlich meldete sich Müller wieder. »Ich habe meine Leute befragt. Von einem Zwischenfall mit Schusswaffen hat niemand etwas beobachtet. Allerdings wurde bestätigt, dass die Festbeleuchtung im Garten kurz ausging und dort jemand auf dem Balkon herumwuselte.«

»Der Schütze hat sich auf See aufgehalten«, insistierte Lüder. »Veranlassen Sie, dass die gesamte Küste in westlicher und östlicher Richtung gesichert wird.«

»Sie sind gut«, meinte Müller. »Jetzt ist erst einmal Aufregung auf allen Kanälen. Um mit den Worten eines Westernfans zu sprechen: Ich bin nur Kommandant eines kleinen Forts. Den gesamten Krieg befehligt ein General.«

»Dann setzen Sie den ins Bild.«

»Was sagt Freddie Frinton alias Butler James jeden Silvester zum Ende des Dinners? ›Well. I will do my very best.‹«

Botterbloom zuckte schuldbewusst mit den Schultern. »Ich habe wirklich nichts gesehen.«

Habe ich Halluzinationen?, fragte sich Lüder. Sollte er der Einzige sein, der etwas gesehen hatte? Ein Attentat auf den Präsidenten? Hier, in Holstein? *Timmendorf Beach*, wie die Medien dann titeln würden. Bei den Vorbereitungen war er manchem Beteiligten ein Dorn im Auge gewesen. Wie lange würde man über ihn lachen, wenn er sich geirrt haben sollte? Panik-Lüders?

Lüder rief Jens Starke an. Es dauerte eine Ewigkeit, bis sich der Kriminaldirektor meldete. Seine Stimme klang gelangweilt. Das änderte sich schlagartig, als Lüder seinen Kurzbericht abgeschlossen hatte.

»Bist du dir sicher?«, fragte Dr. Starke rhetorisch.

»Wir haben die Videoaufzeichnung der Amerikaner, die sie auf dem Grundstück installiert haben, angezapft«, sagte Lüder.

»Nein. Das heißt, diese Aktion gibt es nicht.«

»Es dient nur uns. Wir gehen damit nicht an die Öffentlichkeit.«

»Also …«, setzte Jens Starke an. »Die beiden Techniker haben die Weisung, nicht zu reagieren, gleich, was passiert. Sie sollen unsichtbar bleiben.«

Lüder berichtete, dass er vergeblich versucht hatte, mit den Fahrzeuginsassen auf dem Hotelparkplatz Kontakt aufzunehmen. »Jetzt hat sich die Situation aber geändert. Man könnte uns bestätigen, was dort vorgefallen ist.«

»Theoretisch«, antwortete der Kriminaldirektor. »Aber – wie gesagt – die Techniker sind nicht zu erreichen. Es gibt keinen Kontakt zu ihnen. Die Mission ist nicht legal. Deshalb das Versteckspielen.«

Es half nichts. Lüders Bemühungen blieben erfolglos.

»Wir können nicht einmal die Aufzeichnungen auswerten, sofern es überhaupt gelungen ist, sie einzufangen«, argumentierte Dr. Starke. »Das Signal ist verschlüsselt. Mit unseren Mitteln können wir keine Decodierung durchführen.«

»Dazu benötigen wir die Hilfe von Professor Michaelis aus Hamburg«, sagte Lüder.

»Der ist Mathematiker und kein Codierungsfachmann.«

»Er ist ein verdammt guter Mathematiker. Dieses Thema ist sein Hobby. Wir sollten nichts unversucht lassen.«

»Ach, Lüder«, stöhnte Dr. Starke. »Ich werde versuchen, jemanden nach Hamburg zu schicken, um Professor Michaelis abzuholen und nach Kiel zu bringen.« Dann hatte er es eilig. »Ich versuche, Informationen über die Geschehnisse im Haus am Strand zu bekommen«, versprach er und verabschiedete sich.

Die Polizei, alle im Rettungswesen engagierten Institutionen und Behörden führten regelmäßig Übungen und Manöver durch, um den reibungslosen Ablauf bei Großschadensereignissen zu testen. Ein Attentat auf einen ausländischen Staatschef war ein ungewöhnliches Ereignis. Erschwert wurde die Aktion dadurch, dass es an Informationen und Fakten mangelte. Außer Lüders Beobachtungen, dem kurzzeitigen Löschen des Lichts und den Aktivitäten auf dem Balkon lagen keine Beweise vor. Nur langsam trafen Informationen ein. Die Rettungswagen und Notärzte waren von den Amerikanern am Zugang zur Villa gehindert worden. Kommentare wurden nicht abgegeben. Man schwieg. Es gab auch keine Dementis. Nach und nach liefen die Meldungen der Posten vom Strand, von der Promenade und dem Sicherungsring ein. Alles war unauffällig.

Leider war die Einsatzreserve der Bereitschaftspolizei im Ort noch mit dem Widerstand durch Demonstranten beschäftigt. Der Einsatzleiter hatte weitere Kräfte losgeschickt, die den Strand und die Seebrücken kontrollieren sollten.

Lüder versuchte erneut, Kontakt zur Besatzung des Wagens mit den Technikern aufzunehmen. Vergeblich.

Dafür erfuhr er, dass die Verfolgungsjagd der »Potsdam« erfolglos geblieben war. Das Schiff war auf seine Ausgangsposition zurückgekehrt. Man hatte aber im Niendorfer Hafen drei Männer festgenommen, die mit einem kleinen Boot unterwegs gewesen und dort angelandet waren. Vermutlich handelte es sich um das Fahrzeug, das die »Potsdam« und Müllers Leute verfolgt hatten.

Alle Versuche, Verbindung zu den Amerikanern im Haus aufzunehmen, waren erfolglos geblieben. Lüders Bemühungen, mit Timmerloh vom BKA zu sprechen, waren ebenfalls vergeblich. Er konnte den Kontakt nicht herstellen.

Schließlich meldete sich Dr. Starke und bestätigte, dass an der Lübecker Bucht eine umfangreiche Polizeiaktion angelaufen war. Das Außergewöhnliche daran war, dass es keinen für die Sicherheitsbehörden erkennbaren Zwischenfall gab.

»Falls dort *wirklich*«, betonte Jens Starke seine Zweifel, »eine Schädigung einer Person stattgefunden hat, müsste doch medizinisches Personal vor Ort aktiv sein.«

»Ich bin mir sicher, dass zu den Leuten, die die Amerikaner ins Haus geholt haben, nicht nur Butler und Koch gehören, sondern auch geschultes Rettungspersonal.«

Dr. Starke ergänzte, dass es immer noch keinen Hinweis auf den Aufenthalt von Rodrigo Gutiérrez oder Yeong-jae Lee gab. »Und von der Überwachung Haydar Nefers gibt es auch keine Neuigkeiten. Vollmers hat noch keine Spur aufgetan, die zum kleinen Erkan führen könnte.«

Lüder beschloss, zum Niendorfer Hafen zu fahren. Dort hielt man die drei gefassten Bootsinsassen fest. Im Sommer herrschte hier reger Betrieb. Jetzt war alles verwaist. Die Buden waren verrammelt, der Wind pfiff zwischen ihnen hindurch. Ein einsamer Polizist stand an der Zufahrt, die tagsüber von bummelnden Urlaubern bevölkert wurde.

Der Polizeihauptmeister hatte seine Mütze tief in die Stirn gezogen. Er schien hier schon länger zu stehen. Alles war durchnässt. Seine mangelnde Begeisterung drückte sich auch darin aus, dass er Lüder mürrisch ansah, als der nach den drei Männern fragte. Er warf nur einen kurzen Blick auf den Dienstausweis und zeigte mehr Interesse am Sonderausweis für diesen Einsatz.

»Mussten Sie Ihre warme Unterkunft verlassen?«, lästerte der Uniformierte. »Einer sitzt im Streifenwagen links. Die beiden anderen im Bearbeitungskraftwagen.« Er zog geringschätzig eine Augenbraue in die Höhe. »Das ist der blau-weiße Ford Transit da drüben.«

»Weshalb hat man die zwei zusammengelassen?«

»Woher soll ich das wissen? Mich hat keiner gefragt. Sonst würde ich in der Karre sitzen, und die Typen würden davor stehen.«

Lüder ließ den Polizisten stehen und ging zum Streifenwagen.

Er klopfte gegen die Scheibe und wurde neugierig von innen beäugt. Erst beim zweiten Klopfen öffnete sich das Fenster minimal.

»Was ist?«, wollte ein Streifenpolizist wissen.

»LKA. Was wissen wir über den Festgesetzten?« Lüder hatte den Eindruck, dass alle dienstführenden Beamten schlechte Laune hatten.

»Nix. Oder wollen Sie den Namen wissen?«

»Haben Sie ihn nach Waffen durchsucht?«

»Nee«, sagte der Wageninsasse. »Wir sind blutige Anfänger.« Dann schien er sich zu besinnen. »Der hier scheint der Harmlose zu sein. Der Schmiermaxe. Ihm gehört das Boot, mit dem die Typen unterwegs waren. Er sagt, das sind Reporter. Die haben ihn angeheuert, um ein paar Fotos zu schießen.«

»Hier wurde noch mit anderem Kaliber geschossen«, erwiderte Lüder.

»Hab davon gehört. Aber das war später. Da waren die hier schon weg.«

»Dann gute Verrichtung«, sagte Lüder und ignorierte das ihm hinterhergeworfene »Du mich auch«.

Er ging die wenigen Schritte zum Ford Transit hinüber, klopfte gegen die Schiebetür und öffnete sie.

»Was soll das?«, fluchte ein Oberkommissar. »Presse?«

»LKA.«

Der Beamte auf dem Beifahrersitz streckte seine Hand aus. »Ausweis«, sagte er unfreundlich.

Während Lüder ihm das Dokument reichte, ertönte eine bekannte Stimme.

»Mensch, Lüders, altes Haus. Ich habe mich selten so gefreut, Sie zu sehen. Endlich. Was soll der Zinnober hier?«

»Das ist kein Unsinn, Dittert. Sie haben hier Blödsinn angestellt«, begrüßte Lüder den Journalisten des Boulevardblatts.

LSD – Leif Stefan Dittert – wandte sich an einen der ihn vernehmenden Beamten. »Das ist mein Freund, Kriminalrat Dr. Lüders vom LKA. Gut, Lüders, dass Sie auftauchen. Damit ist ja alles klar.«

Lüder schüttelte den Kopf. »Das regeln die Kollegen hier.«

»Aber … was meinen Sie, was das für ’nen Aufruhr gibt, wenn morgen in der Zeitung steht, dass die freie Presse an der Arbeit gehindert wird.«

»So? Was wollen Sie denn schreiben? ›Kurzsichtiger Reporter versucht, die Sperrzone zu durchbrechen. Statt als Paparazzi für Furore zu sorgen, wird er von der aufmerksamen Polizei gefasst‹?« Lüder sah den zweiten Zivilisten an. »Wer sind Sie?«

LSD übernahm es, zu antworten. »Kenn’n Sie ihn nicht? Peter Bartels. Freier Journalist. Schreibt für die bedeutendsten Printmedien der Republik.«

»Auch ein Paparazzo?«

»Paparazzo? Sie meinen Paparazzi«, erwiderte Dittert.

Lüder lächelte. »Ihr Kumpel ist doch nicht so dick, dass er als Plural durchgehen könnte. Also, Dittert. Was geht hier ab?«

»Ist das ’ne Frage? Da taucht der Onkel aus Amerika auf. ’ne Pressekonferenz gibt er ja nicht. Wir sind ja die angebliche Lügenpresse. Da wollten wir uns selbst ein Bild machen.« Dittert zeigte auf die Kameraausrüstungen, die abseitslagen. »Geben Sie die mal rüber. Das sind unsere.«

Lüder lächelte. »Das hier, das wickeln die Kollegen ab. Die können das. Wer ist eigentlich auf die Schnapsidee gekommen? Bei Dunkelheit. Haben Sie wirklich geglaubt, Sie können wie am D-Day den Strand entern?«

»Quatsch. Wir haben einen Tipp bekommen.«

»Einen Tipp?«

Dittert musterte die anwesenden Uniformierten. »Ja«, sagte er leise. »Dass der US-Heini da auftaucht, ist ja kein Geheimnis. Das hat er selbst getwittert. Und alles andere ist publik. Uns war klar, dass der abgeschirmt wird und man nicht herankommt. Wir haben einen Wink bekommen, dass er irgendwann auf dem Balkon oder der Terrasse auftaucht. Man kennt wohl seine Gewohnheit, dass er Luft schnappt. Es sollten interessante Bilder werden. Auch ohne Text.«

»Wer hat Ihnen das gesagt?«

Dittert schüttelte den Kopf und bewegte im Takt dazu den

Zeigefinger hin und her. »Oh nein, Lüders. Das erfahren Sie nicht. Haben Sie schon einmal etwas vom Pressegeheimnis gehört? Ich kann mir 'nen anderen Job suchen, wenn ich meine Informanten verrate.«

»Dann wird es heute noch ein langer Abend für Sie.«

»Aber wieso? Wir machen nur unsere Arbeit.«

Lüder lächelte. »Genau wie die Kollegen hier. Tschüss.«

»Moment.« Dittert wollte aufspringen, wurde aber von dem neben ihm sitzenden Polizisten wieder in den Sitz gedrückt.

Lüder zog die Schiebetür auf und ging hinaus. Der unfreundliche Hauptmeister von vorhin hatte wirklich recht. Es war ein erbärmliches Wetter. Da jagte man keinen Hund vor die Tür. Nur Polizisten, dachte er grimmig und fuhr zurück.

Was mochte das für ein geheimnisvoller Informant gewesen sein?, überlegte er. War das eine Schutzbehauptung Ditterts, und der Journalist hatte auf gut Glück versucht, ein paar Fotos zu schießen? Schließlich konnten weder der Unbekannte noch die beiden Presseleute wissen, dass der US-Präsident bei diesem schlechten Wetter mutterseelenallein auf den Balkon treten würde, um zu rauchen.

Aus dem Weißen Haus, wie er die Villa bei sich nannte, war keine Information nach außen gedrungen. Allmählich legte sich die Unruhe. Lüder bekam ungewollt mit, wie hinter vorgehaltener Hand von Hysterie gesprochen wurde. Ein junger Polizeianwärter meinte, da wolle sich »jemand« wichtigmachen. Oder hatte sich einer der »Oberen« einen kleinen Spaß ausgedacht, der als verdeckte Übung abgelaufen war? Die Auseinandersetzung mit den Demonstranten war abgeschlossen. Es hatte verbale Angriffe auf die Polizisten gegeben, kleinere Drängeleien, aber Gewaltakte waren ausgeblieben. Vielleicht trug auch das schlechte Wetter dazu bei.

Lüder wanderte die Promenade entlang und stieß auf Botterbloom, der verdrießlich wirkte. Als Lüder ihn noch einmal auf den Zwischenfall ansprach, reagierte der junge Beamte einsilbig und meinte, er habe nichts gesehen. Ja, das Licht sei kurz erloschen. Und die Männer auf dem Balkon? Könnten die nach der

Ursache für die Unterbrechung der Beleuchtung gesucht haben? Schließlich habe man keinen Schuss gehört.

Es war eine dumme Situation, in die Lüder geraten war. Trotz der zahlreich anwesenden Sicherheitskräfte wollte niemand etwas bemerkt haben. Eine halbe Stunde später rief ihn Müller an.

»Die Kollegen haben ein herrenloses Speedboot an der Seebrücke Scharbeutz gefunden. Ob das in Verbindung mit unserem Auftrag steht?«

»Ist das eine ernst gemeinte Frage?«

Lüder beauftragte den Hauptkommissar, sofort einen Streifenwagen zu schicken, der ihn zum Fundort bringen sollte. Er ging ein Stück die dunkle Strandpromenade westwärts, bog am Durchgang beim Imbiss »Brutzelhütte« ab und stieß in Höhe des Parkplatzes, auf dem immer noch der Überwachungswagen des KTI stand, auf den Streifenwagen. Die Besatzung schwieg, während sie die menschenleere Strandallee entlangfuhren.

Am Beginn der Kurpromenade erinnerte nichts mehr an die Auseinandersetzung mit den Demonstranten. Alles wirkte ruhig und friedlich. In diesem Teil des Ortes wies nichts auf den Besuch des US-Präsidenten hin. Das Rathaus war verlassen. Die Häuser auf der anderen Straßenseite standen in repräsentativen Gärten.

Wenig später fuhren sie direkt an der Küste entlang. Die Restaurants und Hütten zeichneten sich nur als Schattenriss gegen die Lübecker Bucht ab. Von den Häusern auf dem Hang zur Linken waren nur wenige beleuchtet. Das traf auch auf die zu anderen Jahreszeiten häufig ausgebuchten Ferienappartements zu, die die Straße ein Stück weiter bis zum markanten Bau des Bayside Hotels begleiteten. Die Polizisten fuhren bis zum ausgestorbenen Platz vor der Seebrücke, auf dem die beliebte Eislaufbahn aufgebaut war, die jetzt im Dunkeln lag. Sie hielten neben einem weiteren Polizeiauto, das dort stand. Lüder wurde von einem Uniformierten empfangen, der zur Begrüßung locker die Hand an den Mützenschirm legte und »Moin« sagte. Er zeigte auf die spärlich beleuchtete Seebrücke.

»Das ist von hier aus nicht zu erkennen. Aber da vorn liegt

ein Speedboot.« Dann begleitete er Lüder bis zur Spitze der See-brücke.

Das »Speedboot« entpuppte sich als Festrumpf-Schlauchboot mit einem aus Aluminium gefertigten Einlegeboden. Der zweite Beamte aus dem Streifenwagen, der hier Wache gehalten hatte, leuchtete das Boot mit seiner Taschenlampe aus.

»Das Ding hat einen Volvo-Penta-Außenborder. Ein starkes Teil. Damit legt man Tempo vor.«

»Wer hat das Boot entdeckt?«, wollte Lüder wissen.

»Na, wir.« Der Polizist zog mit der Hand den Kragen am Hals zusammen. »Bei dem Scheißwetter geht doch niemand vor die Tür. Schon gar nicht hier auf den Steg raus. Das saut wie Hecht.«

»Dann gibt es keine Zeugen?«

»Woher denn?« Der Beamte lachte. »Und wenn, dann wären sie nicht zurechnungsfähig. Nur wer einen Schatten hat, treibt sich draußen rum.«

»Das Boot muss doch gehört worden sein«, sagte Lüder.

»Möglich. Aber – wie gesagt – hier geht keiner spazieren. Und wenn der Hund zum Kacken rausmuss, dann schickt man ihn so vor die Tür. Und in den Häusern – da sind alle Luken dicht.«

»Ich möchte trotzdem, dass die Anwohner befragt werden.«

Der Beamte grinste breit. »Na, dann viel Vergnügen.«

Am Boot war keine Kennung zu entdecken. Es war leer.

»Niemand darf den Steg betreten oder sich dem Boot nähern«, wies Lüder an. Dann nahm er Kontakt zur Spurensicherung auf und erklärte die Situation. »Das Boot muss zum KTI nach Kiel«, sagte er.

»Da freuen sich aber einige«, meinte der Uniformierte. »Und wir sind dabei.« Mit einem unfreundlichen »Danke dafür« entließ er Lüder, der sich gegen den Wind und den unablässigen Regen stemmte und zum Anfang der Seebrücke zurückkehrte.

Von dort ließ er sich zurück nach Timmendorfer Strand brin-gen. Müller war nicht in seinem rollenden Befehlsstand, kehrte aber zehn Minuten später zurück. Mit einem Handtuch, das völ-lig durchnässt war, wischte er sich das Gesicht und den Nacken ab.

»Soll der Typ doch im Sommer kommen. Dann kann ich meine Jungs in der Badehose patrouillieren lassen.«

»Und die Mädchen? Denken Sie daran, dass wir gendergerecht denken.«

Müller grinste. »Die tragen Bikini. Kaffee?« Ungefragt schenkte er ein und reichte Lüder den Becher. »Was war das denn nun vorhin?«

»Es hat sich so zugetragen, wie ich es geschildert habe.«

»Sicher?« Müller hatte die Augen zu einem Spalt zusammengekniffen und musterte Lüder über den Becherrand hinweg.

Lüder nickte ernst. »Wie kommt ein Boot an die Scharbeutzer Seebrücke?«

»Hm.« Müller nahm schlürfend einen Schluck. »Zufall?«

Lüder zeigte nach draußen. »Bei dem Wetter? Und selbst wenn es ein Hardcoreangler war, würde er sein Boot nicht allein an der Seebrücke zurücklassen.«

»Da ist was dran«, bestätigte Müller nachdenklich. »In welchem Zusammenhang könnte es mit den beiden Journalisten und ihrem Bootsführer stehen, die man in Niendorf dingfest gemacht hat?«

»Einen der Reporter kenne ich. Das ist ein schlitzohriger Hansdampf. Aber der schießt nicht auf Politiker. Jedenfalls nicht mit einer Waffe.«

»Könnten die beiden mit dem herrenlosen Schlauchboot gekommen sein?«

»Auszuschließen ist nichts. Aber ich kann es mir nicht vorstellen.«

»Dann müsste noch jemand vor der Küste unterwegs gewesen sein.«

Lüder nickte stumm. Aber wer? Der Schütze, den nur er wahrgenommen hatte?

Müller sah auf die Armbanduhr. »So! In einer Viertelstunde kommt die Ablösung. Dann sammele ich meine Leute ein, und es geht zurück in die warme Stube nach Eutin. Hier kann herumballern, wer will. Das berührt mich nicht mehr. Zumindest nicht bis morgen. Dann geht der ganze Mist wieder von vorn los.«

Lüder wünschte dem Hauptkommissar einen schönen Abend und verließ den fahrenden Kommandostand.

Er versuchte, Dittert zu erreichen. Vor dem ersten Freizeichen sprang die Mobilbox an. Er bat den Journalisten um Rückruf. Anschließend beobachtete er den Wechsel der Wachmannschaft. Die Aufgaben von Müllers Hundertschaft übernahm eine Einheit der Bereitschaftspolizei Niedersachsen. Lüder erfuhr, dass es sich um die 4. Hundertschaft handelte, die in Lüneburg stationiert war. Der Einheitsführer war ein schweigsamer Erster Hauptkommissar. Er hörte sich Lüders Kurzbericht an, knurrte: »Ja, ja«, und meinte, er würde die Aufgabe nach seinen Erfahrungen organisieren und durchführen.

»Jemand von der Kripo ... Nehmen Sie es mir nicht übel, aber in solchen Dingen haben wir das Know-how. Ich habe mitbekommen, dass irgendein durchgeknallter Kripomann hier für viel Wirbel gesorgt hat. Das wäre uns nicht passiert.«

Lüders Handy meldete sich. LSD versuchte, ihn zu erreichen.

»Na, Dittert, hat man Sie wieder freigelassen?«

»Sie haben sich wenig freundschaftlich verhalten«, beklagte sich der Journalist.

»Es war Ihre Entscheidung, diesen dummen Versuch zu starten. Sie hätten wissen müssen, dass die Sicherheitsbehörden gut aufgestellt sind.«

»Blödsinn. Wir von der Presse folgen unseren eigenen Regeln.«

»Die aber nicht außerhalb der Gesetze liegen sollten. Wer hat Ihnen den Tipp gegeben?«

Lüder hörte, wie Dittert tief Luft holte. »Hören Sie doch auf, Lüders. Ich nenne Ihnen keine Namen. Was ist mit dem Gerücht, dass jemand am Strand herumgeballert haben soll? Und Sie haben angeblich ein verlassenes Schlauchboot entdeckt? Wo war das?«

»Gehen Sie zu Ihrem Lieblingschinesen. Da ist die Küche spannender als die Gerüchteküche.«

»Wenn wir unsere Kenntnisse zusammenlegen, dann kann es was werden«, meinte LSD.

»Bei uns nennt man es Dienstgeheimnis.«

»Da rühren doch viele Köche im Brei herum. Und der eine

versteckt sein Wissen vor dem anderen. Hat Ihnen jemand etwas von dem dunklen Van erzählt, der das Weiße Haus in Timmendorf verlassen hat?«

»Van? Meinen Sie den Cateringservice, der dem Präsidenten die Hamburger gebracht hat?«

Dittert lachte hell auf. »Ich sehe, Sie haben keine Ahnung. Kommt nicht oft vor, aber manchmal schon. Da war ein Chevrolet Express auf dem Grundstück. Was, meinen Sie, hat der abgeholt?«

»Die Pommes, die der Präsident nicht mehr aufgegessen hat«, sagte Lüder. »Und die gebrauchten Handtücher.«

»Prima. Und mit denen fährt er jetzt nach Hamburg.«

»Woher wissen Sie das?«, fragte Lüder.

»Die Presse ist die vierte Macht im Staat. Wir haben einen Kollegen so postiert, dass er ein Auge auf das Haus werfen konnte. Der Chevy-Kleinlaster wird im SUV-Land Deutschland nicht so oft gefahren. Darum war er uns schon früher aufgefallen. Als er sich auf das Grundstück geschlichen hat, wurde der Kollege neugierig. Jetzt folgt er dem Wagen Richtung Hamburg.«

»Lassen Sie mich wissen, wo die Fahrt endet?«

»Was bekomme ich dafür?«, wollte Dittert wissen.

»Das hängt vom Gewicht der Nachricht ab.«

»Ich melde mich«, sagte LSD und legte auf.

Lüder versuchte, beim Einsatzleiter, einem Polizeidirektor, zu erfahren, ob man etwas von einem Van wusste. Das war nicht der Fall. Aber der Mann wollte sich erkundigen. Zehn Minuten später erfuhr Lüder, dass tatsächlich ein Fahrzeug das Grundstück verlassen hatte. Man habe es auch durchgelassen, nachdem einer der Secret-Service-Leute an der Zufahrtssperre aufgetaucht war und die Passage freigeben hatte.

»Weshalb wurde das nicht durchgegeben?«, fragte Lüder ärgerlich.

Der Polizeidirektor sah die Notwendigkeit nicht ein. »Wir sind für die Sicherheit zuständig. Und wenn die Amerikaner, die den inneren Ring abschirmen, es zulassen, gibt es für uns keinen Grund, das zu verhindern.«

Der Einsatzleiter bestätigte, dass der Van etwa eine halbe Stunde nach dem kurzfristigen Lichtausfall das Areal befahren hatte. Das ist merkwürdig, dachte Lüder. Er meldete sich bei Jens Starke an und sagte, er würde in einer Stunde im LKA sein. Der Abteilungsleiter zeigte sich nicht begeistert, unterließ aber eine Bemerkung.

Dr. Starke saß in seinem Büro.

»Du solltest vor Ort sein«, sagte er in einem vorwurfsvollen Ton.

Lüder schüttelte heftig den Kopf. »Da stimmt etwas nicht.« Er schilderte seine Beobachtung des Attentats auf den Präsidenten. Jens Starke unterbrach ihn nicht, folgte seinen Ausführungen aber mit gerunzelter Stirn.

»Ich bin informiert«, sagte er. »Es hat viel Aufregung gegeben. Aber man hat nichts gefunden. Niemand sonst teilt deine Beobachtungen.«

»Jens. Ich habe es mit eigenen Augen gesehen.«

»Kann es sein, Lüder, dass du übermotiviert bist?«

»Und der Ausfall des Lichts kurz danach?«

»Manchmal gibt es Zufälle.«

»Ich weiß«, sagte Lüder. »Da trinkt in New York ein Mann ein Glas Wasser, und am nächsten Tag stellt eine Frau in Köln fest, dass sie schwanger ist.«

»Lass uns ernsthaft bleiben«, mahnte Dr. Starke.

»Wie passt das leere Speedboot von der Scharbeutzer Seebrücke ins Bild?«, gab Lüder zu bedenken. »Das alles können doch keine Zufälle sein.«

Starke lehnte sich zurück und legte die manikürten Fingerspitzen zu einem Dach zusammen.

»Die erste seeseitige Aktion – das waren neugierige Journalisten. Natürlich war Dittert dabei. Aber das Schlauchboot ...«

Lüder trug seine Gedanken vor, dass niemand sein Angelboot zu dieser Stunde und bei solchem Wetter freiwillig zurückließ.

»Ich habe deutlich gesehen, dass der Präsident durch einen Schuss getroffen wurde.«

»Willst du ernsthaft behaupten, man hat ihn erschossen?«

»Ja«, sagte Lüder bestimmt.

Jens Starke legte die Fingerspitzen ans Kinn. Dann kratzte er sich nachdenklich die Nasenspitze.

»Das wird mir zu heiß«, sagte er schließlich. »Ich rufe Nathusius an.«

»Ist Professor Michaelis inzwischen eingetroffen?«, wollte Lüder wissen.

»Ja. Der sitzt in der Kriminaltechnik und trinkt mit Herrn Hennings Kaffee. Sie spielen Schach. Und Hennings beklagt sich, dass er immer verliert.«

»Wo bleiben die Aufzeichnungen aus Timmendorfer Strand?«

»Es war abgemacht, dass das dortige Team nicht reagiert.«

»Wir müssen sie zurückrufen. Rufe Frau Dr. Braun an«, schlug Lüder vor.

Jens Starke tat wie geheißen. An seinem gequälten Gesichtsausdruck erkannte Lüder, dass ihm die Leiterin des Kriminaltechnischen Instituts offenbar einen Vortrag hielt, dass auch wissenschaftliche Mitarbeiter ein Anrecht auf ein freies Wochenende hätten.

»Sie soll sich in Washington beschweren«, schlug Lüder vor.

Eine halbe Stunde später vervollständigte der stellvertretende Leiter des LKA die Runde. Nathusius beklagte sich nicht, dass er an diesem Sonntag ins Amt musste.

Lüder wiederholte seine Ausführungen, die er zuvor Jens Starke vorgetragen hatte. Nathusius hörte aufmerksam zu, ohne ihn zu unterbrechen.

»Das sind in der Tat Ungereimtheiten«, sagte er. »Ich zweifele nicht an Ihren Beobachtungen, Herr Dr. Lüders. Wie sollen wir mit dieser Situation umgehen?«

Man sah ihm an, wie der scharfsinnige Analytiker die Optionen abwog. Lüders Handy platzte dazwischen. LSD meldete sich.

»Der Van ist *straight* nach Washington gefahren. Also – ins amerikanische Konsulat an der Hamburger Außenalster. Die Hütte sieht ja wie das Gebäude am Potomac aus.«

»Kommen Sie zur Sache, Dittert. Ihre Zeitung lebt doch auch von großen Schlagzeilen und wenig Text.«

»Sachte. Ich mache hier den Affen für Sie. Und was springt für mich dabei heraus?«

Lüder ging nicht darauf ein. »Also, was hat Ihr Kollege dort beobachtet?«

»Sie wissen, dass das Konsulat gut abgeschirmt wird. Die haben aus dem Van, der übrigens wie aus einem Ami-Gangsterfilm entliehen wirkt, eine längliche Kiste ausgeladen. Der Kollege meinte, die hatte Ähnlichkeit mit einem Sarg.« Dittert lachte meckernd. »Phantasie ist in unserem Beruf wichtig. Aber wenn wir unserem Chefredakteur vorschlagen: ›Sarg wird aus Präsidentendomizil herausgetragen‹, dürfen wir eine Fortsetzungsgeschichte über Hundefriseure schreiben. Was ist nun mit dem Gegengeschäft?« Dittert stutzte. »Eh, Lüders. Sagen Sie mal, läuft da ein Riesending? Da murmelt man, irgendein Spinner behauptet, es wäre geschossen worden. Dann geht kurz das Licht aus. Der Van erscheint. Und in Hamburg lädt man einen Sarg aus.« Plötzlich klang Dittert aufgeregt. »Sagen Sie! Ist da ein Riesending passiert? Kann es sein, dass man den US-Präsidenten umgelegt hat? Und das bei uns, in Deutschland?«

»Ich wäre an Ihrer Stelle sehr vorsichtig mit solchen Vermutungen«, sagte Lüder. »Denken Sie an die Hundefriseure.« Dann legte er schnell auf.

Die Information machte Nathusius' Überlegungen nicht einfacher. »Ich werde mit Staatssekretär Sorgenfrei sprechen«, entschied der Leitende Krimimaldirektor und verließ für das Telefonat den Raum. Dann erreichte eine gute Nachricht die Runde. Frau Dr. Braun hatte ihre Mitarbeiter in Timmendorfer Strand erreicht und angewiesen, nach Kiel zurückzukehren.

»Es wird darüber zu reden sein«, hatte sie angemerkt, »dass dort eine geheime Aktion abläuft, über deren Inhalt und Ziel ich nicht informiert worden bin.«

Es verging eine weitere halbe Stunde, in der sie untätig herumsaßen. Lüder hasste solche Momente der erzwungenen Untätigkeit. Als Nathusius zurückkehrte, konnten sie an seinem

Gesichtsausdruck ablesen, dass er keine befriedigende Antwort erhalten hatte.

»Wir sind uns einig«, erklärte er, »dass Schleswig-Holstein nur am Rand mit am Tisch sitzt. Sollte sich an der Vermutung etwas als wahr erweisen, würde eine Lawine auf die Bundesrepublik losrollen. Das kann unmöglich von Kiel aus losgetreten werden. Der Staatssekretär zeigte sich skeptisch hinsichtlich des Wahrheitsgehalts dieser Vermutung. Er unterstrich, dass sie auf vage Annahmen gestützt sei. Wir sind angewiesen worden, stillzuhalten und jeden Kontakt zur Presse oder in die Öffentlichkeit zu unterbinden.«

Lüder unterrichtete Nathusius von Ditterts Vermutungen.

»Der darf kein Gerücht in die Welt setzen«, sagte Nathusius. »Reden Sie mit ihm.«

Lüder rief LSD an. Der fragte fast atemlos, ob es Neuigkeiten gäbe.

»Ja. Halten Sie sich von jeder Spekulation fern. Das ist zum einen eine freundschaftliche Empfehlung …«

»Und zum anderen?«, wollte LSD wissen.

»Es könnte eine Information an die Presse durchsickern, dass ein durchgeknallter Skandalreporter als Lachnummer mit einem umgebauten Ruderboot versucht hat, den Strandabschnitt vor Onkel Donalds Feriendomizil zu entern. Man könnte anfügen, dass er glaubte, ein Nacktfoto vom badenden Präsidenten für ein Herrenmagazin zu schießen.«

»Das ist Erpressung«, beklagte sich Dittert.

»Ja«, erwiderte Lüder knapp und legte auf.

Was bedeutete es, wenn sich wirklich ein Attentat zugetragen hatte? Nicht nur die Bundesrepublik, auch Schleswig-Holstein und Timmendorfer Strand würden in den Blickpunkt der Weltöffentlichkeit geraten. Bis heute trugen Städte, in denen Attentate auf politische Führer verübt wurden, den Makel von diesen Taten.

Die Zeit wollte nicht verstreichen. Immer wieder sahen sie abwechselnd auf das Telefon und die Uhr. Nichts. Nathusius saß am Schreibtisch, hatte die Arme vor der Brust verschränkt und schien in sich zu ruhen. Dr. Starke wirkte nervös. Er hatte

Mühe, seine Bewegungen unter Kontrolle zu halten, ging gefühlt alle zehn Minuten auf die Toilette und versuchte, sich mit Lesen abzulenken.

Lüder hatte sein Smartphone hervorgeholt und las Einträge zu den amerikanischen Sicherheitsdiensten. Über das FBI und den Secret Service hatte er sich schon informiert. Lag es an den vielfältigen Aufgaben, oder traute man den eigenen Institutionen nicht? Jedenfalls gab es gleich eine Vielzahl von Behörden, die sich auf diesem Feld tummelten. Mit siebzehn Geheim- und Sicherheitsdiensten war die United States Intelligence Community die größte Vereinigung dieser Art weltweit. Die gern in Agententhrillern agierende CIA war als ziviler Geheimdienst im Gegensatz zu einem reinen Nachrichtendienst mit vielfältigen Aufgaben betraut. Spionage, Beschaffung von Informationen über ausländische Regierungen, Vereinigungen und Personen und Geheimoperationen im Ausland gehörten zum Aufgabenspektrum. Die CIA selbst hatte Dokumente veröffentlicht, aus denen hervorging, dass in den sechziger Jahren Fidel Castro vergiftet und andere politische Morde ausgeführt werden sollten, darunter an Lumumba in Afrika und Rafael Trujillo, dem Machthaber der Dominikanischen Republik. Die CIA steckte auch hinter der fehlgeschlagenen Invasion in der Schweinebucht. Lüder wunderte sich nicht, dass man jetzt nicht davor zurückgeschreckt war, Erkan Nefer zu entführen.

Plötzlich durchfuhr es ihn siedend heiß. Man hatte dem Vater angedroht, das Kind zu einer syrischen Adoptivfamilie zu bringen, sollte Nefer dem möglichen Attentäter Gutiérrez Unterstützung leisten. Wenn es dem mexikanischen Profikiller wirklich gelungen war, den US-Präsidenten zu ermorden, wäre der Junge ein »Kollateralschaden«. Welch ein Zynismus! Aber der CIA wäre so etwas zuzutrauen. Es gab eine Rechtsgrundlage, dass die CIA auf Weisung des US-Präsidenten verdeckte Operationen ausführen durfte. Und auf diesen Präsidenten hatte man es abgesehen.

»Der Präsident trägt mit seinem Verhalten und den öffentlichen Äußerungen nicht zur Beruhigung der Situation bei. Der ist für mich ein Krankheitsfall. Normal ist der Mensch doch nicht.

Wäre er nicht US-Präsident, hätte man ihn schon lange in die Psychiatrie eingewiesen. Statt Timmendorf ein paar Kilometer weiter in die Klinik Neustadt. Merkt der eigentlich, wie lächerlich er sich macht? Wenn der nicht den Daumen auf dem roten Knopf halten würde, könnte man nur über ihn lachen. Leider stürzt ein solcher Idiot die Welt partiell ins Elend. Sein blödsinniger Handelskrieg und der von ihm ausgelöste Zoff mit dem Iran und mit Russland bleiben hoffentlich folgenlos. Man erkennt doch schon daran, wie er seine nicht willfährigen Minister und Berater austauscht, was für ein Mensch er ist. Da schafft er die Krankenversicherung wieder ab. Waffen für jedermann. Amerika killt sich selbst. Man sollte ihm Bregenwurst zum Frühstück geben, damit er etwas Hirn in sich hat«, platzte es aus Lüder heraus.

Nathusius und Dr. Starke sahen Lüder entgeistert an.

»Lüder!«, brüllte der Abteilungsleiter, »dass …«, aber Nathusius schnitt ihm mit einer Handbewegung das Wort ab.

»Herr Dr. Lüders. Ich akzeptiere, dass wir alle in einer angespannten Situation sind. Trotzdem müssen wir uns mit persönlichen Ansichten oder Emotionen zurückhalten. Haben Sie mich verstanden?«

Lüder schluckte schwer. Dann nickte er.

»Sorry, aber es ist in mir hochgekocht. Ich habe an den kleinen entführten Jungen gedacht, der zum Faustpfand für den US-Präsidenten geworden ist. Da gab es plötzlich Parallelen zu meiner Frau, die auch Opfer wurde, als sie in die Mühlsteine krimineller Machenschaften geriet. Ich habe hautnah an ihrer Seite miterleben müssen, welche Belastungen das für alle Beteiligten bedeutet.«

»Es ist schon gut«, sagte Nathusius besänftigend. »Aber …«

Es folgten weitere Stunden des Schweigens. Des Wartens. Des Bangens. Schließlich meldete sich der Staatssekretär bei Nathusius und erklärte, dass Berlin sich mit den Amerikanern in Verbindung gesetzt habe. Man ging davon aus, dass hinter den Kulissen fieberhafte Aktivitäten stattfänden.

Lüder war mit seinen Gedanken spazieren gegangen. Er dachte an seine Familie, an Margit, ihm fiel ein, dass der BMW zum TÜV musste. War der Schmuck für den Tannenbaum vollständig? Letztes Jahr war eine Kerze in der Lichterkette ausgefallen. Er sah sich verstohlen um. Starke hatte die gefalteten Hände in den Schoß gelegt. Der Kopf war ihm vornüber auf die Brust gesunken. Es war mit Sicherheit kein Tiefschlaf, sondern Ausdruck von Erschöpfung. Nathusius hatte es sich auf einem Besucherstuhl bequem gemacht. Es sah aus, als meditiere er. Als ihn Lüders Blick streifte, sah er sofort auf. Auch Lüder erfasste die Müdigkeit. Alle drei fuhren in die Höhe, als Lüders Handy rappelte. Es wirkte wie ein Donnerschlag bei einem nächtlichen Gewitter, der den Ahnungslosen im Tiefschlaf überraschte.

»Ja?«

Der Anrufer nannte keinen Namen. Lüder erkannte Gallardo und wunderte sich nicht, dass der FBI-Mann seine Rufnummer kannte.

»Ich habe gehört«, sagte der Amerikaner, »dass Sie aus dem Spiel genommen wurden. Ist es bei Ihnen nicht üblich, dass man den Anweisungen des Coaches folgt? Ach ja. In der alten Welt spielt man Fußball. Da geht es betulicher zu. Ich bin auch Polizist. So wie Sie. Wenn man uns auch nicht mit der Landpolizei vergleichen kann, möchte ich Ihnen dennoch einen gut gemeinten Rat unter Kollegen geben. Halten Sie sich aus Dingen heraus, die einfach zu groß für Sie sind. Insbesondere, wenn es sich um Interna der Vereinigten Staaten handelt. Manches ist zu groß für ein kleines Land wie Deutschland und noch größer für jemanden wie Sie.«

»Kolumbus kam auch aus einem kleinen Land und hat Amerika entdeckt. Leider. Eigentlich wollte er nach Indien und China. Amerika hat unbestritten eine besondere Stellung in der Welt. Das rechtfertigt aber nicht, dass Sie Kinder entführen und als Druckmittel einsetzen.«

»Was phantasieren Sie da? Wir sind doch keine Barbaren.«

»Seien *Sie* vorsichtig«, sagte Lüder. »Es gibt genug kritische Stimmen. Wenn sich herausstellt, dass Elfjährige als Druckmittel eingesetzt werden, bricht ein nie geahnter Shitstorm über Sie herein. Versprochen.«

»Ich warne Sie: keine Fake News.«

»Dafür ist doch Ihr Präsident zuständig. Man hat ihm doch unendlich viele Lügen nachgewiesen.«

»Hören Sie auf damit«, sagte Gallardo drohend. »Denken Sie an Ihre Kinder.«

»Wollen Sie mich erpressen?«

»Sie sollten ihnen ein Vorbild an Wahrhaftigkeit sein«, sagte Gallardo. »Wie weit Sie von der Wahrheit entfernt sind, erkennt man daran, dass Sie nicht auf dem Laufenden sind.«

»Ihr Präsident ist vielleicht doch nicht so dumm, wie er dargestellt wird«, sagte Lüder. »Wenn er die Mauer nach Mexiko früher gezogen hätte, wären den Vereinigten Staaten Leute wie Sie erspart geblieben.« Er spielte auf die vermutliche mexikanische Herkunft Gallardos ab. Lüder war sich bewusst, dass er den FBI-Mann beleidigte. Der Hieb saß.

»Wir haben andere Probleme als Sie. Im Augenblick jedenfalls.«

»Können wir Ihnen helfen?«, fragte Lüder mit arrogant klingender Stimme. Aber die Frage ging ins Leere. Gallardo hatte das Gespräch beendet. Was meinte er mit »Problemen«? Nathusius und Dr. Starke rätselten auch. Lüder ging ins Internet und erstarrte. Hatten sie die Sensation verschlafen?

SECHS

Tatsächlich.

Eine verschwommene Fotografie zeigte den US-Präsidenten. Das linke Auge war starr geradeaus gerichtet, der Kopf leicht zur Seite geneigt. Von der Stirn zog sich ein dunkler Streifen und mündete in der rechten Augenhöhle. Es sah aus wie ein Zufluss zu einem See. An der äußeren Seite begann ein neuer dunkler Strich, der über die Wange lief. Das Bild war verschwommen und in Schwarz-Weiß aufgenommen. Es bedurfte einiger Phantasie, um es zu interpretieren. Das Gesicht des Mannes war weltbekannt. Man hätte es auch an den Konturen erkennen können. Hinzu kam der einzigartige Haarschnitt. Es gab keinen Zweifel.

»Das habe ich gesehen. Genau so«, sagte Lüder aufgeregt. »Ich habe mich nicht getäuscht.«

Die beiden anderen starrten gebannt auf den Bildschirm. Selbst so erfahrene Polizeibeamte wie Nathusius und Jens Starke waren sprachlos.

Dr. Starke öffnete den Mund, schloss ihn aber wieder.

»Man hat auf ihn geschossen«, sagte Lüder leise. »Von See aus. Das Schlauchboot in Scharbeutz. Das Licht, das erlosch. Und die Kiste, die Ditterts Kollegen beobachtet haben, die man zum Konsulat nach Hamburg brachte. Man wollte nicht, dass es die Welt erfährt.« Er tippte aufgeregt auf den Bildschirm. »Genau so habe ich ihn auf dem Balkon gesehen. Ich möchte fast behaupten, mit diesem Gesichtsausdruck.«

Sie konnten verfolgen, wie das Licht gelöscht wurde. Danach lag das Haus wieder friedlich da, als sei nichts geschehen. Der Film lief noch etwa fünf Minuten. Dann brach er ab.

»Die haben die Aufnahme gestoppt«, sagte Lüder. »Jetzt sehen wir auch nicht, wann der Van auf das Grundstück gekommen ist und was dann geschah.«

Das Internet war voll von Kommentaren. In allen Sprachen

der Welt wurde geschrieben. Mit Sicherheit würde das Netz zu-
sammenbrechen.

Sie überflogen die Meldungen. Es war eine bunte Mischung
aus privaten Einträgen und Meldungen von Nachrichtenagen-
turen. Deutsche Organe äußerten sich vorsichtig und verwen-
deten Vokabeln wie »unbestätigt«, »aus nicht sicherer Quelle«,
»mutmaßlich«. Andere stellten das Ereignis als Tatsache hin. Es
fehlte jede offizielle Stellungnahme seitens der Amerikaner oder
von deutscher Seite.

Es gab jede Menge Hasskommentare, die sich erfreut über
den Tod des Politikers zeigten. Andere waren bestürzt und bekundeten ihr Mitgefühl, verurteilten den abscheulichen Mord.
Nur wenige Stimmen äußerten ihre Sorgen hinsichtlich der
Konsequenzen, die der Mord haben würde. Wie reagierten die
USA? Mit Sicherheit würden sie es nicht tatenlos hinnehmen,
dass man ihr Staatsoberhaupt ermordete. Zwischen den unterschiedlichen Meinungen tauchten immer mehr Kommentare
auf, die nicht nur das Verbrechen verurteilten, sondern auch
vom entsetzlichen Verlust schrieben. Man befand, dass die Politik nicht unumstritten war, aber nur dank seines mutigen Einsatzes sei dem Terrorismus, aber auch dem unberechenbaren
Machtstreben anderer Nationen Einhalt geboten worden. Er
habe im Alleingang die Asylantenflut unterbrochen, Amerikas
Wirtschaft vorangebracht, zweifelhaften Regimen die Möglichkeit der atomaren Bewaffnung erschwert. Es wurden tausend
andere Gründe vorgebracht, weshalb dieser Mensch unersetzlich
war. Wie sollte es jetzt weitergehen?, wurde gefragt. Wie so oft
veränderte der Tod eines Menschen eine zuvor kritische Sicht
auf ihn. Man solle Verstorbenen nichts Schlechtes nachsagen,
behauptete der Volksmund.

Auch wenn Lüder eine durchaus skeptische Meinung zum
Wirken des Politikers hatte, mochte er den Hasskommentaren
und hämischen Botschaften nicht folgen. Mord blieb Mord. Beim
Surfen im Netz waren sie auf einen Film gestoßen, eine schlechte
Handyaufnahme, in dem eine jubelnde Menschenmenge Ge-
wehre in die Luft streckte und amerikanische Flaggen verbrannte.

135

War dieses Attentat der Auftakt zu neuen Unruhen rund um den Erdball? Und diese waren ausgerechnet an der schleswig-holsteinischen Ostseeküste entzündet worden?

»Von wem stammt dieses Bild?«, fragte Lüder. »Die Villa war hermetisch abgeriegelt. Dieses Foto wurde aus der Nähe geschossen. Ist die schlechte Qualität Absicht? Oder hat jemand aus dem Umfeld des Präsidenten die Aufnahme gemacht? Jemand, der sich wichtigmachen wollte? Möglich. Oder hatte jemand die Gunst genutzt und viel Geld für diesen Verrat bekommen? In dessen Haut möchte ich nicht stecken. Und immer noch kein offizielles Statement der USA, der Europäischen Union oder der Bundesrepublik.«

»In Berlin laufen die Drähte heiß«, meinte Dr. Starke. »Europa meldet sich erst, nachdem die Amerikaner eine offizielle Erklärung abgegeben haben. Das fällt dem Vizepräsidenten zu. Wer weiß, wo der im Augenblick steckt.«

Lüder schüttelte den Kopf. »Wir haben keine Vorstellung von den Mechanismen an den Schalthebeln der Welt. Ich sage jetzt bewusst ›der Welt‹, nicht ›der Welt*politik*‹. Sind wir blind, weil wir in der ersten Reihe sitzen? Da läuft ein Film direkt vor unseren Augen ab, und wir sehen es nicht?«

Nathusius musterte Lüder nachdenklich.

»Du bist offenbar der Einzige, der das Attentat auf den US-Präsidenten gesehen hat. Ich kann es nicht fassen.« Starke packte sich an den Kopf. »Es ist so unfassbar, dass dir niemand Glauben schenken wollte.«

Nathusius hatte sich das Telefon gegriffen, wählte und wartete. Er deckte mit der linken Hand das Mikrofon ab. »Staatssekretär Sorgenfrei«, erklärte er dabei. Nachdem die Verbindung hergestellt war, wollte Nathusius wissen, ob es Neuigkeiten gebe. Es war ein kurzes Telefonat. »Nichts«, sagte er dann. »Man ist mit Berlin im Gespräch. Aber von dort hört man nichts.«

Dafür rief Gallardo an. »Sind Sie wach geworden? Haben Sie ins Internet gesehen?«

»Was läuft da? Wo bleibt die Stellungnahme Ihrer Regierung?«, wollte Lüder wissen.

»Reicht Ihnen nicht das, was Sie angerichtet haben?«

»Ist der Präsident tot?«

»Ich bin kein Regierungssprecher.«

»Haben Sie die Leiche ins Konsulat nach Hamburg gebracht?«

»Wir … Leiche … Hamburg …«, stammelte Gallardo. »Woher wissen Sie …?« Dann hatte er sich gefasst. »Ich habe Sie schon bei unserer ersten Begegnung als Niete eingestuft.«

»Denken Sie an die Kindesentführung«, sagte Lüder.

Gallardo bestritt weiter diesen Vorfall. »Aus welcher Quelle auch immer Sie solche Lügen haben, hüten Sie sich bei allem, was Ihnen lieb und teuer ist, diese zu verbreiten. Es wäre für Sie, Ihre Karriere und Ihre Gesundheit gut, würden Sie augenblicklich Urlaub machen. Fahren Sie irgendwohin zum Angeln in die Berge.«

»Da hätten Sie bleiben sollen. Bei uns bleibt eine Entführung ein Verbrechen.«

»Woher wollen Sie von dieser angeblichen Entführung wissen?«, fragte Gallardo. »Falls es so etwas gibt, steckt Rodrigo Gutiérrez dahinter. Den sollten Sie suchen. Aber dazu ist die deutsche Polizei ja nicht fähig. Unser Präsident weiß schon, weshalb er sich und seine Familie nur dem Schutz von US-Diensten anvertraut.«

»Das hat ihm aber nichts genutzt.«

»Akzeptieren Sie endlich, dass ich es gut mit Ihnen meine. Sie haben Frau und Kinder. Was nützt Ihrer Familie, wenn sie ohne Vater auskommen muss, weil der im Übereifer zwischen die Fronten geraten ist?«

»Wollen Sie mir drohen?«

»Ich möchte Sie warnen.« Dann war die Verbindung unterbrochen.

»Wir haben nicht erwarten können, dass uns ein Mitarbeiter der Sicherheitsdienste etwas sagt«, erklärte Nathusius, nachdem Lüder den Inhalt des Gesprächs wiedergegeben hatte.

»Frau Wuschig könnte mehr wissen«, schlug Lüder vor.

Jochen Nathusius versuchte, die Ministerialdirigentin zu erreichen, und hielt sein Handy in die Höhe. »Da springt gleich die Mobilbox an«, erklärte er.

Das Telefon auf Dr. Starkes Schreibtisch schnarrte. Diplom-Ingenieur Hennings meldete sich.

»Der Professor hat den Code geknackt. Wollen Sie zu uns kommen?«

Die drei machten sich auf den Weg zum Kriminaltechnischen Institut.

»Ich bin gleich so weit«, sagte Professor Michaelis, ohne aufzublicken, und bearbeitete weiter die Tastatur eines handelsüblichen Notebooks.

»Der Herr Professor schreibt gerade ein kleines Gateway. Auf der einen Seite laufen die Daten aus der Filmüberwachung ein, auf der anderen Seite kommt ein sichtbares Ergebnis heraus. Das Aufzeichnen durch unser mobiles Team hat funktioniert. Allerdings waren die Daten, wie vermutet, verschlüsselt. Professor Michaelis hat mittels eines Programms die Codierung auflösen können.«

»Fertig«, sagte Michaelis und fuhr sich mit der Hand durchs Gesicht. Er lehnte sich zurück und drückte das Kreuz durch. »Unbequeme Stühle gibt es hier für Menschen meines Alters. Also«, begann er zu erklären. »Eine Rastergrafik oder Bitmap ist eine Form der Beschreibung eines Bildes. Das erfolgt in einer durch Bits gebildeten elektronischen Weise, sodass Computer die Daten verarbeiten und speichern können. Ein Bild wird in unendlich viele kleine Punkte, die Pixel, zerlegt. Nun teilen Sie jedem einzelnen Bildpunkt eine Farbe zu. So entsteht das Gesamtbild. Je weiter ich das auflöse, umso konturenreicher wird das ganze Bild. Die Logik dahinter ist, dass ich wissen muss, welche Pixel ich an welcher Stelle des Gesamten unterbringen muss. Die Amerikaner haben nun eine Verschiebung durchgeführt, das heißt die Pixel beim Übertragen der Bilder von der Kamera im Garten zum Empfänger an scheinbar unsinniger Stelle platziert. So ergab das Ganze Blödsinn. Mit meinem Programm habe ich diese bewusste Fehladressierung der einzelnen Pixel nachvollzogen und sie wieder am richtigen Platz untergebracht. Bauz. Schon sieht man wunderbare Bilder. Das ist alles.«

»Es hört sich einfacher an, als es vermutlich ist«, sagte Lüder.

»Sind Sie Dechiffrierexperte?«, wollte Dr. Starke wissen.

Professor Michaelis lächelte. »Nein. Ich bin Mathematiker. Mich reizen logische Herausforderungen. Chiffrieren und Dechiffrieren betreibe ich nur als Hobby. Andere spielen Schach. Ich tausche mich mit Kollegen aus Amerika, China und anderen Ländern aus. Wir schicken uns gegenseitig Zahlenrätsel. Nur so. Zum Vergnügen. Dabei ist dieses Verfahren, das hier gewählt wurde, intellektuell nicht sehr anspruchsvoll.«

Nathusius dankte dem Professor für seinen Einsatz.

»Gern«, sagte Michaelis. »Nun haben wir gegenseitig ein Geheimnis. Sie wissen von meinem Steckenpferd und ich von Ihrem Vorhaben.«

Er hatte Verständnis dafür, dass die drei Kriminalbeamten sich die Filmaufnahmen allein ansehen wollten. Sie luden die Datei auf ein Notebook und zogen sich in Dr. Starkes Büro zurück.

Zunächst sorgte die im Bild mitlaufende Zeit für Irritationen.

»Das ist die Greenwich Mean Time«, sagte Lüder.

Auf dem Monitor war ein Bild zu sehen, das die vier Kamerapositionen gleichzeitig anzeigte. An jeder Ecke des Grundstücks hatte man eine positioniert.

»Weshalb?«, fragte Jens Starke.

»Ich nehme an, im Haus sitzt ein Secret-Service-Mann und überwacht die Außenanlagen«, sagte Lüder.

Nathusius erinnerte noch einmal daran, dass die Bilder unerlaubt eingefangen worden waren.

Niemand bewegte sich im Außenbereich. Kein Bewohner des Hauses hatte es verlassen.

»Die laufen keine Streife. Ich hätte doch erwartet, dass Leute am Zaun entlangpatrouillieren.«

Plötzlich riefen Lüder und Nathusius gleichzeitig: »Stopp!«

Eine Person in einem dunklen Parka mit einer tief in die Stirn gezogenen Baseballcap tauchte auf. Zu erkennen war die Person nicht. Sie ging zügig auf das Tor zu, das automatisch aufschwang und sich danach wieder schloss. Die Person bog links ab und verschwand aus dem Sichtfeld der Kamera.

»Wer war das?«, fragte Dr. Starke. Niemand antwortete. Das war auf dem Bild nicht zu erkennen. »Wohin geht er?«

»Das werden wir nicht erfahren«, stellte Lüder fest. »Vielleicht waren ihm die Hamburger am Präsidententisch zuwider, und er suchte jetzt einen Imbiss auf, um sich an einer deutschen Bratwurst zu laben.«

Sie ließen die Bilder mit mehrfacher Geschwindigkeit durchlaufen, bis zwei Leute vor die Tür traten. Lüder kannte sie nicht. Sie rauchten und unterhielten sich dabei angeregt. Danach verschwanden sie wieder ins Hausinnere. Es verging eine weitere halbe Stunde, bis Lüder erneut »Stopp« rief. »Da!« Er zeigte auf den Bildschirm.

Auf zwei Bildern tauchte jemand auf dem Balkon auf.

»Das habe ich beobachtet«, sagte Lüder. »Das ist er.«

Es gab keine Zweifel. Der US-Präsident trat auf den Balkon hinaus.

»Putin zeigt sich gern mit muskelgestähltem Oberkörper beim Reiten, Holzhacken oder bei anderen anstrengenden Aktivitäten. Er hier scheut nicht das wirklich schlechte Wetter und tritt, nur mit Pullover und Hemd bekleidet, ins Freie. Ich habe mich vorhin gewundert, weshalb man es ihm gestattet hat. Man muss nicht einmal ein hochbegabter Personenschützer sein, um das Risiko einer solchen Aktion zu erkennen, abgesehen davon, dass er selbst es hätte wissen müssen. Von dort oben blickt man in das gleißende Scheinwerferlicht. Man steht dort wie ein Schauspieler auf einer Bühne und sieht nichts. Da wird ganz Ostholstein abgeriegelt, Hunderte von jungen Polizisten laufen durch den Regen. Und dann dieser Leichtsinn.«

Sie ließen das Bild in Zeitlupe weiterlaufen. Der Präsident zündete sich eine Zigarette an, inhalierte tief und wies den zufriedenen Gesichtsausdruck auf, den Lüder schon vorher beobachtet hatte. Von einem Bild zum nächsten sah man einen Fleck mitten auf der Stirn.

»Der Schuss«, sagte Lüder. »Ich schätze die Entfernung vom Balkon bis zum Wassersaum auf etwa fünfzig Meter. Dort konnte sich aber niemand aufgehalten haben. Wir können zu Recht vermuten, dass der Täter mit dem in Scharbeutz gefundenen Schlauchboot auf dem Wasser unterwegs war. Ein Scharfschütze trifft mit einem Präzisionsgewehr durchaus auf dreihundert Meter.«

»Vergiss bei deinen Überlegungen nicht, dass die Ostsee nicht spiegelglatt war. Das Boot muss geschaukelt haben.«

»Der Mörder ...«

»Nehmen wir an, es war Gutiérrez«, fiel ihm Jens Starke ins Wort.

»... ist ein Profi. Das sollte er ausgleichen können.«

»Wir haben jetzt den Beweis, dass der US-Präsident einem Attentat zum Opfer gefallen ist. Hier! Bei uns an der Ostsee.« Dr. Starke sprach mit stockender Stimme. »Das erklärt auch, weshalb man sofort das Licht gelöscht hat. Man hat den Präsidenten geborgen und ins Innere geholt. Dort wurde er medizinisch versorgt. Das Personal dazu war mit Sicherheit im Tross vorhanden. Nachdem der Tod festgestellt worden war, galt es, den Leichnam unauffällig aus dem Haus zu schaffen. Aber weshalb diese Heimlichtuerei?« Dr. Starke sah die anderen beiden fragend an.

»Die Situation hat das Personal vor Ort überfordert«, meinte Nathusius. »Vielleicht haben sie irgendwo nachgefragt und sich Anweisungen geben lassen.«

»Mir stellt sich eine andere Frage«, sagte Lüder. »Auch medizinische Laien wissen, dass man zunächst den Zustand des Opfers analysieren muss. Ein Arzt wird dann über die weitere Vorgehensweise entscheiden. Hier hat man den Verletzten ohne Rücksicht auf Verluste ins Haus gezerrt.«

»Man wollte auf jeden Fall vermeiden, dass etwas publik wird«, warf Dr. Starke ein. »Dafür spricht auch der weitere Ablauf und dass bis jetzt, mehrere Stunden nach dem Ereignis, noch keine offizielle Verlautbarung erfolgte.«

»Da kommen viele Merkwürdigkeiten zusammen«, stellte

Lüder fest. »Ist es normal, dass beim Besuch eines Staatsoberhaupts ein neutrales Fahrzeug mit einem Sarg, so vermuten wir, in der Nähe wartet? Und im schlimmsten Fall, falls wirklich etwas passiert, transportiert man den Leichnam klammheimlich ab. Was geschieht jetzt? Da ist ein Mord geschehen. Das Haus der Frau Crummenthal ist kein exterritoriales Gebiet. Es steht nirgendwo geschrieben, dass wir die Strafverfolgung in bestimmten Fällen aussetzen.«

Dr. Starke schüttelte den Kopf. »Das ist eine vertrackte Situation. Wir reimen uns das Ganze nur zusammen, weil wir illegal in den Besitz dieser Bilder gekommen sind.«

»Ich habe gleich nach dem Anschlag Alarm geschlagen«, wandte Lüder ein.

»Das ist zutreffend«, mischte sich Nathusius ein. »Wir haben keine vorlegbaren Beweise. Und seitens der Amerikaner liegt kein Statement vor.«

»Wir müssten, auch gegen den Widerstand der Amerikaner, die Spurensicherung ins Haus schicken.«

Dr. Starke lachte spöttisch auf. »Ja. Und den Rechtsmediziner in das Hamburger Konsulat.«

»Wir haben den Vorgang gemeldet«, erwiderte Nathusius. »Jetzt warten wir ab, was an anderen Orten beschlossen wird. Wir haben uns eine kleine Pause verdient. Bis später, meine Herren.« Es klang entschieden.

Lüder ging zu seinem Büro. Er startete seinen Rechner und verfolgte die Meldungen, die aus allen Teilen der Welt abgesetzt wurden. Neben weiteren Hasskommentaren meldeten sich immer mehr Teilnehmer zu Wort, die einen Mord, gleich an wem, verurteilten, gleichzeitig aber auch auf die Verdienste des Mannes verwiesen, auf sein unerschrockenes Eintreten für die Freiheit der Menschen, seinen Kampf gegen Gewalt und Ungerechtigkeit und seine Erfolge im Kampf gegen den Niedergang Amerikas. Unter seiner Präsidentschaft sei es der Mehrheit der Menschen wieder besser gegangen.

Lüder war nicht überrascht, als LSD anrief.

»Lüders. Was ist denn nun?«, fragte der Journalist aufgebracht. »Die ganze Welt twittert und facebookt vom Attentat auf den da. Aber nirgends findet sich ein offizielles Statement. Sie sind mir etwas schuldig. Ohne mich hätten Sie nichts vom Van erfahren, der den Sarg nach Hamburg gebracht hat.«

»Sind Sie sich sicher, dass es ein Sarg war?«

»Ja. Was denn sonst?«

»Leere Bourbonflaschen.«

»Dann müsste sein ganzer Hofstaat gesoffen haben. Von ihm selbst weiß man, dass er weder Alkohol trinkt noch raucht. Seine Laster liegen auf anderen Gebieten. Los, Lüders. Das ist die Sensationsmeldung. Als Journalist bringt man so etwas nur einmal im Leben. Wollen Sie mir meine Chance versauen?«, drängte Dittert.

»Sie erwarten nicht von mir, dass ich mich als Quelle für etwas hergebe, was so heikel ist wie sonst nichts auf der Welt?«

»Ich verzeihe es Ihnen nie«, rief Dittert. Sein Ton war eine Mischung aus Wut und Verzweiflung.

»Damit werde ich leben müssen. Und können. Bleiben Sie bei der ursprünglich geplanten Schlagzeile: ›Opa Heinrich kann die Miete nicht mehr bezahlen‹.«

»Sie verarschen mich. Dabei habe ich Sie immer für einen Freund gehalten.«

»Ich bin Ihr Freund, Dittert, auch wenn Sie es nie begriffen haben. Nun warten die Geschäfte auf mich.«

Er legte auf. Nachdem LSD zum dritten Mal versucht hatte, ihn erneut zu erreichen, schaltete er den Stummmodus ein. Nur ein paar Minuten ausruhen, dachte er, legte die Arme auf den Schreibtisch und bettete den Kopf darauf.

»Bestätigst du jetzt das Vorurteil, dass Beamte ihr Geld im Schlaf verdienen?«

Lüder benötigte eine Weile, bis er Friedjofs Stimme zuordnen konnte. Der Bürobote hatte ihn an der Schulter gepackt und leicht geschüttelt.

»Du hast hoffentlich keinen Ärger zu Hause?«, fragte Friedjof besorgt.

»Äh? Was?« Lüder musste sich erst einmal orientieren. Mühsam hob er den Kopf aus der Armbeuge. »Friedhof?«, fragte er verschlafen.

»Nein. Ich bin der Zwillingsbruder«, antwortete der Mitarbeiter der Hausdienste.

Lüder gähnte. Dann berichtete er in knappen Worten, dass er seit Sonntag früh im Dienst sei.

»Donnerwetter«, grinste Friedjof. »Wir haben Dienstag.«

»Tühnkopp.« Lüder stand auf und reckte sich. »Alles klar mit Franzi?«

»Oh ja. Es geht ihr schon viel besser. Das ist das Wichtigste auf der Welt für mich«, sagte Friedjof.

»Prima.«

Andere haben größere Sorgen, dachte Lüder, komplimentierte Friedjof hinaus und startete seinen Rechner. Erwartungsgemäß schien das Internet nur aus der einen Nachricht zu bestehen. Er fand aber immer noch keine offizielle Meldung. Ditterts Zeitung hatte natürlich die Sensation riesengroß auf der ersten Seite herausgebracht. Als Autor tauchte dort ein ganzes Team auf, angeführt von einem Tobias Spackel. Dittert fand er nicht in der Aufstellung. Dafür lag eine Nachricht von Vollmers vor. Der Hauptkommissar beklagte sich, dass er Lüder telefonisch nicht erreichen konnte, und bat um sofortigen Rückruf. Das war vor einer Stunde gewesen. Zunächst meldete sich Lüder bei Margit und entschuldigte sich für den Nachteinsatz. Zu Hause schien die Sensationsmeldung noch nicht eingetroffen zu sein.

Den Kieler Hauptkommissar erreichte er auf dem Mobiltelefon.

»Gibt es Neuigkeiten vom entführten Kind?«, fragte Lüder.

»Im Augenblick brennt der Baum«, erwiderte Vollmers. »Wir sind auf dem Weg nach Scharbeutz. Dort hat man eine Leiche gefunden. Hängt das mit dem Schlauchboot zusammen, das Sie heute Nacht entdeckt haben, ganz zu schweigen von dem Tohuwabohu, das rund um Timmendorfer Strand herrscht?«

»Was für eine Leiche wurde gefunden?« Lüder ging nicht auf Vollmers' Ausführungen ein.

»Eine tote. Woher soll ich das wissen? Wir sind auf dem Weg dorthin. Die Lübecker BKI ist dafür zuständig. Die Kollegen sind schon vor Ort, haben uns aber um Unterstützung gebeten. Da war ja allerhand los heute Nacht.«

»Weitere Informationen liegen nicht vor?«

»Doch. Man hat dem Toten, es ist ein Mann, in den Hinterkopf geschossen. Es ist also kein Suizid. Ich habe Sie aus zwei Gründen informiert. Erstens, weil es eine räumliche Nähe zu Timmendorfer Strand gibt, und zweitens, weil der Geschädigte ein südländisches Aussehen haben soll. So! Wir sind da.«

»Moment. Machen Sie bitte als Erstes ein Bild vom Opfer und schicken Sie es mir.«

»Sind Sie unter die Voyeure gegangen? Ich habe ja sonst nichts zu tun«, murrte Vollmers.

Fünf Minuten später erreichte Lüder das Foto.

Es gab keinen Zweifel. Der Tote war Rodrigo Gutiérrez. Der mexikanische Profikiller war am Ostseestrand unweit der Fundstelle des Schlauchbootes hingerichtet worden. Hatten alle bisherigen Puzzleteile noch kein zusammenhängendes Bild ergeben, sondern viele Fragezeichen aufgeworfen, stellte sich vor Lüders geistigem Auge jetzt der Ablauf dar. Von Gutiérrez wussten sie, dass er ein Profikiller war, auf dessen Konto zahlreiche Tötungsdelikte gingen. Nicht umsonst wurde er von zahlreichen Polizeibehörden auf der ganzen Welt gejagt. Auch den Amerikanern war es nicht gelungen, ihn zu verhaften. Gutiérrez wusste um seinen legendären Ruf. Davon oder besser dafür lebte er. Er wurde ohnehin gejagt. Wenn er als Mörder des US-Präsidenten in die Geschichte einging, würde er sich so unsterblich machen wie Lee Harvey Oswald, der mutmaßliche Mörder John F. Kennedys. Offenbar war es Gutiérrez trotz aller Schutzmaßnahmen gelungen, sich ein Boot zu beschaffen und bis vor das Haus zu gelangen, in dem der Präsident zu Gast war. Dabei hatte ihm die missglückte Aktion der beiden Journalisten in die Karten gespielt. Die Sicherungskräfte waren abgelenkt. Das hatte Gutiérrez ausgenutzt.

Das FBI und der Secret Service hatten exzellent ausgebildete

Leute. Und die besten wurden in die Nähe des Präsidenten gelassen. Lüder hatte keinen Zweifel daran, dass die Amerikaner auch Jagd auf Gutiérrez gemacht hatten. Sie waren in der Anwendung ihrer Mittel und Methoden nicht zimperlich. Als ihr Staatsoberhaupt ermordet worden war, hatten sie sich selbst auf die Suche nach dem Attentäter gemacht und waren fündig geworden. Gutiérrez war ihnen kein Unbekannter. Sie hätten ihn festsetzen und den deutschen Behörden übergeben können. Irgendwann wäre Gutiérrez ausgeliefert worden. Stattdessen hatten sie zur Selbstjustiz gegriffen und den Mörder ihres Präsidenten kurzerhand umgebracht. Dafür würden sie an den Stammtischen der westlichen Welt Zustimmung finden. Für Lüder war so etwas keine Option. Auch der hinterhältigste Mörder musste vor seinen irdischen Richter gestellt werden.

Lüder machte sich auf den Weg nach Scharbeutz. Er hatte Mühe, sich auf den Verkehr zu konzentrieren. Es war nicht nur die Übermüdung, die ihn ablenkte. Die Ereignisse waren zu verwirrend. Ihm fielen Ditterts Worte ein: »Man weiß, dass der US-Präsident nicht raucht und nicht trinkt.« Wie passte das zu Lüders Beobachtung, dass er sich auf dem Balkon eine Zigarette angezündet hatte?

Auf dem Stück zwischen Timmendorfer Strand und Scharbeutz herrschte tagsüber ein reges Treiben. Im Sommer war zudem der Strand dicht an dicht mit Badegästen belegt. Jetzt waren nur vereinzelt Leute unterwegs, viele von ihnen mit Hunden. Oberhalb des Strands führte ein Bohlenweg entlang. Neben ihm stand auf einer Plattform ein reetgedecktes kleines Häuschen mit der Aufschrift »DLRG Wasserrettung«. Von dort führte eine Treppe zum Strand hinab. Auf dem Weg und der Plattform wimmelte es von Einsatzkräften. Lüder ging auf Hauptkommissar Vollmers zu und begrüßte ihn.

»Die Spurensicherung ist noch am Werk. Der Tote liegt unter der Plattform.«

»Dr. Diether ist auch hier?«

Vollmers nickte. »Der ist unten am Strand.«

»Wer hat ihn gefunden?«, fragte Lüder.

»Ein Urlaubsgast. Gerhard Backenhöhler heißt er, ist zwei-undsiebzig und kommt seit vielen Jahren in der Weihnachtszeit hierher. Backenhöhler ist Frühaufsteher und liebt es, allein und am Wasser spazieren zu gehen. Auf dem Rückweg bringt er Brötchen mit. Das ist ein Ritual, hat er erzählt. Jetzt ist er geschockt. Der Arzt hat sich um ihn gekümmert. Der Fund ist dem Mann mächtig in die Knochen gefahren. Zeugen sind bei diesem Wetter und um diese Zeit kaum zu finden. Da drüben«, Vollmers streckte den Arm aus und zeigte auf die Apartmenthäuser auf der anderen Straßenseite, »haben die Kollegen jemanden ausfindig gemacht, der gegen Mitternacht einen Pkw beobachtet hat, der hier hielt. Er kann weder etwas zur Marke noch zur Farbe sagen. Möglicherweise, meinte der Mann, sei es ein Liebespaar gewesen. Das ist alles sehr mager. Aber mehr war auch nicht zu erwarten. Bis auf den Zustand der Leiche. Man hat ihm die Hände abgehackt. Die sind nicht auffindbar.«

»Ist der Fundort auch der Tatort?«, fragte Lüder.

»Sagen Sie es mir«, antwortete Vollmers. »Es sieht so aus, dass nicht. Aber das ist spekulativ.«

Lüder näherte sich dem hinter einem Sichtschutz verborgenen Leichnam.

Dr. Diether sah kurz auf. »Ach, der Schrecken aller Rechtsmediziner«, sagte er. »Sie wollen sicher wissen, wann er von wem ermordet wurde?« Der Arzt wies auf die blutigen Stümpfe an den Handgelenken. »So konnte er keinen Abschiedsbrief mehr schreiben.«

»Hat man die Hände gefunden?«, fragte Lüder.

»Mir den Burschen ansehen – das ist mein Job. Suchen Sie die Hände.«

»Der Schuss in den Hinterkopf …«

»Das kann ich bestätigen«, sagte Dr. Diether. »Aufgesetzt.«

»Eine Hinrichtung«, konstatierte Lüder.

Der Arzt nickte.

»Und die Hände …?«

»Postmortal entfernt. Davon gehe ich jedenfalls aus. Genaueres kann ich erst feststellen, wenn ich ihn auf meinem Tisch habe. Bei diesem Wetter ... in dieser unwirtlichen Umgebung ... mit leerem Magen ... wer soll da vernünftig arbeiten? Er hätte auch noch ein bisschen warten können, bis ich mein Rührei gegessen habe.«

»Sie sind eine schützenwerte Spezies«, stellte Lüder fest und ergänzte, nachdem ihm Dr. Diether einen fragenden Blick zugeworfen hatte, »oder gehört der Kauz nicht geschützt, insbesondere der komische?«

»Wenn die Amputation post mortem erfolgte«, sagte Vollmers, der dem Dialog gefolgt war, »hat man ihn nicht gefoltert. War das eine Botschaft?«

Lüder wiegte nachdenklich den Kopf. »Möglich. Es könnte heißen: Vergreife dich nicht an dem, was uns heilig ist. Es gibt aber noch eine andere Option.«

»Und?«, wollte Vollmers wissen.

»Wenn Gutiérrez der Attentäter ist, müssten wir bei ihm Schmauchspuren feststellen können.«

»Sie glauben, deshalb hat man ihm die Hände abgehackt?«

»Ohne Hände kann man nicht mehr feststellen, ob Gutiérrez geschossen hat.«

»Ja, aber ...«, wandte Vollmers ein. »Wer soll dann geschossen haben? Das ist absurd. Außerdem stellen wir Schmauchspuren auch an der Kleidung fest.«

»Es bleibt ein rätselhafter Fall«, sagte Lüder.

Dann machte er sich auf den Rückweg nach Kiel.

Der Regen erschwerte das Fahren. Die Mehrheit der Autofahrer hatte die Geschwindigkeit den Witterungsverhältnissen angepasst. Entgegenkommende Lkw ließen einen Schwall auf die Scheibe prasseln, dass man für einen kurzen Moment blind fuhr, bis die Wischer wieder für Sicht sorgten.

Klare Sicht? Lüder lachte grimmig. Der Dreck schmierte über das Glas. Es würde eine Ewigkeit dauern, bis er Kiel erreichte.

Aus dem Radio dröhnte die Stimme eines Sprechers, der von den Sorgen der Marktbeschicker sprach. Das Wetter. Immer wieder das Wetter. Es hatte in der Adventszeit bisher viele Besucher abgehalten. Die Anbieter hatten mit hohen Energiekosten zu kämpfen, aber auch mit ausufernden Standgebühren mancher Städte.

»Die machen uns Kleine kaputt«, schimpfte ein Interviewter. »Das merken die doch gar nicht. Gucken Sie doch in die Innenstädte, wie viel Leerstand es da gibt. Wahnsinnsmieten. Autoverbote. Hohe Parkgebühren. Wundert es da, wenn die Leute im Internet einkaufen?« Er lachte bitter auf. »Das dauert nicht mehr lange, dann kriegst du den Weihnachtsmarkt bequem nach Haus geliefert. Kloppst den Wunsch in die Tasten und schon steht Amazon mit dem Glühwein, 'ner Bratwurst und Futtjes vor der Tür. Die sollen mal …«

Der Ton wurde ausgeblendet. Der Redakteur im Studio meldete sich.

»Wir unterbrechen für eine wichtige Meldung. Mein Kollege Holger Abele ist ins Studio gekommen. Herr Abele …«

»Guten Tag. Seit heute Nacht kursieren in aller Welt Gerüchte, dass es einen Zwischenfall in Timmendorfer Strand gegeben haben soll, der von offizieller Seite nicht bestätigt worden ist. Soeben ist der amerikanische Präsident vor die Kamera getreten und will eine Erklärung abgeben. Unser Reporter vor Ort ist Henrik Knieriem.«

Es knackte kurz. Dann vernahm man eine andere Stimme.

Lüder war wie elektrisiert. Der amerikanische Präsident? Wie konnte das gehen? Der war doch erschossen worden. Er reduzierte die ohnehin mäßige Geschwindigkeit und suchte sich eine Zufahrt zu einem Feld, um dort anzuhalten. Automatisch drehte er den Lautstärkeregler auf.

»Wir stehen hier in Timmendorfer Strand in der Nähe des Hauses, in dem der US-Präsident einen Verwandtenbesuch abstattet. Angeblich soll sich dort etwas ereignet haben. In den sozialen Medien kursiert das Gerücht, auf den Präsidenten sei gestern Abend geschossen worden. Vorhin sind zwei Lieferwagen auf das Grundstück gefahren. Wir konnten beobachten, dass dort Gerätschaften ausgeladen wurden. Es sah wie das Equipment eines Filmteams aus. Vor wenigen Minuten hat ein Sprecher des Weißen Hauses angekündigt, dass Dona…«

Holger Abele unterbrach den Außenreporter. »Vielen Dank, Henrik. Wir schalten jetzt live zur Ansprache.«

Erneut knackte es im Lautsprecher. Für einen Moment war es ruhig.

»Ich melde mich noch einmal aus dem Studio. Auf dem Bildschirm sehe ich den US-Präsidenten. Er hat in einem Sessel Platz genommen, davor steht ein Beistelltisch aus Messing. Der Raum ist anscheinend die Bibliothek des Hauses. Im Hintergrund brennt ein behagliches Kaminfeuer.«

Dort hatte Frau von Crummenthal Lüder zum Tee empfangen. Dann ertönte die sonore Stimme des Präsidenten. Ruhig und gelassen, mit dem vertrauten Unterton, aus dem die Arroganz troff.

»Wie ihr seht – es geht mir prächtig. Ich habe gut geschlafen an diesem wunderbaren Platz in diesem traumhaften Haus bei meinen wunderbaren Verwandten. Ich habe deutsches Blut in meinen Adern. Wären alle Deutschen so wie ich, gäbe es keine Probleme auf der Welt. Während ich von den treuesten und besten Polizisten der Welt bewacht wurde, haben meine Feinde erneut Lügengeschichten über mich verbreitet. Ihr kennt es ja. Was auch immer – wann auch immer – zu welchem Thema auch immer: Sie lügen. *All over – fake news.* Und die Presse mischt munter mit. Was auch immer ich erfolgreich angefangen und durchgeführt habe – man neidet es mir. Ich bin der beste und erfolgreichste Präsident, den dieses großartige Volk je hatte. Deshalb sind viele auf der Erde hinter meinem Skalp her. Wie damals die wilden Indianer, die unsere Vorfahren gezähmt haben. Es ist der Traum dieser Bastarde, mich tot zu sehen. Ich bin zu stark. Zu schlau. Und furchtlos. Versucht es. Ihr werdet damit genauso scheitern wie mit allem anderen. Meine Feinde inszenieren ständig etwas. Im Kongress. In den Zeitungen. Das sind alles Fake News. Fake News! Damit trefft ihr mich nicht. Nicht mit falschen Nachrichten. Die waren alle genauso verlogen wie jetzt, als man von meinem angeblichen Tod berichtet hat. Seht her. Ich bin es. Euer

Präsident. Und ich werde es bleiben. Glückliches Amerika. Ihr könnt mich wieder wählen. Es ist zu eurem Vorteil. Zu Amerikas Nutzen. Und wenn es Amerika gut geht, dann profitiert auch der Rest der Welt davon. Meine großartigen Bewacher erzählten mir, dass ausgerechnet ein kleiner Polizist – klein wie eine Laus – das Gerücht gestreut haben soll, dass man mich ermordet hat. War der bei der Stasi? Die haben das gemacht. Glaubt nicht den Lügnern und Betrügern dieser Welt. Ich verzeihe euch, dass ihr geirrt habt, als ihr vor mir den Falschen gewählt habt. Niemand in diesem großartigen Land käme auf die Idee, ›Großer Bär‹ oder ›Schneller Pfeil‹ zum Präsidenten zu wählen. Gott segne unser Land. Unser Amerika.«

Nachdem der Simultanübersetzer geendet hatte, meldete sich der Redakteur Abele.

»Sie haben es gehört, meine Damen und Herren. Der Präsident hat eindrucksvoll Stellung zu den Gerüchten über seinen angeblichen Tod bezogen. Wir schalten jetzt um nach Washington und rufen unseren Korrespondenten. Hallo …«

Lüder schaltete ab. Er musste die Nachricht erst einmal verarbeiten. Mit der Hand rieb er sich übers Gesicht, als würde er damit aus einem schlechten Traum erwachen. War das Realität? Litt er unter Wahnvorstellungen? Halluzinationen? Hatte er von der Strandpromenade aus wirklich gesehen, wie der Mann erschossen wurde? Einzig die mitgeschnittenen und decodierten Aufnahmen der Überwachungskamera stützten seine Aussage. Nathusius und Jens Starke hatten es auch gesehen. Der Präsident war erschossen worden. Sie konnten mit diesen Bildern aber nicht an die Öffentlichkeit treten. Diese Aufnahmen *gab es nicht*! Für alle anderen merkwürdigen Ereignisse könnte man versuchen, Erklärungen zu finden. Das verschwommene Bild im Internet, dessen Herkunft unbekannt war und das den Präsidenten mit dem Einschussloch in der Stirn zeigte, konnte gefälscht sein. Lüder war der Einzige, der es besser wusste. Auf dem Foto war die Kleidung zu sehen, die der Präsident auch auf dem Balkon getragen hatte.

Lüder wurde schwindelig im Kopf. Es passte alles nicht

zusammen. Alles sprach gegen ihn. Hatte der Mann mit den schlechten Manieren und dem ungezügelten Machtanspruch eine Mauer in Lüders Hirn errichtet, die das Denken und die Logik blockierten? Gelang es diesem Dämon, eine Mauer in die Köpfe von Menschen zu pflanzen, wie die an der mexikanischen Grenze, während andere US-Präsidenten sich für den Abriss von Mauern eingesetzt hatten? Unvergessen waren Kennedys Worte »Ich bin ein Berliner«.

Minutenlang saß er im Auto und hatte die Hände auf das Lenkrad gelegt. Automatisch startete er den Motor, um ihn sofort wieder auszuschalten. So konnte er nicht fahren. Seine Gedanken kreisten um die eine Frage: Was geschah hier?

Er wartete zehn Minuten, bis er sich fit genug fühlte, um konzentriert weiterzufahren.

Im LKA herrschte helle Aufregung. Nach seinem Eintreffen suchte Lüder das Büro des Abteilungsleiters auf und erfuhr, dass Dr. Starke bei Nathusius war. Dort traf er auch auf Oberrat Gärtner.

»Haben Sie es gehört?«, empfing ihn der Vize.

»Ja. Unterwegs im Auto.«

»Wir sind ratlos«, erklärte Nathusius. »Ohne den decodierten Film hätte ich behauptet, Sie haben sich geirrt.«

Dr. Starke räusperte sich. »Lüder«, sagte er mit einfühlsamer Stimme. »Du hast in der letzten Zeit unendlich viel Einsatz gezeigt. Das erschöpft. Verstehe mich bitte nicht falsch, aber als Vorgesetzter habe ich auch eine Fürsorgepflicht. Willst du nicht Pause machen? Komm übermorgen wieder ins Amt.«

Nathusius nickte zustimmend.

»Wir haben es doch mit eigenen Augen gesehen? Oder will das jemand bestreiten?«, fragte Lüder.

»Der Film gaukelt uns vor, dass der Präsident erschossen wurde«, sagte Dr. Starke.

»Gaukelt vor?«, erwiderte Lüder aufgebracht.

»Dort ist ersichtlich, was Sie gesehen haben. Leider als Einziger«, mischte sich Nathusius ein.

»Ja, aber …«, setzte Lüder an und zählte weitere Fakten auf. Der Van mit dem vermeintlichen Sarg. Das Bild im Internet. Das Speedboot in Scharbeutz. Der Mord an Gutiérrez. »Das ist weder Einbildung noch Zufall.«

»Es gibt Leute, die behaupten, die Amerikaner seien nie auf dem Mond gewesen. Das wären alles gefakte Aufnahmen, die in der Wüste von Nevada entstanden sind«, warf Dr. Starke ein. »Ich bin vom Wahrheitsgehalt der Mondlandung überzeugt. Das gilt auch für die Ansprache, die wir vorhin gehört haben. Lüder! Der Präsident lebt.«

Lüder nickte. »Das glaube ich auch. Trotzdem! Er wurde ermordet.«

Jens Starke holte tief Luft. »Wir haben keine Erklärung dafür. Ich habe Herrn Gärtner dazugebeten und ihn den Film ansehen lassen, ohne vorher etwas zu erklären. Er sollte unvoreingenommen seine Meinung äußern.«

»Tja.« Gärtner legte den Kopf schief. »Ich war schockiert, als ich es gesehen habe. Das war für mich eindeutig Mord. Dieser Eindruck verstärkte sich noch, als ich erfuhr, unter welchen Umständen die Aufnahmen zustande gekommen waren. Es ist eine Annahme – wir sollten eigentlich nur mit nachweisbaren Fakten arbeiten –, dass die Amerikaner nichts von diesen Aufnahmen wissen. So gibt es für sie auch keinen Grund, uns etwas unterzuschieben. Weshalb auch?«

»Danke, Herr Kollege«, sagte Lüder. »Wir haben noch ein paar Anhaltspunkte. Was ergibt die Spurensicherung des Speedboots? Womit wurde auf den Präsidenten geschossen? Wo ist die Waffe? Bei Gutiérrez oder in der Umgebung wurde sie nicht gefunden. Hat Gutiérrez überhaupt geschossen?«

»Falls nicht, wäre es doch sinnlos, ihm die Hände zu amputieren«, äußerte sich Dr. Starke.

»Uns wird damit die Beantwortung der Frage erschwert. Wenn wir annehmen, dass Gutiérrez mit dem Speedboot unterwegs war und auch geschossen hat, so haben die, die ihn vor uns gefunden haben, die Waffe sichergestellt. Es ist aber auch denkbar, dass Gutiérrez sie nach Abgabe des Schusses ins Wasser geworfen hat. Ich schlage vor, dass wir diesen Fall unabhängig von Berlin wie einen normalen Mord behandeln.«

Alle sahen Nathusius an. Der Vize nickte kaum merklich und schloss damit die Besprechung.

Lüder suchte das Kriminaltechnische Institut auf. Dort war man mit dem Speedboot beschäftigt.

Ein Beamter in einem blauen Kittel sagte:»Es handelt sich um ein Festrumpf-Schlauchboot. Gegenüber einem konventionellen Boot ist es leichter und dank des Luftauftriebs der Schläuche auch nahezu unsinkbar und kentert kaum. Deshalb ist es ideal bei schwerer See. Auf Englisch nennt man es RIB. Das steht für *Rigid Inflatable Boat*. Die RIBs werden vom Militär, von Seenotrettern und Tauchern, aber auch von Privatleuten eingesetzt. Diesen Typ hier haben aber weder die Deutsche Marine noch die Bundes- oder Landespolizei oder die DLRG und auch nicht die Feuerwehr im Einsatz. Die Kollegen haben sich umgehört.« Er streckte den Daumen in die Luft.»In Neustadt gibt es eine Tauchschule. Sie haben richtig gehört. Die arbeiten mit einem Tauchclub zusammen. Denen gehört das Boot. Das sind harte Jungs. Die sind auch im Winter im Wasser. Das RIB wurde gestern entwendet. Die genaue Uhrzeit kann der Bootswart des Clubs aber nicht nennen.« Der Mann zeigte auf das Boot.»Drinnen haben wir nichts gefunden.«

»Keine Patronenhülse.«

»Nichts. Und bei so einem Ding, bei dem Wetter, das hier seit Tagen herrscht … Da ist es nix mit Fingerabdrücken oder DNA. Wir könnten einzig mit einer aufwendigen Analyse bestätigen, dass das Boot in der Ostsee unterwegs war. Aber – was soll's. Sie sollten noch einmal mit Kuhlmann sprechen. Der hat etwas zu dem Toten. Ich habe es am Rande aufgeschnappt.«

Lüder wünschte dem Beamten noch einen schönen Tag und rief Dr. Diether an. Der Rechtsmediziner bestätigte seine erste Vermutung vom Fundort der Leiche.»Möchten Sie die Details wissen, woran er gestorben ist?«

»Ich lese Ihren Bericht.«

»Rufen Sie gern wieder an. Dann erläutere ich Ihnen die lateinischen Begriffe.«

»Ich habe das große Latinum«, sagte Lüder.

»Ja, aber das für Juristen. Die Kugel ...«

»Das Geschoss«, korrigierte ihn Lüder.

»Kleingeist. Also den Ömmes, den ich aus dem Hohlkopf des Opfers herausgeholt habe, habe ich an Kuhlmann weitergegeben. Kuhlmann – echt *cool man*.«

Kuhlmann war nicht an seinem Arbeitsplatz, informierte ihn ein weiterer Kriminaltechniker.

Über Gutiérrez hatten sie viel gehört. Der Profikiller war skrupellos und verstand auch, sich durchzusetzen und zu behaupten. Das hatte er seit seiner Ankunft in Europa unter Beweis gestellt. Ohne Sprach- und Ortskenntnis musste er die Küste abgesucht, das Speedboot gefunden und entwendet haben. Gutiérrez musste zudem über Navigations- und seemännische Kenntnisse verfügen, wenn er zielgerichtet das Boot manövrierte und auch bei rauer See damit umzugehen verstand. War er wirklich ein Universalgenie?

»Hi, Dr. Lüders«, grüßte Kuhlmann leutselig, als er zurückkehrte. »Das Ei von der Ostsee?«

Lüder nickte.

»Hab ich mir gedacht. Das Geschoss, das Dr. Diether ausgegraben hat, ist eine speziell für Makarow geschaffene Patrone im Kaliber neun mal achtzehn Millimeter. Die ›Pistole M‹, wie sie auch genannt wird, wurde unter anderem von der NVA zu DDR-Zeiten eingesetzt.«

»Gutiérrez ist über Polen eingereist und hat das Gebiet der ehemaligen DDR durchquert«, dachte Lüder laut nach. »Dort könnte man sich eine solche Waffe beschaffen. Das ergibt aber keinen Sinn. Gutiérrez würde nicht mit seiner eigenen Waffe ermordet werden.«

»Bitte?«, fragte Kuhlmann.

»Ach, nichts. Nur ein Gedanke.«

»Ehemalige DDR«, griff der Kriminaltechniker Lüders Selbstgespräch auf. »Dort wurde neben Russland, China und Bulgarien die Pistole M auch produziert, und zwar im Fahrzeug- und Jagdwaffenwerk Ernst Thälmann in Suhl. Das ist übrigens ein robustes Ding. Die ist komplett aus Stahl gefräst. Kommen wir zum nächsten Thema. Die Schmauchspuren. Es gibt die Theorie, ich glaube, Sie haben sie in Umlauf gebracht, dass man dem Opfer die Hände abgehackt hat, um etwaige Schmauchspuren zu verbergen. Das ist Humbug. Schmauchspuren finden sich auch an der Kleidung, nicht nur an der Hand. Außerdem gibt es Untersuchungen, die belegen, dass Personen, die nachweislich keine Waffe abgefeuert haben, mit Schmauchspuren an Körperteilen und Kleidung kontaminiert sind, die sie sich an anderer Stelle aufgeschnappt haben. Die Kleidung hat aber geplaudert. Vorausgeschickt sei, dass der Tote erkennbar nicht mit unseren Witterungsbedingungen vertraut war. Er war zu leicht und auch unpassend bekleidet. Wäre er nicht erschossen worden, hätte er einen tödlichen Männerschnupfen erlitten. Seine Kleidung war auch nicht regenfest. Er war ziemlich durchnässt. Angeblich soll er mit dem RIB eine Spritztour auf der Ostsee unternommen haben. Dabei kann man ›Spritztour‹ bei diesem Wetter wörtlich nehmen. Deshalb hätten wir in seiner Kleidung auch Spuren von Seewasser feststellen müssen. Die waren aber kaum nachweisbar. *Kaum.* Die winzigen Partikel sind eher mit dem Wind angeweht worden, also als Aerosol. Deshalb empfiehlt man Leuten mit Atemwegserkrankungen auch einen Aufenthalt an der See. Wenn er mit dem RIB draußen war, muss Wasser ins Boot geschwappt sein. Wir haben deshalb an Schuhen, Strümpfen, Hosenbeinen und Füßen nach Ostseewasser gesucht. Da war aber nichts. Entweder konnte er hexen, oder er war gar nicht mit dem Boot unterwegs.«

Das war eine – weitere – überraschende Feststellung. Wie hatte Gutiérrez es fertiggebracht, ein Boot zu stehlen, auf die Ostsee hinauszufahren, ohne mit Seewasser in Berührung zu kommen, und von dort aus den US-Präsidenten zu erschießen, der anschließend quicklebendig einen seiner bekannten Auftritte hinlegte? Die Frage konnte Kuhlmann nicht beantworten, dennoch dankte Lüder dem Forensiker. Erst jetzt sah er, dass ihn Dr. Starke mehrfach zu erreichen versucht hatte.

»Du musst sofort zur Staatskanzlei kommen. Der Ministerpräsident erwartet dich«, hatte der Abteilungsleiter hinterlassen. Lüder rief zurück, aber erreichte ihn nicht.

»Der ist in einer Besprechung«, erklärte Edith Beyer. »Aber ich soll Ihnen ausrichten, dass Sie sofort in die Staatskanzlei kommen sollen. Der Ministerpräsident erwartet Sie.«

»Mich?«

»Ja. Sie sollen ihn nach Timmendorfer Strand begleiten. Der MP macht dort einen Höflichkeitsbesuch.«

»Ich bin nicht mehr im Personenschutz. Außerdem bin ich seit gestern Morgen unterwegs, habe seitdem weder geduscht noch die Kleidung gewechselt.«

Das sei alles bedeutungslos, versicherte Edith Beyer. Er solle nur schnellstens zur Staatskanzlei kommen.

Während andere Länder sich repräsentative Residenzen für ihren Regierungchef leisten, war die Staatskanzlei in einem schmucklosen Rotklinkerbau an der Förde untergebracht. Das Haus ähnelte in seiner Schlichtheit eher dem Bürogebäude eines mäßig erfolgreichen Unternehmens.

Der jugendlich wirkende Ministerpräsident, der zu den beliebtesten Trägern eines solchen Amtes in Deutschland gehörte, begrüßte ihn mit Handschlag und führte ihn zu seinem Dienstwagen, einem speziell ausgestatteten und gepanzerten BMW 740 Diesel. Lüder nahm neben dem MP im Fond Platz und entschuldigte sich für sein Erscheinungsbild. Der Ministerpräsident tat es mit einer lässigen Handbewegung ab und fragte interessiert nach Einzelheiten. Lüder erklärte die Fragestellung, mit der sich die Landespolizei derzeit auseinandersetzte und auf die sie noch keine Antwort gefunden hatten.

Der Ministerpräsident nickte versonnen und meinte, das sei in der Tat rätselhaft. Dann wechselte er das Thema und wollte wissen, wie Lüder die Zeit als Personenschützer bei einem seiner Vorgänger erlebt hatte. Zum Glück fragte er nicht, ob Lüder in dieses Amt zurückkehren wollte. Eine Weile tauschten sie Privates aus: Familie, Kinder. Kurz vor Erreichen des Ziels wollte

Lüder wissen, weshalb er mitkommen sollte. Schließlich würde der Ministerpräsident von seinen etatmäßigen Bewachern begleitet.

»Das war ein Wunsch der Amerikaner«, erklärte der Ministerpräsident. »Sie haben ausdrücklich darum gebeten, dass Sie mitkommen.«

Sie wurden an mehreren Kontrollpunkten aufgehalten, durften aber auf dem Villengrundstück direkt bis zum Portal vorfahren. Statt eines Butlers öffnete Lance Ford vom Secret Service die Tür. Er bestand darauf, Lüder nach Waffen und Abhöreinrichtungen abzutasten, und fragte nach dem Handy, das Lüder im Fahrzeug des Ministerpräsidenten gelassen hatte. Ford verzichtete bei Lüders Begleiter auf diese Prozedur. An der Tür zur Bibliothek stand ein finster dreinblickender Zivilist, der Lüder unbekannt war. Er war korrekt mit einem dunklen Anzug, Hemd und Krawatte bekleidet. In seiner Armbeuge hielt er lässig eine Maschinenpistole. Er winkte dem Ministerpräsidenten zu und zeigte auf die Tür zur Bibliothek.

Lance Ford musterte Lüder eindringlich. Dann ging er zu einem Stuhl, der an der Wand stand, und setzte sich. Er ließ Lüder mitten im Raum stehen. Eine weitere Sitzmöglichkeit gab es nicht. Lüder sah sich um und schlenderte zur Treppe. Bei jedem Schritt straffte sich der gestählte Körper des Bodyguards mit der MPi. Lüder setzte sich auf die Treppenstufen, die ins Obergeschoss führten. Sie beäugten sich, ohne ein Wort miteinander zu wechseln.

Es gab offiziell für Angehörige der amerikanischen Sicherheitsdienste keine Erlaubnis, Waffen zu tragen. Die Leute hatten keinen diplomatischen Status. Aber niemand verwehrte es ihnen. In einer Notsituation würden die Männer sofort Gebrauch von ihren Schusswaffen machen, um ihren Präsidenten zu schützen. Wo waren sie am Sonntagabend gewesen? Im Ernstfall würde die deutsche Staatsanwaltschaft prüfen, ob der Waffeneinsatz gerechtfertigt war. Lüder war überzeugt, sie würde in einem solchen Fall auf Notwehr plädieren und den Schützen freilassen. Die USA reagierten sensibel, wenn einem ihrer Soldaten oder sonst in offizieller Mission Handelnden der Prozess gemacht würde. Das galt auch für allgemein anerkannte Kriegsverbrechen.

Eine Seitentür öffnete sich, und eine attraktive Frau, Lüder schätzte sie auf Anfang vierzig, durchquerte die Halle. Sie schenkte Lüder ein freundliches Lächeln. Es vergingen weitere zehn Minuten, bis der rothaarige Pat O'Connor auftauchte und vor Lüder stehen blieb. O'Connor stemmte beide Fäuste in die Hüften und lachte hämisch. Er sah übernächtigt aus. Er hatte sicher genauso wenig geschlafen wie Lüder. Immerhin hatte der Amerikaner duschen und ein sauberes Hemd anziehen können.

»Geisterseher.« O'Connor zeigte seine weißen Zähne. »Waren Sie der Idiot, der gesehen hat, wie unser Präsident angeblich erschossen wurde?« Er zeigte auf die Tür zur Bibliothek. »Dort drinnen sitzt er und spricht mit dem Bürgermeister.«

»Das ist der Premierminister«, sagte Lüder und ergänzte, für die anderen unhörbar: »Du Hohlkopf.«

»Was haben Sie gesagt?«, fragte O'Connor zornig.

Lüder wiederholte laut, dass der Premierminister dort drinnen sei.

O'Connor lachte gekünstelt auf. »Stimmt nicht. Das ist in Deutschland eine Frau, die Kanzlerin.«

Lüder versuchte dem Amerikaner zu erklären, dass der Ministerpräsident mit dem Gouverneur eines US-Staates vergleichbar sei.

»Und weshalb lässt er sich von einer Niete begleiten?«, versuchte O'Connor zu provozieren.

»Weil bei uns die intelligentesten Leute politische Spitzenämter innehaben und sich in ihrer Umgebung der besten Leute bedienen.«

»Wenn das so ist – weshalb sind Sie hier?«

»Weil ich der Beste bin.«

»Armes Deutschland.«

»Warte es ab«, sagte Lüder und schob erneut ein leises »Du Hohlkopf« hinterher.

Für einen Moment sah es aus, als würde O'Connor die Beherrschung verlieren.

»*See you later*«, warf ihm Lüder hinterher, als sich der Amerikaner abwandte.

Die Tür der Bibliothek öffnete sich, und ein ebenfalls in einen dunklen Anzug gekleideter Mann mit Raspelschnitt winkte Lüder heran. Er hielt ihm die Tür auf, ohne ein Wort zu sagen. Lüder betrat die Bibliothek und sah die beiden Politiker in den Sesseln vor dem Kamin sitzen. Dort drinnen brannte ein Feuer und verbreitete eine behagliche Wärme. Auf dem kleinen Beistelltisch aus Messing stand eine leere Kaffeetasse. Dem Gast hatte man offensichtlich nichts angeboten.

Lüder trat zu den beiden Männern und sagte: »Moin.«

Über das Gesicht des Ministerpräsidenten huschte ein Lächeln, während der US-Präsident es nicht für nötig befand, etwas zur Begrüßung zu sagen. Er ließ Lüder wie einen dummen Jungen im Raum stehen.

»Sie sind der, der nicht für die Sicherheit des wichtigsten Mannes der Welt sorgen wollte? Oder konnte? Ich habe meinen Freund«, dabei zeigte er auf den Ministerpräsidenten, »gefragt, ob man so mit dem wichtigsten Mann der Welt umgeht. Sehen Sie her.« Er klopfte sich mit den Fäusten auf die Brust wie das Orang-Utan-Männchen im Zoo. »Ich bin quicklebendig und kerngesund. Wer hat die Fake News in Umlauf gebracht, man hätte mich ermordet? Das wünschen sich sicher alle, die Amerika schwach sehen wollen. Seitdem ich Präsident bin, der beste seit Langem, ist Amerika wieder stark und mächtig. Unsere Feinde sollen sich hüten, das in Frage zu stellen. Nun haben Sie mich gesehen. Erzählen Sie es Ihrer Familie, Ihren Kindern, allen da draußen.« Er wedelte mit der Hand. »Das war's. Gehen Sie, aber hören Sie auf zu lügen.«

»Wenn Sie glauben, sich diese Welt unterwerfen zu könn…« setzte Lüder an, wurde aber vom Ministerpräsidenten mit einer Handbewegung unterbrochen.

Lüder fasste sich an die Stirn, als würde er nachdenken. »Eine Bitte hätte ich. Könnte ich von Ihnen ein Autogramm bekommen?«

Der Präsident sah ihn erstaunt an. Dann nickte er huldvoll. »Worauf?«

Lüder zeigte auf eine Serviette, die neben der Kaffeetasse lag, und reichte einen Kugelschreiber an. Mit Schwung setzte der Präsident seinen Namen auf das Papier. Fasziniert beobachtete Lüder, dass es eher aussah, als würde er malen statt schreiben. Aus den Augenwinkeln nahm er wahr, wie der Sicherheitsmann einen Schritt in ihre Richtung machte, als würde er das Signieren unterbinden wollen, dann aber doch in der Bewegung einhielt.

Die beiden Politiker standen auf. Der US-Präsident umarmte seinen Besucher und klopfte ihm leutselig auf den Rücken, als hätten zwei Pferdehändler einen größeren Handel getätigt. »Vergiss es nicht« waren die letzten Worte des Mannes mit der roten Krawatte und dem undefinierbaren Haarschmuck in Lüders Richtung.

Der Mann mit dem dunklen Anzug, der Lüder hineingerufen hatte, hatte die ganze Zeit stumm in einer Ecke gestanden. Jetzt öffnete er die Tür und begleitete die beiden Besucher zum Hauseingang.

Lüder atmete tief die feuchtkalte Seeluft ein und bewegte ungläubig den Kopf. Seit Sonnabend war unglaublich viel geschehen, auch Dinge, die er nicht erklären konnte. Und nun hatte er dem mächtigsten Mann der Welt gegenübergestanden. Der Mann hatte auf ihn keinen Eindruck gemacht. Für Lüders Empfinden fehlte ihm jegliches Charisma. Aber wenn er ehrlich war, mochte das auch an seiner Voreingenommenheit liegen.

Sie stiegen ein, und der Dienstwagen des Landesvaters machte sich auf den Weg zurück nach Kiel. Die Fahrt verlief überwiegend schweigend. Der Ministerpräsident wies seinen Fahrer an, Lüder nach Hause zu fahren. Vor der Haustür stieg er auch aus und verabschiedete sich mit Handschlag von Lüder.

Margit musste die Ankunft vom Küchenfenster aus beobachtet haben.

Sie war an die Haustür gekommen und empfing Lüder mit den Worten: »Sag mal, was war das denn? War das wirklich …?«

Lüder fiel ihr ins Wort und nahm sie in den Arm. »Das sind mein neuer Dienstwagen und der Chauffeur.«

Sie sah ihn mit großen Augen an. Ihn interessierte nur eines. Er wollte unbedingt unter die Dusche und dann schlafen. Schlafen. Schlafen. Schlafen.

SIEBEN

Lüder fühlte sich wie neugeboren. Er hatte tief und traumlos geschlafen. Erschrocken sah er auf die Uhr. Es war still im Haus. Sinje war schon zur Schule aufgebrochen, und Margit hatte sich leise im Haus bewegt. Trotz der späten Stunde nahm er sich die Zeit, ausführlich zu duschen und hinterher mit Margit das Frühstück einzunehmen.

Im LKA sprach ihn niemand auf sein spätes Erscheinen an. Lüder berichtete von seinem Besuch beim amerikanischen Präsidenten.

»Du hast wirklich mit ihm gesprochen?«, fragte Jens Starke ungläubig.

»Es war ihm eine Genugtuung, mich wie einen dummen Jungen dastehen zu lassen«, erwiderte Lüder. »Er hat mir aber trotzdem ein Autogramm gegeben.«

Der Abteilungsleiter war sprachlos.

»Sein Security-Mann wollte es verhindern, aber Onkel Donald hat es generös gemalt.« Lüder zeigte die gebrauchte Serviette.

»Auf einem schmutzigen Lappen?«

»Der ist sich für nichts zu schade«, sagte Lüder lachend.

Er erfuhr, dass der Präsident im Laufe des Vormittags abreisen würde. Dazu stand der Hubschrauber der Bundespolizei bereit. Der Präsident würde damit nach Hamburg fliegen, dort seine Air Force One besteigen und davonschweben.

»Dann kehrt wieder Normalität ein«, meinte Jens Starke.

Lüder schüttelte den Kopf. »Da sind noch ein paar offene Punkte.«

Von seinem Büro aus suchte er die Mobilfunknummer von Heinz Gawlicek heraus. Gemeinsam mit seiner Frau Alma sorgte das Ehepaar für den Erhalt des Crummenthal'schen Hauses in Timmendorfer Strand.

»Ja. Hier ist Gawlicek«, hörte Lüder die Stimme des alten

Mannes, der sich an Lüder erinnern konnte. Er erzählte, dass er mit seiner Frau vor der Gartenpforte wartete. »Der Herr Präsident ist vor einer halben Stunde abgeflogen. Jetzt tragen die Männer Dinge aus dem Haus heraus. Einer der Leute hat gesagt, wir dürfen erst rein, wenn die aufgeräumt haben. Alma und ich sind ungeduldig. Was mögen die alles mit unserem Haus angestellt haben?«

»Das kann ich Ihnen nicht sagen«, erwiderte Lüder. »Aber eines ist gewiss. Es wird blitzblank sein.«

Gawlicek zeigte sich skeptisch. Plötzlich stockte er. »Die sind wie Kinder. Jetzt lassen sie so ein rundes Ding steigen. Nein! Das sind sogar zwei. Da stehen zwei Amerikaner und spielen damit. Wie die kleinen Kinder.«

»Sie meinen Drohnen?«

»So heißen die Dinger wohl.«

Lüder hatte nichts anderes erwartet. Natürlich waren die Personenschützer mit Drohnen ausgestattet. In den Vorgesprächen war auch die Frage der Luftüberwachung aufgeworfen worden. Das übernehmen die Gäste, hieß es. Weshalb hatte man die Drohnen nicht eingesetzt? Dann hätte man die beiden Journalisten, aber auch Gutiérrez rechtzeitig entdeckt.

»Wenn Sie wieder ins Haus können – würden Sie für mich auf dem Balkon oder darunter nachsehen, ob Sie eine Zigarettenkippe finden? Soll ich Ihnen jemanden schicken, der das Suchen übernimmt?«

»Um Himmels willen«, erwiderte Gawlicek hastig. »Alma und ich, wir sind froh, wenn wir hier niemanden mehr sehen, damit wir wieder alles in Schuss bringen können. Frau von Crummenthal soll sich hier wohlfühlen. Es ist schließlich ihr Zuhause. Da kann nicht einfach jeder kommen.«

»Falls Sie etwas finden, fassen Sie es bitte nicht an, sondern informieren Sie mich. Das ist ganz wichtig. Haben Sie mich verstanden?«

»Ich bin weder schwerhörig noch dumm«, entgegnete der alte Mann pikiert.

Eine halbe Stunde später meldete sich jemand aus dem Innenministerium und bat Lüder, zu einer Besprechung an die Förde zu kommen.

Lüder war überrascht, dass dort Sabine Wuschig vom Bundesinnenministerium auf ihn wartete. In ihrer Begleitung befand sich Karsten Timmerloh vom BKA.

»Nehmen Sie Platz«, sagte die Ministerialdirigentin, nachdem sie ihn mit einem »Guten Morgen« begrüßt hatte. Auf einen Händedruck hatte sie ebenso wie Timmerloh verzichtet.

»Unser aller Zeit ist knapp bemessen. Insofern kommen wir gleich zur Sache. Man ist in Washington und Berlin gleichermaßen darüber verstimmt, was Sie losgetreten haben.« Sie zeigte mit dem Finger ihrer manikürten Hand auf Lüder. »Das war ein weltweiter Shitstorm …«

»Moment …«, unterbrach Lüder die Frau.

»Lassen Sie mich ausreden«, fuhr sie ihn an.

»Nein«, sagte er barsch. »Ich habe etwas beobachtet und pflichtgemäß gehandelt. Um diesen Vorfall ranken sich zahlreiche Merkwürdigkeiten. Herr Timmerloh wird bestätigen, dass es eine erforderliche polizeiliche Maßnahme war.«

Der BKA-Beamte tat Lüder nicht den Gefallen. Er saß stumm mit einem reglosen Gesicht dabei.

»Eine polizeiliche Maßnahme?« Die Ministerialdirigentin rümpfte die Nase.

»Ich bleibe bei meiner Beobachtung«, beharrte Lüder.

»Lächerlich. Von wem sonst sollte das Bild stammen, das im weltweiten Netz kursiert?«

Lüder lehnte sich zurück. »Die Frage kann ich Ihnen ebenso wenig beantworten wie das Rätsel um den erschossenen und wiederauferstandenen Präsidenten. So ein Phänomen hat es schon einmal gegeben. Damals in Palästina. Darauf fußt eine Weltreligion.«

»Bleiben Sie ernsthaft. Der ganze Vorgang ist alles andere als lächerlich.«

»Wie sollte ich an das Bild gekommen sein? Alle Beteiligten wissen, dass niemand das Grundstück betreten konnte.«

165

Sabine Wuschig spitzte die Lippen. Nach einer kurzen Bedenkzeit sagte sie: »Das wird noch zu klären sein. Es ist jedenfalls ein ungeheuerlicher Vorgang, den Sie initiiert haben. Der Botschafter hat um einen Termin im Auswärtigen Amt nachgesucht. Der Präsident ist nicht erfreut über dieses unschöne Ereignis anlässlich des Besuchs bei seinen Verwandten. An höherer Stelle wird gefordert, dass es nicht ohne Konsequenzen für Sie bleiben darf.« Sie senkte die Stimme, als würde sie einem guten Freund einen vertraulichen Rat erteilen. »Herr Dr. Lüders. Nach unseren Informationen scheinen Sie teilweise gute Leistungen im Dienst zu erbringen. Außerdem haben Sie eine Familie. Insofern gibt es trotz Ihres Fehlverhaltens auch eine Fürsorgepflicht. Wir möchten Ihnen entgegenkommen.« Die Ministerialdirigentin öffnete ihre lederne Tasche, die neben ihr auf dem Tisch lag, und entnahm ihr ein Schriftstück. »Wenn Sie bekunden, dass Sie sich bei Dunkelheit geirrt haben und Ihnen mit dem Auslösen des Alarms ein Fehler unterlaufen ist, könnte man es bei einer Ermahnung belassen. Gleichzeitig erklären Sie, dass Sie diese Behauptung nicht aufrechterhalten.« Sie schob ihm das Schriftstück zu.

»Ich werde keine Erklärung abgeben«, sagte Lüder mit fester Stimme. »Das würde der Wahrheit widersprechen.«

»Uns ist nicht daran gelegen, die Angelegenheit auszuwalzen.«

»Nein!«

»Das erschwert die Sache. Es besteht der Verdacht, dass die Presse durch Sie in den Besitz des Fotos vom angeblich getöteten Präsidenten gekommen ist.«

»Bitte?«, fragte Lüder ungläubig.

»Wie Sie es vollbracht haben, werden die Ermittlungen zeigen. Deshalb ist Herr Timmerloh vom BKA anwesend. Der Verdacht könnte sich dahin gehend ausweiten, dass man Ihnen seitens der Presse etwas zugesteckt hat. Man sagte, dass der Journalist, den man am Niendorfer Hafen festgesetzt hatte, Sie als seinen Freund bezeichnete. Sie sollen einen sehr vertrauten Umgang miteinander gezeigt haben.«

Lüder war aufgebracht. »Sie unterstellen mir, ich wäre bestechlich?«

»Herr Dr. Lüders. Die Bezüge eines Beamten des höheren Dienstes sind nicht hoch. Sie haben eine Frau, die gesundheitlich angeschlagen ist. Drei Ihrer vier Kinder studieren. Insofern bleibt nicht viel Raum für Extravaganzen.«

»Sie haben Erkundigungen über mich eingezogen?«

Sabine Wuschig antwortete mit einem Achselzucken.

»Ich weiß nicht, was hier gespielt wird«, sagte Lüder, »und auf wessen Geheiß Sie hier auftreten. Aber ich finde es heraus.«

»Seien Sie doch vernünftig. Sie haben sich in etwas verrannt.« Die Ministerialdirigentin hatte wieder den sanften Tonfall angeschlagen.

»Fühlen Sie sich eigentlich wohl bei dem, was Sie hier machen?«, wollte Lüder wissen.

Sabine Wuschig zog das Schriftstück zu sich heran und verstaute es in ihrer Aktentasche.

»Schade, dass Sie so uneinsichtig sind. Wir hätten es gern im Guten geklärt. Schließlich haben Sie eine Lawine losgetreten.«

»Ich?« Lüder lachte laut auf, obwohl ihm nicht danach zumute war. Was lief hier ab? Wer steckte hinter dem Plan, ihn mundtot zu machen, zur Not, indem man ihm Bestechung vorwarf? Er konnte das illegal aufgezeichnete Filmmaterial nicht als Beweis vorlegen. Für Sekundenbruchteile spielte er mit dem Gedanken, es seinerseits der Presse zukommen zu lassen. Das war unmöglich. Er würde mit diesem Handeln andere mit hineinziehen: Dr. Starke. Nathusius. Hennings. Professor Michaelis.

Er stand auf. »Für mich ist das Gespräch an dieser Stelle beendet. Guten Tag.«

Das »Aber, Herr Dr. Lüders«, das ihm Sabine Wuschig hinterherschickte, überhörte er geflissentlich.

Auf dem Rückweg ins Landeskriminalamt überlegte er, was sich hinter den Kulissen abspielte. Er fand keine Antwort. So erging es auch Jochen Nathusius, den er aufsuchte und über die Begegnung mit der Berlinerin informierte.

Lüder hatte nicht damit gerechnet, dass seine Idee, Heinz Gawlicek nach einer Zigarettenkippe suchen zu lassen, erfolgreich
sein könnte. Der Mann klang aufgeregt, als er mit Lüder sprach.

»Wir haben uns, gleich nachdem die Amerikaner weg waren,
auf die Suche gemacht«, erklärte Gawlicek. »Sie hatten recht.
Die haben wirklich überall geputzt. Aber richtig sauber ist das
nicht. Alles ist schmierig. Und Löcher haben die in die Wände
gebohrt. Es ist unmöglich, wie die das schöne Haus hinterlassen
haben. Wer bezahlt das alles?«

»Haben Sie eine Zigarettenkippe gefunden?«

»Eine?« Gawlicek war entrüstet. »Die haben auf der Terrasse
geraucht. Wie die Schlote. Anstatt eines Aschenbechers haben
sie die Kippen in den Garten geworfen.«

Lüder war enttäuscht.

»Bis auf eine. Woher haben Sie das gewusst?«, fragte Gawlicek.
»Die war auf dem Balkon unter einen Pfosten vom Geländer
gerutscht. Komisch, die war nur halb aufgeraucht.«

Lüder bedankte sich überschwänglich. »Sie haben mir sehr
geholfen.«

Er rief bei der Lübecker Kripo an und bat darum, einen Spu-
rensicherer in das Haus zu schicken und dort die Zigarettenkippen sicherzustellen. Sie sollten sofort nach Kiel zum Kriminaltechnischen Institut gebracht werden.

»Wir haben ja sonst nichts zu tun«, murrte der Lübecker, der
Lüders Auftrag entgegengenommen hatte. »LKA – leider keine
Ahnung«, schob er hinterher.

Wenig Begeisterung weckte Lüder auch mit seinem nächsten
Anruf, als er im Kriminaltechnischen Institut bat, einen DNA-
Abgleich bevorzugt durchzuführen.

Zwei weitere Rückrufe blieben ohne positives Ergebnis. Die
Kieler waren bei der Suche nach dem entführten Erkan Nefer
nicht vorangekommen. Und den Koreaner Lee hatte man aus
den Augen verloren.

Lüder nutzte die Zeit und sah sich mehrfach die Filmaufnahmen an, stoppte sie, zoomte an verschiedenen Stellen. Er konnte
nichts entdecken, was ihn weiterführte. Es gab keinen Zweifel.

Die Bilder dokumentierten, wie der US-Präsident erschossen wurde, als er auf dem Balkon stand und rauchte. Und das war die Merkwürdigkeit. Es wurde immer wieder behauptet, der Mann trinke und rauche nicht. Sein Bruder war früh an der Alkoholsucht verstorben. Das war dem Präsidenten ein abschreckendes Beispiel. Und nun stand er dort und rauchte. Manche Mythen waren gut für die Öffentlichkeit und wurden von PR-Beratern gern verkauft. Trotzdem war es seltsam.

Er unterbrach seine Arbeit und dachte noch einmal an den Versuch Sabine Wuschigs, ihn zu der Aussage zu drängen, er habe sich geirrt. Die Bilder vor ihm belegten, dass das nicht zutraf. Was übersah er?

Die Stunden verstrichen. Niemand sprach mit ihm. Keiner betrat sein Büro. Es war schon dunkel, als die Nachricht eintraf, die Zigarettenkippen lägen dem Kriminaltechnischen Institut vor. Lüders Bemühen, dass die Analyse noch heute erfolgen solle, blieb erfolglos.

»Wenn das so ist, können wir überhaupt keinen Feierabend machen«, hatte der Forensiker gemurrt und war gegangen.

Lüder fuhr nach Hause und zog sich mit der Tageszeitung in eine stille Ecke zurück. Es war ungerecht, dass er Sinje von sich wies, als sie mit ihm über den Besuch bei »diesem Typen« diskutieren wollte. Immerhin entlockte es ihm ein Lächeln, als sie den Wunsch äußerte, er möge ihr das Autogramm geben. Auch das Abendessen verlief einsilbig. Margit beschränkte sich darauf, Belangloses zu erzählen.

Es war nach einundzwanzig Uhr, als Vollmers anrief.

»Das Kind ist frei.« Man spürte die Erleichterung beim Hauptkommissar. »Der Junge wurde vor einer Stunde am Bahnhof Hamburg-Altona aufgegriffen. Er war einer Streife der Bundespolizei aufgefallen, als er dort vor dem Stand einer Pizzakette stand und an einem Stück aß. Erkan hat einen gefassten Eindruck gemacht und ihnen bereitwillig seinen Namen genannt. Er wollte zunächst die Pizza essen und dann mit dem nächsten Zug nach Kiel fahren. Fahrgeld hatte man ihm mitgegeben. Leider hatte man ihm sein Handy abgenommen und es ihm auch nicht zurückgeben. Darüber war er richtiggehend sauer. Er wusste nicht, wo man ihn festgehalten hatte, nachdem ihn zwei Männer auf dem Heimweg zur elterlichen Wohnung in Gaarden in ein Auto gezerrt hatten. Die Scheiben waren verdunkelt gewesen. Erkan hatte nur mitbekommen, dass sie eine längere Zeit über die Autobahn gefahren waren. Er wusste zu berichten, dass die Männer Englisch gesprochen haben. Verstanden hat er aber nichts, obwohl er die Sprache im Schulunterricht hatte. Er ist die ganze Zeit über von einer netten Frau, die Deutsch sprach, betreut worden. Man hat ihn gut behandelt. Es fehlte ihm an nichts. Er hat zu essen und zu trinken bekommen, hatte Fernseher und Video und einen Computer, allerdings ohne Internet. »›Das war richtig fies‹, hat der Junge gesagt«, betonte Vollmers. »Wir haben die Eltern benachrichtigt. Die sind schon auf dem Weg nach Hamburg.«

Nach einer kurzen Pause bekräftigte der Hauptkommissar, dass er und sein Team jetzt offen die Ermittlungen gegen die Kindesentführer vorantreiben würden. »Es spielt für mich keine Rolle, wer aus welchem Grund so eine Tat begeht. Ich werde gleich morgen mit Staatsanwalt Taner sprechen und mir Rückendeckung holen. Das ist ein vernünftiger Mann, der auch nicht vor irgendwelchen politisch motivierten Forderungen einknickt. Straftat bleibt Straftat.«

Es ist gut, dachte Lüder, nachdem er das Gespräch beendet hatte, dass ich mit dieser Auffassung nicht allein bin.

Der Secret Service und das FBI hatten Erkan entführt und Haydar Nefer gedroht, den Jungen nach Syrien zu bringen, wenn er Gutiérrez beim Versuch, das Attentat zu vollenden, unterstütze. Wenn es eine Kontaktaufnahme zwischen dem Hell King und dem Profikiller gegeben hatte, war sie der Polizei verborgen geblieben.

Der amerikanische Präsident war vor Lüders Augen erschossen worden, trotz der Drohung mit dem Kind. Lüder war überzeugt, dass die Amerikaner beim Aufspüren Gutiérrez' schneller waren und ihn am Strand bei Scharbeutz ermordet hatten, weil sie ihn für den Attentäter hielten. Weshalb hatte man Erkan freigelassen und nicht, wie angedroht, nach Syrien verschleppt? Humanitäre Überlegungen dürften in diesem Geschäft keine Rolle gespielt haben. Und über allem schwebte das Rätsel, wie man den Präsidenten erschießen konnte und er am nächsten Tag putzmunter und fröhlich der Welt erklärte, es ginge ihm ausgezeichnet und sein Tod sei nur eine Fake News seiner Gegner gewesen.

ACHT

Ob der Präsident auch so unruhig geschlafen hat wie ich?, überlegte Lüder. Nach dem heimischen Morgenritual folgte das im LKA. Er wechselte nur wenige Worte mit Edith Beyer und zog sich mit dem Kaffee und dem Stapel Zeitungen in sein Büro zurück. Die Schnelllebigkeit der Medien war daran zu erkennen, dass der US-Präsident aus England eine Nachricht um die Welt schickte, in der er bekräftigte, dass es das Recht eines jeden freien Bürgers sei, eine Waffe zu besitzen und mit dieser sich und sein Eigentum zu schützen.

»Du Kasper«, sagte Lüder zu sich selbst. »Damit bringen sich viele deiner Landsleute um. Bei uns schützt eine effektiv arbeitende Polizei die Menschen.« In der Botschaft des Präsidenten fehlte natürlich nicht der Hinweis, dass er genau wisse, was die Amerikaner bewege. Er stehe für den Traum der Menschen. Er habe ihnen Wohlstand und Arbeit gebracht. Und der Dank dafür sei, dass man Anschläge auf ihn verübe!

Weshalb wiederholte der Mann das so oft?

Endlich kam der erlösende Anruf vom Kriminaltechnischen Institut. Lüder eilte über das Gelände des Polizeizentrums Eichhof und war erstaunt, dass ihn Frau Dr. Braun persönlich erwartete. Die Leiterin des KTI hielt ihm einen Vortrag, dass sie allein die Prioritäten vergebe, nach der die Aufträge abgewickelt wurden.

»Es geht um einen hochbrisanten Fall«, erwiderte Lüder.

»Alle unsere Fälle sind hochbrisant. Glauben Sie, wir beschäftigen uns mit alltäglicher Bürokratie?«

Sie diskutierten einen Moment. Das gehörte bei Frau Dr. Braun dazu. Lüder war überzeugt, dass die Wissenschaftlerin enttäuscht gewesen wäre, hätte man ihre Einwände vorbehaltlos akzeptiert.

»Sie bringen unseren ganzen Arbeitsrhythmus durcheinander. Natürlich haben wir die Masse der Zigarettenkippen noch nicht analysieren können. Uns liegt nur der Vergleich zwischen der

Serviette … Sagen Sie mal«, sie stutzte, »wer hat das Beweisstück so verschmiert?«

»Das ist ein Autogramm des US-Präsidenten.«

»Lassen Sie Ihre Scherze.«

»Doch«, versicherte Lüder und erklärte, wie er in dessen Besitz gekommen war.

Frau Dr. Braun widersprach nicht. Ihrem Mienenspiel war anzusehen, dass sie es für eine phantasievolle Geschichte hielt. »Und die Zigarettenkippe?«

»Die hat er auf dem Balkon geraucht.«

»Sie meinen, als er angeblich erschossen wurde?«

Lüder nickte.

»Ich muss Sie enttäuschen. Das war ein anderer. Der ist nicht einmal entfernt mit dem verwandt, der in die Serviette gesabbert hat.«

Wer war es dann?, fragte sich Lüder im Stillen. Laut bat er Frau Dr. Braun, dass die anderen Zigarettenkippen ebenfalls abgeglichen werden sollten.

»Wir sind hier vielseitig, aber eine Gegenprobe des amerikanischen Präsidenten führen wir nicht in unserer Datenbank. Zu diesem Punkt sollten Sie mit dem Bundesnachrichtendienst sprechen.«

Ob die eine solche Information vorhielten? Das war hier nicht relevant. Er würde es auch nicht erfahren.

Lüder kehrte in sein Büro zurück. Wie konnte es sein, dass der Präsident vor seinen Augen erschossen worden war, jetzt aber quicklebendig durch die Welt jettete und womöglich in Großbritannien Unruhe stiftete, als wenn die Engländer nicht genug eigene Sorgen hätten? Immerhin ähnelte deren Premier dem Amerikaner, als sei er eine schlechte Kopie.

Lüder fuhr in die Höhe. Das war es.

Eine Kopie.

Es wurde nie darüber gesprochen, aber zahlreiche Prominente, gleich ob gekrönte Häupter, Staats- und Regierungschefs, Wirtschaftsbosse oder Schauspieler, ließen sich gelegentlich doubeln.

Im Film übernahmen Stuntmen gefährliche Passagen. War das auch hier der Fall gewesen? Man hatte befürchtet, dass bei dem ungeplanten und nur schlecht vorbereitbaren Besuch in Timmendorfer Strand ein Anschlag verübt werden könnte, und deshalb ein Double einfliegen lassen. Diese Person war unbekümmert auf den Balkon hinausgetreten und hatte geraucht. Niemand hatte zu dem Zeitpunkt damit gerechnet, dass der Attentäter vor der Küste auf den günstigsten Augenblick wartete. Dann war das Undenkbare eingetreten. Gutiérrez war noch weiter entfernt als Lüder, der den Mann auf dem Balkon für den US-Präsidenten gehalten hatte. Gutiérrez hatte mit Sicherheit keine bessere Sicht gehabt.

So könnte es gewesen sein. Nach dem Attentat hatte man das Licht gelöscht, das unglückliche Opfer ins Haus gebracht und das weitere Vorgehen überlegt. Die Tatsache, dass ein Double für den Präsidenten gestorben war, durfte natürlich nicht bekannt werden. LSD und sein Kollege hatten recht. Man hatte den Leichnam heimlich aus dem Haus geschafft und in das Generalkonsulat nach Hamburg transportiert. Das erklärte auch, weshalb es keine Stellungnahme seitens der Amerikaner gab. Ihr Präsident erfreute sich bester Gesundheit. War Berlin eingeweiht? Das Ganze wäre auch nach diesem Plan abgelaufen, wenn nicht irgendjemand das Bild vom angeblich toten Präsidenten gepostet hätte, das die Welt in Aufruhr versetzte. Das quicklebendige Original machte das Beste aus der Situation und startete eine beispiellose Kampagne, in der es sich erneut als der Größte darstellte.

Wie konnte man das beweisen? Im Augenblick war es nicht mehr als eine Idee. Für einen guten Polizisten reichte das nicht. Es musste bewiesen werden.

Im deutschen Fernsehen traten häufig Kabarettisten auf, die mehr oder weniger gekonnt Spitzenpolitiker parodierten. Wenn die Darsteller ihr Metier beherrschten und zuvor von einem guten Maskenbildner hergerichtet worden waren, fiel es manchmal schwer, den Spaßmacher vom Original zu unterscheiden. In Amerika war das Geschäft mit dem Entertainment noch weit ausgeprägter als hierzulande.

Lüder setzte sich an den Bildschirm und suchte nach Parodien auf den Präsidenten. Er erschrak, als sich Bildschirmseite um Bildschirmseite füllte. Am US-Präsidenten schienen sich alle Kabarettisten abzuarbeiten. So ging es nicht. Er versuchte, den Suchalgorithmus zu ändern und einzugrenzen. Das erwies sich als schwieriger als gedacht, da ihm geeignete englische Vokabeln fehlten. Sukzessive erweiterte er die Parameter, bis zwei Dutzend Darsteller übrig blieben, die mit größerem Erfolg in amerikanischen Fernsehsendern auftraten. Er studierte die Bilder und suchte die fünf Künstler heraus, die eine nahezu unverwechselbare Ähnlichkeit mit dem Staatsoberhaupt aufwiesen. Noch mühseliger war es, zu erkunden, wo sie in diesen Tagen auftraten, entweder öffentlich oder im Fernsehen.

Es blieben zwei übrig. Einer hieß Fred Redman, ein Schauspieler, der in US-Shows schon oft den Präsidenten parodiert hatte. Lüder las, dass das dem Politiker nicht gefiel. Es war mühsam, bis Lüder auf einen Artikel stieß, in dem gemunkelt wurde, dass der Präsident über seinen Anwalt den Weg eingeschlagen hatte, den er schon öfter beschritten hatte: Er hatte den Widersacher gekauft. Der Artikel schloss mit der spitzfindig gemeinten Annahme, dass Redman so gut sei, dass er jetzt auch als Präsident auftreten könne. Lüder fand ein weiteres Bild des Schauspielers. Es zeigte Redman in einer fröhlichen Runde, rauchend und trinkend. Zuletzt war Redman in einer Show in Concord, der Hauptstadt des US-Bundesstaates New Hampshire, aufgetreten.

Lüder suchte die Telefonnummer des Veranstaltungsortes heraus. Es dauerte ewig, bis er mit dem Manager verbunden war. Lüder behauptete, Redman sei mit dem Präsidenten auf Welttournee, und war überrascht, als »Bruce«, wie sich sein Gesprächspartner vorgestellt hatte, nicht widersprach.

»Fred hat Heimweh«, behauptete Lüder.

Bruce lachte. »Fred, das alte Schlachtross? Kaum vorstellbar.«

»Doch. Es ist ein Unterschied, ob man den Präsidenten parodiert oder an seiner Seite vor den Augen der Öffentlichkeit doubeln soll.«

Bruce sah das ein.

»Fred benötigt irgendetwas, an dem er sich symbolisch fest-halten kann.«

»Ah, verstehe. Wie ein kleines Kind an seinem Teddybären.«

»Genau.«

Bruce lachte herzhaft. »Er hat bei uns viele Zuschauer mit seinem Soloprogramm ›Die Peanuts‹ begeistert. Einfach toll, wie er die Rollen spielte. Am besten lag ihm die Rolle des Linus. Wenn er mit der Schmusedecke über die Bühne stolzierte, war der ganze Saal in Bewegung. Dazu kamen die philosophischen Betrachtungen. Man meinte immer, die beiden seien miteinander eins, Linus und die Schmusedecke.«

»Sie sind ein Genie«, lobte Lüder den Manager überschwäng-lich. »Das ist es. Können Sie die Decke mit FedEx zu uns senden?«

»Ja, aber das kostet doch ein Vermögen.«

»Das übernimmt der Empfänger. Wählen Sie dabei die schnellste Versandart.«

Bruce willigte ein. Lüder nannte seine Privatadresse und ver-sicherte, dass er Fred Redman die besten Grüße von Bruce aus-richten würde.

»Sagen Sie ihm, hier warten alle auf ihn. Er soll schnell zurück-kommen«, sagte Bruce zum Abschied.

Lüder antwortete etwas Unverständliches. Genau das würde nicht geschehen.

Es war nach Mitternacht, als Lüder das Haus am Hedenholz erreichte.

Am nächsten Morgen suchte er den Abteilungsleiter auf und berichtete von seiner Suche. Dr. Starke zeigte sich skeptisch.

»Was bezweckst du damit?«

Lüder war enttäuscht. Es war eine mühsame Suche gewesen. Statt eines Wortes der Anerkennung stellte Jens Starke diese Frage.

»Wenn die DNA der Schmusedecke identisch mit der der Zi-garettenkippe ist, wissen wir, dass Fred Redman sich in Timmen-dorfer Strand aufgehalten hat.«

»Was beweist das?«

»Dass ich Zeuge war, wie Redman ermordet wurde.«

Dr. Starke atmete tief aus. »Wir können nicht beweisen, dass dort jemand erschossen wurde. Ohne Leiche, ohne Zeugen, ohne alles … Da gab es keinen Mord. Und dein Wort – das zählt nicht. Dem stehen im Zweifelsfall die Aussagen der Leute, die sich im Haus aufgehalten haben, entgegen. Willst du gegen den Präsidenten antreten, der jederzeit bestätigen wird, dass dort nichts geschehen ist?«

Es half nicht, dass dieser Mann schon oft überführt worden war, die Unwahrheit zu sagen.

Gemeinsam gingen sie zu Nathusius. Auch der Vize sah keine Möglichkeit, die Information zu verwerten. Allerdings lobte er Lüder für den Fahndungserfolg.

Lüder versuchte, LSD zu erreichen. Der Journalist rief eine halbe Stunde später zurück.

»Das is ja 'n Ding«, begann Dittert. »Mann, da hab ich aber Sott gehabt.«

»Wovon sprechen Sie?«

»Von der Sache mit dem US-Heini. Ich war ja richtig sauer, dass Sie mich daran gehindert haben, die Story groß rauszubringen. Die hat mir Tobias Spackel vor der Nase weggeschnappt.«

»Sind Sie immer noch verärgert?«

»Ich hab Dusel gehabt.«

»Ganz Deutschland lacht über die Zeitungsente auf der Titelseite. Hat Spackel dafür einen Rüffel bekommen?«

»Einen Rüffel?« Dittert lachte meckernd. »Der ist gefeuert. Fristlos. Der kann jetzt bei McDoof Frikadellen braten. Als Journalist ist der erledigt. Den nimmt nicht einmal mehr die Rentner-Bravo.«

»Vergessen Sie nicht, wem Sie das verdanken«, sagte Lüder.

»Sie hätten es ja sagen können.«

»Hätten Sie mir geglaubt?«

Dittert zögerte mit der Antwort. »Nee«, sagte er schließlich.

Mir hat niemand geglaubt, dachte Lüder. »Sie sind mir etwas schuldig«, sagte er laut.

»Ich?«

»Natürlich. Wer hat Ihnen zugeflüstert, dass Sie am Sonntag mit der motorisierten Luftmatratze vor dem Haus auftauchen sollten?«

»Ich verrate keine Informanten.«

»Okay. Dann löschen Sie sofort meine Telefonnummer in Ihrer Adressliste.«

»Mensch – Lüders. Sie bringen mich in eine vertrackte Lage.«

»Darin befinden sich derzeit viele Leute.«

»Ich habe nicht selbst mit dem Anrufer gesprochen.«

»Sie wissen aber, wer das war?«

»Nicht direkt. Das war ein Unbekannter. Er hat auch keinen Namen oder sonst etwas genannt. Nix.«

»Was hat er gesagt?«

»Er hat hinterlassen, dass es an dem Abend interessante Bilder zu sehen gäbe. Wir sollten eine gute Kameraausrüstung mitnehmen. Bevor Sie jetzt weiterbohren: Nein. Der Anrufer hat nicht gesagt, um welche Art von Bildern es sich handle.«

»Und bei so vagen Andeutungen machen Sie sich auf den Weg? Bei solchem Wetter?«

»Ach, wissen Sie, uns ergeht es so ähnlich wie Ihnen. Nicht jeder Tipp ist ein heißes Ding.«

»Hat der Anrufer eine Uhrzeit genannt?«

»Nicht genau. Es war eine Zeitspanne, in der es interessant werden sollte. Was ist nun? Sie sind dran, mir etwas Brauchbares zu erzählen.«

Lüder riet LSD, künftig vorsichtiger zu sein. Er wisse ja, dass der Präsident kritisch im Umgang mit den Medien war und ihnen oft Lügen vorwarf.

»Oh – das können Sie laut sagen. Ich will hier gar nicht aufzählen, wie man in den Vereinigten Staaten über uns hergefallen ist.«

»Holen Sie erst einmal tief Luft und berichten Sie in den nächsten Wochen über Automatenaufbrüche in Eimsbüttel«, empfahl Lüder und legte auf.

Seine Gedanken kehrten zu dem Festrumpf-Schlauchboot

zurück. Niemand hatte dem mexikanischen Profikiller unterstellt, dass er ungeschickt war. Er hatte sich von Amerika bis Timmendorfer Strand durchgeschlagen und dabei gezeigt, dass er auch vor brutaler Gewalt nicht zurückschreckte. Ihm war zuzutrauen, dass er die Adresse der Unterkunft seines potenziellen Opfers herausfinden und das Terrain sondieren würde. Mit diesen Erkenntnissen würde er auch die Möglichkeit, das Attentat auszuführen, geprüft haben und zu dem Schluss gekommen sein, dass es seeseitig am besten war. Aber weshalb hatte man bei Gutiérrez kein Seewasser feststellen können? Die These, dass er sich wasserdicht gekleidet hatte, fiel aus. Dazu hätte er einkaufen müssen. Außerdem wäre er nicht regennass am Strand aufgefunden worden. Jedenfalls hatte Gutiérrez auf das geplante Ziel geschossen und seinen Auftrag erledigt. Dass er das Double erwischt hatte, konnte er ebenso wenig ahnen, wie Lüder es von der Strandpromenade aus erkannt hatte.

Es war eine willkommene Abwechslung für Lüder, dass sich der ältere Hauptkommissar vom Lübecker Hauptbahnhof meldete.
»Haben Sie inzwischen einen Englischkurs absolviert?«, fragte Lüder und lachte.
»Eigentlich spreche ich es ganz passabel. Es reicht zumindest für den Dienstalltag. Aber wenn hier arrogante FBI-Leute aufkreuzen, bin ich so geschockt, dass ich alles vergesse. Haben Sie es schon gehört?«
»Was?«
»Die Sache mit Hong Bin.«
»Sie meinen den Koreaner Lee?«
»Der heißt richtig Pak Yong-jo und stammt aus Nordkorea. Sein Pass ist gefälscht. Ha! Da hatte ich doch recht. Das BKA hat herausgefunden, dass Yong-jo im Auftrag seines Landes unterwegs war, um sich nach Renditeobjekten umzusehen.«
»Die leben doch einen Steinzeitkommunismus in Nordkorea.«
»Das hindert sie aber nicht daran, in kapitalistischer Manier Ausschau nach Geldquellen zu halten, die ihnen Devisen einbringen. Die kratzen händeringend jeden Dollar und jeden Euro

zusammen, um dringend benötigte Dinge auf dem Weltmarkt einzukaufen.« Der Bundespolizist erwies sich als gut informiert. »Das Ganze geschieht über Scheinfirmen und Strohmänner.«

»Logisch, dass das nicht publik werden soll. Es würde sofort die Amerikaner auf den Plan rufen, die Nordkorea mit einem umfassenden Boykott belegt haben. Was ist mit der Waffe, die bei ihm sichergestellt wurde?«

»Die ist natürlich illegal. Aber belangt wird er dafür nicht.«

»Weshalb?«

»Hong Bin hat plötzlich einen Diplomatenpass aus dem Hut gezaubert«, sagte der Bundespolizist. »Jetzt wird er abgeschoben. Das ist alles.«

»Woher haben Sie Ihr Wissen?«

»Vom BKA. Timmerloh heißt der Mann.«

Lüder bedankte sich.

Weshalb hatte Timmerloh das nicht auch an die Kieler Polizei weitergegeben? Der Föderalismus und der damit verbundene Futterneid unter den Behörden trieben manchmal seltsame Blüten.

Lüder war freudig überrascht, als am späten Abend ein Kurier auftauchte und Margit ein Expresspaket aus den Vereinigten Staaten aushändigte. Man konnte nur staunen, wie schnell man heute etwas um die halbe Welt versenden konnte. Er hatte Margit im Vorwege informiert.

Sie rief ihn auf der Dienststelle an und beklagte sich: »Das kostet ein halbes Vermögen. Für diesen Preis hätten wir beide in die Staaten fliegen und es persönlich abholen können.«

NEUN

Am nächsten Morgen führte ihn sein erster Weg erneut zum Kriminaltechnischen Institut. Frau Dr. Braun sah ihn überrascht an.

»Sie verlangen nicht schon wieder eine Vorzugsbehandlung?« Dann zeigte sie auf den für Lüder nicht einsehbaren Bildschirm. »Haben Sie eine Vorstellung davon, wie viel wir zu erledigen haben? Es sind nicht nur die Aufgaben aus unserem Land, wir bekommen auch zunehmend Anfragen aus anderen Bundesländern.« Sie nahm ihre Brille ab.

Lüder lächelte gewinnend. »Das ist Ihr Verschulden. Und das Ihrer Mitarbeiter.«

Frau Dr. Braun musterte ihn irritiert.

»Sie haben sich einen legendären Ruf über Schleswig-Holstein hinaus erworben. Da ist es nicht verwunderlich, dass Ihre Expertise gefragt ist.«

Frau Dr. Braun winkte ab. »Die Finanzministerin möchte sehr gern, dass wir vermehrt Fremdaufträge ausführen, die man liquidieren kann. Im Gegenzug wird die Personaldecke immer weiter ausgedünnt.«

»Ich habe noch ein richtiges Abitur gemacht«, sagte Lüder. »Mit Chemie und Physik bis zum Ende. Ich könnte Ihnen helfen.«

»Sie und Naturwissenschaften? Sie sind doch Jurist. Das zeigt sich immer wieder. Nach acht Semestern haben Sie das Staatsexamen als Quälgeist absolviert. Was haben Sie heute auf dem Herzen?«

Lüder berichtete von der Idee, nachzuweisen, wer das Opfer in Timmendorfer Strand war. »Ein Double des US-Präsidenten.«

Frau Dr. Braun hörte gebannt zu. »Wie sind Sie auf die Idee gekommen, sich auf solch abenteuerliche Weise Vergleichsmaterial zu beschaffen?«

»Och«, wehrte er ab. »Juristen studieren ja nicht. Die sitzen ihre Zeit beim Repetitor ab. Da hört man so etwas.«

Die Wissenschaftlerin stieß einen Stoßseufzer aus. »Das ist aber das letzte Mal.«

»Ganz bestimmt«, versicherte Lüder. »Ich werde auch überall kundtun, dass Sie Wunder wirken können. Nirgendwo sonst wird man so schnell und perfekt bedient.«

»Wenn Sie unseren kleinen Deal öffentlich kundtun, dann …« Die Folgen ließ Frau Dr. Braun unausgesprochen.

Sein nächster Weg führte ihn ins Geschäftszimmer.

»Sie werden sehnsüchtig erwartet«, sagte Edith Beyer zu Begrüßung. »Es ist Besuch für Sie da.«

»Für mich?«

»Zwei Herren. Einer vom BKA, der andere ist ein Amerikaner.«

Lüder zeigte auf die geschlossene Tür zum Büro des Abteilungsleiters. »Sind sie da drinnen?«

»Nein. Die wollten ausdrücklich mit Ihnen sprechen. Nur mit Ihnen. Ich habe sie mit Friedjof in die Kantine geschickt.«

Lüder lachte. »Sie sind genial. Können Sie Friedjof anmorsen, dass er die beiden Figuren zu mir ins Büro bringt?«

»Mach ich.«

Nach zehn Minuten tauchte Friedjof auf. »Moin, Herr Kriminalrater. Hier sind zwei, die unbedingt zu dir wollen.«

»Danke, Friedhof. Viele Grüße an Franzi.«

Friedjof strahlte. »Mach ich.«

Timmerloh und Gallardo nahmen auf den Besucherstühlen Platz.

»Was ist das für ein komischer Vogel?«, eröffnete Timmerloh das Gespräch und bohrte demonstrativ im Gehörgang. »Der hat unentwegt über Fußball gesprochen. Ausschließlich. Und dann über Holstein Kiel. Wer ist das überhaupt?«

»Der deutsche Fußballmeister.«

»Das wüsste ich aber«, erwiderte Timmerloh.

»Nun gut. Nicht aktuell. Das war 1912, als Kiel im Stadion Hoheluft in Hamburg gegen Karlsruhe gewann.«

»Das ist über einhundert Jahre her. Wen interessiert das noch?«

»Meinen Freund Friedjof.«

Timmerloh warf seinem Begleiter einen kurzen Seitenblick zu. »Unser amerikanischer Partner konnte dem Gespräch nicht folgen. Spricht Ihr Mitarbeiter etwa kein Englisch?«

»He snackt Platt, awer dat kümmt vun Harten.«

»Bitte?«, fragte Timmerloh.

»Sehen Sie. Nicht jeder versteht alles. Und was mich betrifft: Ich bin gerade dabei, das zu verstehen, was in Timmerndorfer Strand passiert ist.«

»Deshalb sind wir hier«, sagte Timmerloh.

»Wollen Sie Ihren nächsten Erpressungsversuch starten?«

Timmerloh winkte ab. »Es hat viel Aufregung um den Besuch des Präsidenten gegeben. Vielleicht war die Zeit für Vorbereitungen zu knapp bemessen. Da lagen überall die Nerven blank. Sie können nicht leugnen, dass das auch bei Ihnen der Fall war.«

Lüder lehnte sich entspannt zurück. »Es gab Animositäten, namentlich zwischen den Amerikanern und der Landespolizei.«

»Das sind Profis, die zum Wohle Ihres Präsidenten wirken«, gab Timmerloh zu bedenken.

»Nichts anderes war unser Ansinnen.«

»Ich muss Ihnen nicht erklären, dass es sich hier um die wohl meistgefährdete Persönlichkeit der Welt handelt. Die Gefährdungsanalyse hat ergeben, dass es eine Reihe potenzieller Attentäter gab.«

»Einer hat es schließlich geschafft. Ich bezweifle nicht, dass Rodrigo Gutiérrez ein brandgefährlicher Profikiller war.«

»War?« Timmerloh zog eine Augenbraue in die Höhe.

»Nun spielen Sie nicht den Ahnungslosen. Gutiérrez wurde am Strand von Scharbeutz hingerichtet.«

Timmerloh zuckte mit den Schultern, während Gallardo keine Miene verzog. »In Deutschland gibt es pro Jahr etwa tausendfünfhundert vollendete Tötungsdelikte, davon vierhundert Morde.«

»Das ist die Anzahl, die uns im Werbefernsehen wöchentlich präsentiert wird. Gutiérrez wurde erschossen. Seine Hände abgehackt. Wir haben ihn seit seinem Grenzübertritt von Polen aus fieberhaft gesucht. Auch das BKA war aktiv. Sie haben ihn aber nicht finden können. Da waren die Amerikaner vermutlich schneller.«

Gallardo fuhr wütend in die Höhe. »Was soll das heißen?«

»Es liegt auf der Hand«, antwortete Lüder gelassen. »Nach dem missglückten Attentat, bei dem irrtümlich das Double des Präsidenten erschossen wurde, waren das FBI oder der Secret Service schneller, haben Gutiérrez gestellt und kurzerhand hingerichtet.«

»Hüten Sie sich, solche Lügen zu verbreiten«, schimpfte Gallardo. »Das könnte zu schweren diplomatischen Zerwürfnissen führen, wenn Sie unterstellen, wir oder der Secret Service seien Mörder.«

»Die Untersuchungen sind noch nicht abgeschlossen.« Lüder sah Gallardo an. »Können wir auf Ihre Mithilfe rechnen?«

»Kommen Sie nicht allein zurecht?«, fragte Gallardo höhnisch.

»Doch. Aber das ist aufwendiger. Sie könnten uns zum Beispiel die Namen und die DNA der Mitarbeiter der Sicherheitsdienste geben, die zum betreffenden Zeitpunkt im Haus anwesend waren.«

Gallardo lachte laut auf. »Womöglich wollen Sie die des Präsidenten auch haben?«

Lüder lächelte herablassend. Nicht nötig, dachte er. Die haben wir schon.

»Es ist ein Grundsatz Amerikas, seine Bürger zu schützen, insbesondere jene, die mit ganzem Einsatz für ihr Land stehen. Niemals!« Gallardo sah Lüder aus schmalen Sehschlitzen an. »Was wollen Sie damit?«

»Den oder die Mörder von Gutiérrez überführen. Ich zweifle nicht daran, dass Gutiérrez ein weltweit gesuchter gefährlicher Verbrecher war. Trotzdem ist es strafbar, ihn kaltblütig zu ermorden.«

»Und wenn es die Deutschen waren?«, erwiderte Gallardo.

»Das vereinfacht die Sache für Sie. Die haben keine Arbeit. Sie müssen sich nicht herauswinden, wenn Sie ihn nicht an die USA ausliefern. Europäer sind so gestrickt. Weshalb hat man zum Beispiel den Hochverräter Julian Assange noch nicht ausgeliefert?«

Lüder ersparte sich eine Antwort.

»Wir hätten gegen Gutiérrez ermittelt, unter anderem wegen Mordes.«

Gallardo verdrehte die Augen. »Herrje noch mal. Der Killer hat in Deutschland doch niemanden umgebracht.«

»Doch.«

»Wen denn?«

»Das Präsidentendouble.«

»Das was?«

Lüder wiederholte es.

Gallardo drehte sich zu Timmerloh um. »Ist der Kerl total übergeschnappt? Ein Double? Unser Präsident ist einzigartig. Und jetzt sagt dieser kranke Mensch, es gäbe ein Double?«

»Berühmte Leute müssen akzeptieren, dass sie im Fokus der Öffentlichkeit stehen und auch Zielscheibe von Kabarettisten werden. Ich glaube, niemand hat den Überblick, in welchem Maße der Präsident davon betroffen ist. Es geht nicht nur um sein abstruses Gehabe …«

»Ich protestiere«, rief Gallardo dazwischen.

»… sondern auch um sein Auftreten, seine Mimik, seine Sprache. Das hat man sich im Weißen Haus zunutze gemacht und ein Double engagiert.«

»Zu welchem Zweck?«

»Wenn es nur um Bilder geht, also ohne dass Statements abgegeben werden, reicht eine Kopie. Das Double könnte aber auch als Stuntman eingesetzt werden, wenn es um gefährliche Situationen geht.«

»Oh. Sie behaupten, wir würden Menschen sehenden Auges in Gefahr bringen?«

»Das traue ich Ihnen zu.«

»Das ist eine Beleidigung gegen mich und alle Kollegen, die sich für die Sicherheit des Präsidenten einsetzen.«

»Eben nicht. Sie unternehmen alles, um Ihren Schutzbefohlenen abzuschirmen.«

Erneute wandte sich Gallardo Timmerloh zu. »Karsten. Müssen wir uns den Schwachsinn dieses kranken Gehirns noch weiter anhören?«

»Ich habe nicht um dieses Gespräch gebeten. Sie beide sind hier, um mich zu beeinflussen. Sie, Timmerloh, versuchen es nicht zum ersten Mal. Ich frage mich, weshalb Sie so erpicht darauf sind. Ich stimme mit Ihnen überein, dass Gutiérrez beim Versuch, den Präsidenten zu ermorden, den Falschen erwischt hat. Ich bin ja auch darauf hereingefallen. Mich haben zwei Dinge stutzig gemacht. Das Opfer auf dem Balkon hat geraucht. Der Präsident ist Nichtraucher. Außerdem hätten die Personenschützer es nie zugelassen, dass der richtige Präsident allein und ungeschützt auf den Balkon hinaustritt. Und man hat lange gezögert, bevor man das vermeintliche Attentat dementierte.«

»Sollen wir auf jeden Schwachsinn, der verbreitet wird, sofort reagieren?«, fragte Gallardo.

Lüder unterdrückte es, zu antworten, dass man dann jede Äußerung des Präsidenten sofort widerrufen müsste.

»Ich warne Sie. Verbreiten Sie Ihre unerträglichen Lügen von diesem angeblichen Mord nicht weiter.«

»Ich kann nicht für die Presse sprechen. Wenn die von dem Double erfährt, wird sie darüber berichten. Das wird eine Sensationsmeldung.«

Timmerloh räusperte sich. »Wollen Sie andeuten, dass Sie etwas an die Presse geben wollen?«

»Ich weiß, was ich meinen Dienstpflichten schuldig bin. Dienstgeheimnisse und Ermittlungsergebnisse unterliegen der Schweigepflicht. Bei mir wird nichts durchgestochen.« Lüder sah Gallardo an. »Sie können inzwischen überlegen, wie der Name Fred Redman ins Gerede gekommen ist.«

Gallardo wurde schlagartig blass. Dann puterrot. Er schluckte heftig.

»Wer soll das sein?«, fragte Timmerloh, dem diese Reaktion auch nicht entgangen war.

»Das ist der Name des Schauspielers, der als Präsidentendouble engagiert wurde. Es ist ein unglücklicher Umstand, dass er auf den Balkon trat und von Gutiérrez erschossen wurde.«

Gallardo rang nach Luft. »Es ist unfassbar, was ich mir hier anhören muss. Wir werden alles unternehmen, dass diese Lügengeschichten unterbunden und Sie zur Rechenschaft gezogen werden. Das wird Konsequenzen für Sie haben. Ernsthafte«, bekräftigte der FBI-Mann.

Lüder lächelte überlegen. »So? Wie für Whistleblower wie Chelsea, vormals Bradley Manning oder Edward Snowden, denen im so liberalen Amerika sogar die Todesstrafe droht, wenn sie von Verbrechen des Staates in der Öffentlichkeit berichten?«

»Das sind Landesverräter. Auch in Deutschland wird Hochverrat bestraft«, schrie Gallardo aufgebracht.

Timmerloh legte ihm beruhigend eine Hand auf den Unterarm und wisperte: »Pssst!«

»Anhand der Kriterien, die ich hier aufgezählt habe, sehen Sie, dass wir unsere Hausaufgaben gemacht haben. Sonst hätte ich Ihnen nicht Redman nennen können. Es ist unbestritten, dass der Mann ermordet wurde. Und auch Gutiérrez wurde ermordet. Wir haben zwei Tötungsdelikte. Wollen Sie erklären, dass diese nicht weiterverfolgt werden sollen?«, fragte Lüder Timmerloh und deutete an, er würde zum Telefon greifen. »Dann rufe ich jetzt den Staatsanwalt an und teile ihm mit, dass er ein Ermittlungsverfahren gegen Sie nach Paragraf 258 a Strafgesetzbuch einleiten soll. Wollen Sie wirklich eine Verfolgungsvereitelung bewirken und mich oder andere von Strafverfolgungsmaßnahmen abhalten?« Lüder hatte bewusst Juristendeutsch benutzt.

»Um Gottes willen«, bekundete der BKA-Beamte. »Es fehlt aber jeglicher Beweis für Ihre Theorie. Wenn dort wirklich jemand erschossen wurde – ich betone ausdrücklich: *wenn* –, dann müsste eine Leiche vorhanden sein.«

»Wir sind uns einig, dass das FBI und der Secret Service über hervorragend ausgebildete und geschulte Mitarbeiter verfügen. Es sind die besten.« Lüder streckte den Daumen in die Höhe und hielt ihn Gallardo hin. »Die haben den Leichnam diskret entsorgt. Dazu haben sie einen Van benutzt und den Toten ins Generalkonsulat nach Hamburg gebracht.«

»Woher wollen Sie das wissen?«, fragte Timmerloh.

»Ich werde hier keine Details einer laufenden Ermittlung ausbreiten. Schon gar nicht in Gegenwart von unbefugten Zuhörern. Im Übrigen – ich muss meine Lobeshymne auf das FBI von vorhin revidieren. Der Secret Service hat viel Erfahrung darin, die benutzten Räumlichkeiten nach dem Aufenthalt einer hochgestellten Persönlichkeit klinisch rein zu säubern. Fast.«

»Was heißt ›fast‹?«, rief Gallardo dazwischen.

Lüder lächelte überheblich. »Die von Ihnen geschmähte Landpolizei hat Spuren gefunden. Und in Lübeck, als Sie rechtswidrig den möglichen Attentäter Lee aus dem Polizeigewahrsam mitnehmen wollten, haben Sie sich auch nicht mit Ruhm bekleckert.« Lüder zeigte auf Timmerloh. »Wir haben in diesem Zusammenhang noch einen offenen Punkt. Woher wussten die Amerikaner von Lee? Das am Rande zum Thema Dienstgeheimnis.« Dann musterte er Gallardo. »Was hätten Sie mit Pak Yong-jo alias Lee angestellt? Verstößt das gegen Embargovorschriften, wenn die Nordkoreaner ein Renditeobjekt zur Devisenbeschaffung erwerben?«

Gallardo sprang auf. »Hüten Sie sich, ein Wort Ihres Lügengespinstes zu verbreiten. Diese Geschichte wird nicht ohne Auswirkungen auf das Verhältnis unserer beiden Länder bleiben. Der Botschafter wird beim Auswärtigen Amt vorstellig werden.«

»Ihr Botschafter in Berlin hat schon öfter herumgepoltert und wollte der Bundesrepublik Vorschriften machen. Aber das sind Themen, die nicht hierhergehören und die wir in diesem Kreis nicht erörtern werden. Mich interessiert nur die Verfolgung von Straftaten. Und daran wird mich niemand hindern. Oder?«

Lüder sah Timmerloh mit einem provozierenden Blick an. Der BKA-Beamte zog es vor, zu schweigen.

»Wir sehen uns wieder«, drohte Gallardo beim Hinausgehen. Timmerloh folgte ihm grußlos.

War es richtig, die beiden mit dem Namen des Doubles zu konfrontieren? Es hatte Wirkung gezeigt. Lüder konnte sich vorstellen, dass jetzt hinter den Kulissen fieberhafte Aktivitäten vonstattengingen. Die Amerikaner würden sich auf die Suche nach dem Maulwurf begeben, der den deutschen Behörden den Hinweis auf Redman gegeben hatte. Sie konnten sich auch zusammenreimen, dass die Deutschen vom Tod des Präsiden-

tendarstellers wussten und von der Methode, die Leiche bei-
seitezuschaffen. Das Wissen nutzte den Kielern nichts, da keine
Beweise vorlagen, glaubten die Amerikaner. Lüder hatte aber
vom Ergebnis der Spurensicherung gesprochen. Da Timmerloh
ahnungslos war, konzentrierte sich das Detailwissen bei Lüder.
Er war damit gefährlich für die Amerikaner. Wirklich? Wie weit
würden sie gehen, um dieses Risiko zu eliminieren? Bisher waren
weder Appelle noch Drohungen wirkungsvoll gewesen. Am Beispiel der Entführung des kleinen Erkan Nefer hatte sich gezeigt,
dass die Amerikaner nicht zimperlich waren.

Lüder plagten Selbstzweifel. Sollte er mit Nathusius und Jens
Starke sprechen? Oder würde man ihn abziehen, um keinen internationalen Konflikt heraufzubeschwören? Mit Jochen Nathusius
arbeitete er schon viele Jahre zusammen. Der Vize könnte auch
aus Sorge um Lüder auf seine Fürsorgepflicht verweisen und die
Ermittlungen anders strukturieren. Das wollte Lüder nicht.

Er verließ sein Büro und suchte das Kriminaltechnische Institut auf. Es war erfreulich, dass die Analyse der »Schmusedecke«
abgeschlossen war. Der Forensiker, ein schmächtiger Mann mit
Glatze und Nickelbrille, lachte.

»Ein tolles Ergebnis. Wie haben Sie das herausgefunden, dass
Linus von den Peanuts, eingehüllt in seine Schmusedecke, auf
dem Balkon in Timmendorfer Strand geraucht hat?«

»Die DNA der Zigarettenkippe stimmt mit der aus der Decke
überein?«, fragte Lüder sicherheitshalber noch einmal nach.

»Einhundertprozentig. Und wenn Sie den Besitzer der Decke
belangen möchten – dazu gibt es hinreichend Gründe. Was wir
alles in der Decke gefunden haben … Das kann man mit ›ekel-
haft‹ nur minimal beschreiben.«

Das war der nächste Baustein, der Lüders Theorie stützte.
Jetzt lagen auch gerichtsfeste Beweise vor. Er war überzeugt,
dass die Gegenseite viele erfahrene Anwälte aufbieten würde, um
die Art der Beschaffung und die Übereinstimmung der Analyse
in Zweifel zu ziehen. Man würde den deutschen Behörden oder
gar ihm persönlich Manipulation vorwerfen. Und wie könnte
man beweisen, dass es sich um Redmans DNA handelte? Amts-

hilfe aus den USA würden sie nicht erhalten. Wie konnte man zudem nachweisen, dass Redman überhaupt nach Deutschland eingereist war? Für die Passagiere der Air Force One waren keine Einreiseformalitäten durchgeführt worden.

Lüder nahm Kontakt zur Bundespolizei am Hamburg Airport Helmut Schmidt auf und fragte nach, ob es dort eine Videoüberwachung gab.

»Selbstverständlich«, bestätigte der Wachhabende. »Aber die Air Force One ist zu einem Bereich geleitet worden, an dem es die Überwachung nicht gab. Das war eine ausdrückliche Forderung der Amerikaner. Dem haben wir entsprochen.«

Das war Pech. So konnte man nicht nachweisen, dass »zwei Präsidenten« der Maschine entstiegen waren.

Noch etwas beschäftigte Lüder. Der US-Präsident war jetzt irgendwo auf der Welt. Lüder hatte den Überblick verloren. Weilte er noch in England? Das war unerheblich. Weshalb hielt sich Gallardo noch in Deutschland auf und war nicht in der Nähe seines Schutzbefohlenen? Waren die anderen beiden Sicherheitskräfte, Lance Ford und Pat O'Connor, auch noch vor Ort? Was war so wichtig, dass man den FBI-Agenten noch in Schleswig-Holstein agieren ließ, mit dem Auftrag, den Mord an Redman unbedingt zu vertuschen? Ging es darum, vor der Öffentlichkeit zu verbergen, dass man mit einem Double operierte? Es war ein unglücklicher Umstand, dass es ermordet worden war. Wenn man den Faden zynisch weiterspann, könnte man fast behaupten, Redman habe seine Aufgabe als Köder für den Attentäter erfüllt.

Die von den Amerikanern gepushte Meldung, das Attentat auf ihren Präsidenten sei ein Fake gewesen, war aus den Medien mittlerweile ebenso wieder verschwunden wie das öffentliche Interesse am Toten vom Scharbeutzer Strand. Nicht einmal Ditterts Boulevardblatt wärmte das Thema auf. Es überraschte Lüder nicht. Nach der groß aufgemachten Blamage wegen des Attentats kochte man das Thema auf kleiner Flamme. Heute wurden Leser davon in Kenntnis gesetzt, dass Opa Willi traurig war, weil er von seiner schmalen Rente seinen Enkelkindern keine Weihnachtsgeschenke kaufen konnte.

Das Thema »Attentat« war aber nur vordergründig untergegangen. Die Kieler Kripo ermittelte weiter in Sachen Kindesentführung. Der Fortschritt war mager. Obwohl Vollmers und sein Team jetzt offen agieren konnten, stießen sie auf handfeste Hindernisse. Man hatte Erkan Nefer im Beisein seiner Eltern befragt. Der Junge war aufgeweckt und fand es spannend, die Fragen der Polizei zu beantworten. Seine Auskünfte waren allerdings dürftig. Man hatte ihn gut abgeschirmt. Ein kleiner Lichtblick war, dass er sich erinnerte, dass ihm zufällig auf dem Weg ein Mann begegnete, der eine Waffe trug. »Wie James Bond. Echt cool«, hatte Erkan erzählt. Seinen Schilderungen nach trug der Mann die Waffe in einem Holster, ähnlich einem Cowboy.

Hauptkommissar Vollmers erzielte noch einen kleinen Erfolg, als er nach den Räumlichkeiten fragte.

»Geil«, hatte Erkan spontan geantwortet. »Da müssen reiche Leute wohnen. Ziemlich hohe Decken. Aber viel habe ich nicht mitgekriegt.«

Plötzlich erinnerte der Junge sich, dass dort tagsüber mehrfach ein komisches Geräusch ertönte. So etwas hatte er vorher noch nicht gehört. Ein Pfeifen. Man spielte ihm verschiedene Geräusche vor.

»So ähnlich«, sagte Erkan, als das Tuten eines Schiffes ertönte.

Hatte man den Jungen in Hafennähe festgehalten?

Lüder fuhr zur »Blume«, wie das Gebäude der Bezirkskriminalinspektion in der Blumenstraße von Einheimischen genannt wurde. Dort spielte Vollmers das Geräusch vor. Es klang in der Tat wie ein altes Dampferhorn. Oder wie das Signal einer Dampflokomotive.

»So etwas gibt es heute nicht mehr«, meinte Vollmers. »Andererseits hat der Junge unsere Fragen sehr präzise beantwortet. Ich glaube ihm, wenn er behauptet, solche Töne gehört zu haben.«

Lüder ließ es sich noch einmal vorspielen. »Das Tuten kenne ich«, sagte er. »Wir haben mit der Familie einen Ausflug nach Hamburg gemacht. Dazu gehört auch eine Fahrt auf der Alster. Ab Jungfernstieg gibt es verschiedene Angebote, darunter auch eine Rundfahrt mit dem ältesten Dampfschiff Deutschlands. Die ›St. Georg‹ aus dem Jahr 1876 schippert noch heute über die Alster. Zur Freude der Fahrgäste und der Besucher an der Alster lässt der Kapitän gelegentlich die Dampftute ertönen. Das hört sich so an.«

»Das heißt …«, setzte Vollmers an.

»… Erkan wurde in Hamburg an der Alster festgehalten. Dort hat er das Tuten des Dampfers gehört«, vollendete Lüder den Satz. »Und dort liegt das amerikanische Generalkonsulat.«

»Das bestätigt unsere Theorie.« Vollmers rieb sich die Hände. »Aber es sind keine Beweise, die wir vor Gericht anbringen können.«

»Gegen Ihre Ermittlungen werden sich auch einflussreiche Kreise stemmen. Es kommt der Politik ungelegen, wenn publik wird, dass offizielle amerikanische Stellen ein Kind entführt und als Druckmittel eingesetzt haben. Man wird argumentieren, dass es einem guten Zweck diente.«

Vollmers lachte bitter auf. »Guter Zweck. Ich erinnere an den Fall des stellvertretenden Frankfurter Polizeipräsidenten, der dem Entführer des Bankierssohnes die Anwendung unmittelbaren Zwangs angedroht hatte, weil der Täter nicht bereit war, den Aufenthaltsort des Kindes preiszugeben. Es ging um das Wohl des Opfers, wenn nicht gar um dessen Leben. Das rechtfertigt aber nicht die Androhung von Schmerzen, entschied später ein Gericht und verurteilte den Polizisten.«

»Wer kann ausschließen, dass manchmal mit zweierlei Maß gemessen wird?«

Vollmers antwortete mit einem hilflosen Achselzucken.

Lüder kehrte zum LKA zurück. Dort erwartete ihn die nächste Überraschung.

»Man erwartet dich in Timmendorfer Strand«, begrüßte ihn Jens Starke.

»Mich? Wer?«

»Ein Amerikaner.«

Lüder legte die flache Hand zwischen Nase und Oberlippe.

»Von denen habe ich genug. Es ist immer der gleiche Tenor. Man versucht über die verschiedensten Wege, mich zu beeinflussen und von mir das Eingeständnis zu erlangen, dass ich mich geirrt habe.«

»Du solltest trotzdem hinfahren.«

»Wo wollen die mich treffen? An der Stelle, an der sie Gutiérrez hingerichtet haben?«

»Treffpunkt ist ein Restaurant an der Strandpromenade«, sagte Jens Starke und nannte den Namen des Hotels.

»Das kenne ich«, erwiderte Lüder. »Es liegt gegenüber dem Rathaus. Das Gourmetrestaurant genießt einen exzellenten Ruf. Und dort erwartet man mich?«

Dr. Starke nickte.

Lüder machte sich auf den Weg an die Ostsee und rief von unterwegs zu Hause an. Dort war alles in Ordnung, versicherte Margit. Lüder freute sich, dass ihre Stimme munter klang. Das war ein positives Zeichen.

Vorhin hatte er Gedanken zur Schnelllebigkeit der Zeit angestellt. Weshalb agierten die Amerikaner nicht entsprechend? Ihnen musste doch klar sein, dass trotz der möglichen Intervention auf diplomatischer Ebene die örtlichen Behörden im Mordfall Gutiérrez weiterermitteln würden. Sie konnten sich auch denken, dass die Deutschen einen Zusammenhang herstellten und die Amerikaner als mögliche Täter in Betracht zogen. Aber es gab keine Beweise. Zudem gab es weder Zeugen noch verwertbare Spuren. Auch die Tatwaffe trug eher zur Verwirrung als zur Aufklärung bei. Die Amerikaner waren Profis. Sie wussten, wie man Spuren vermied.

Es war schwierig, in der Strandallee einen Parkplatz zu finden. Die Fläche vor dem Hotel war belegt. Lüder stellte den BMW vor dem Rathaus ab.

Das weiße Haus war ein architektonischer Hingucker. Schon wieder ein weißes Haus, dachte Lüder. In einem solchen hatte der Besucher übernachtet. Sein Double war dort erschossen worden. Und wenn man böse dachte, konnte man vermuten, dass das ganze Übel im Weißen Haus in Washington seine Wurzeln hatte.

Zum Eingang führten ein paar Stufen hinab. Statt eines Tresens, der oft als Barriere empfunden wurde, füllte ein moderner Schreibtisch das Foyer. Im Hintergrund sah Lüder eine Sesselgruppe, die vor einem behaglich brennenden Kamin gruppiert war.

Das Interieur war von unaufdringlicher Eleganz. An der Rezeption fragte ein korrekt gekleideter Mann nach seinen Wünschen und bedauerte, dass das Restaurant leider ausgebucht sei. Als Lüder seinen Namen nannte und anfügte, dass er erwartet wurde, wies ihm der Empfangschef den Weg.

Die Treppe führte ihn eine Etage empor. Als er durch eine Glastür das Restaurant betrat, löste sich ein Mann von der Wand und baute sich vor ihm auf. Er trug einen eng sitzenden Anzug. Darunter wölbte sich die Pistole. Im Ohr steckte ein Knopf, der über ein Spiralkabel mit einem Sender verbunden war, der vermutlich am Gürtel befestigt war. Der durchtrainierte Mann hatte die Statur eines Personenschützers, wie sie Hollywood nicht besser hätte in Szene setzen können. Er tastete Lüder professionell ab und zuckte sofort zurück, als er Lüders Dienstwaffe fühlte. An einem Tisch saßen noch zwei weitere Männer seines Kalibers. Einer war bei Lüders Eintreten aufgestanden. Es war ein eingespieltes Team. Der zweite zauberte seine Waffe in die Hand und richtete sie auf Lüder. Der streckte seine Hände in Kopfhöhe und sagte beruhigend: »Alles okay. Ich bin Polizist.«

Er akzeptierte, dass man ihm die Waffe abnahm. Dann wurde er vom dritten Securitymann ins Restaurant begleitet.

Zwei Nischen waren die bevorzugten Plätze im Restaurant. Der Personenschützer führte ihn zu einem der runden Tische, an dem ein einzelner Mann saß. Er trug einen schlecht sitzenden braunen Anzug, ein unifarbenes Hemd und eine unpassend gemusterte Krawatte. Die lichten Haare standen vom Kopf ab. Das faltenreiche Gesicht wurde von einer Hornbrille dominiert, die Lüder an den Werbeslogan eines Optikers erinnerte: Ohne Zuzahlung. Brille zum Nulltarif.

Der Mann kam Lüder bekannt vor, auch wenn er ihn nicht zuordnen konnte.

»Hello, Mister Luder«, wurde er begrüßt. Es fehlten das »ü« und das »s«. Der Mann bat ihn, Platz zu nehmen, und zeigte auf einen freien Platz an seinem Tisch, ohne selbst aufzustehen. Lüder ließ einen Stuhl zwischen ihnen frei und setzte sich. »Schön, dass Sie da sind.«

Der Mann griff zum Brot, brach ein Stück ab und schob es sich in den Mund. Aus dem Hintergrund näherte sich der Kellner und blieb in angemessener Distanz stehen. Der Mann nickte in seine Richtung. »Das ist Tim. Ein guter Mann. Vertrauen Sie seinem Rat. Perfekt wie ein englischer Butler, aber nicht so überzogen distinguiert.« Er nickte dem Kellner freundlich zu, hob leicht das Glas in die Höhe und sagte: »Für meinen Gast das Gleiche.«

»Sorry, Sie haben sich noch nicht vorgestellt.«

Der Mann lächelte hintergründig. »Das kenne ich. Jeder hat mich schon einmal gesehen, aber mein Name fällt den Menschen dabei nicht ein. Lew Szymborsky.«

Es fiel Lüder wie Schuppen von den Augen. Szymborsky war einer der einflussreichsten Männer der Administration. Offiziell trat er als Sicherheitsberater des Präsidenten auf. Man munkelte, dass er hinter den Kulissen die Fäden zog und das Vertrauen des Ersten Mannes genoss. Das sollte etwas heißen. Der Präsident galt als schwierig im Umgang und misstrauisch gegenüber jedermann. Deshalb umgab er sich auch gern mit Familienangehörigen auf wichtigen Positionen. Szymborsky konnte ihm nicht gefährlich werden. Als gebürtiger Pole war es dem unscheinbaren Mann versagt, selbst das höchste Amt im Staat anzustreben. Weshalb war Szymborsky noch in Ostholstein? Sein Platz war in der Nähe des Präsidenten oder zumindest in der Regierungszentrale in Washington. Ein Fingerzeig dieses Mannes konnte Erdbeben auslösen. Und ausgerechnet der bat Lüder zu einem Gespräch, nachdem der Präsident Timmendorfer Strand schon vor zwei Tagen verlassen hatte.

Szymborsky schob sich das nächste Stück Brot in den Mund und zeigte mit dem Daumen über die Schulter. »Sie wundern sich, dass ich hier bin? Ich bin nicht allein. Da drüben sitzen noch welche aus Ihrer Hauptstadt.« Er zeigte den Anflug eines Grinsens, das fast verschwörerisch wirkte.

Lüder sah in die angegebene Richtung und hatte Mühe, sich ein Lächeln zu verkneifen. Dort saßen Sabine Wuschig und Richard von Ravenstein, der Vortragende Legationsrat aus dem Auswärtigen Amt.

»Die Dame wohnt in diesem angenehmen Hotel«, erklärte Szymborsky. »Sie möchte gern wissen, worüber wir miteinander sprechen. Mich würde interessieren, weshalb die beiden hohen Beamten nicht schon wieder in Berlin sind. Hier ist doch alles gelaufen. Fast«, fügte er an und unterbrach seine Ausführungen, als Tim ein Glas Crémant de Loire vor Lüder hinstellte.

Szymborsky prostete Lüder zu. »*Za twoje zdrowie.* Das ist aus der Heimat meiner Eltern und heißt: ›Auf deine Gesundheit.‹«

Lüder nahm einen Schluck. Das Getränk war perfekt temperiert und prickelte am Gaumen und nicht in der Nase.

Szymborsky hielt das Glas vor sich und besah sich nachdenklich den Inhalt. »*Za twoje zdrowie*«, wiederholte er nachdenklich. »Vielleicht kann man einem Menschen nicht mehr wünschen, ausgenommen uns allen Frieden.«

Lüder sah seinen Gesprächspartner an, ohne zu antworten.

»Der Wunsch nach dem allumfassenden Frieden wird sich wohl nie erfüllen. Immer wieder neu entfachen irgendwo auf der Erde Brände. Und wenn sie nicht gelöscht werden, lodert die ganze Welt.«

»In Europa haben wir seit einem Dreivierteljahrhundert Frieden«, entgegnete Lüder.

Sie wurden durch Tim abgelenkt, der das Amuse-Gueule brachte und erklärte: »Ein kleiner Gruß aus der Küche. Kartoffelküchle mit Lachstartar, Chilimayonnaise und gepopptem Sushi-Reis.«

Er wünschte guten Appetit und zog sich diskret zurück.

Szymborsky widmete sich dem Leckerbissen auf der Schieferplatte vor seiner Nase, als hätte er sein Thema vergessen. Dann verdrehte er die Augen. »Sie sind zwar kein Franzose, aber die

Deutschen verstehen auch etwas von Esskultur. Man hat mir dieses Haus empfohlen.«

»Weshalb sind Sie noch hier?«, fragte Lüder zwischen zwei Bissen.

Szymborsky spitzte die Lippen und leckte sich mit der Zunge darüber. »Deliziös.« Dann lächelte er. »Wir spielen mit vertauschten Rollen. Die Deutschen erklären die Dinge immer umständlich, beginnen bei Adam und Eva, und in jedem zweiten Satz entschuldigen oder begründen sie etwas, während wir Amerikaner es gleich auf den Punkt bringen. Haben Sie sich einmal gefragt, weshalb Sie so lange in Frieden leben konnten?«

Lüder wollte antworten, aber Szymborsky gebot ihm mit einer Handbewegung, zu schweigen.

»Wir haben Deutschland von der Naziherrschaft befreit und wieder in den Schoß der Völkergemeinschaft aufgenommen. Sie sollten nicht vergessen, dass wir es waren, die mit der Luftbrücke Berlin am Leben gehalten haben und auch später dafür Sorge trugen, dass die Stadt existieren konnte. Während des Kalten Krieges haben unsere Atomwaffen für ein Gleichgewicht gesorgt. Ohne diese Präsenz wäre Deutschland möglicherweise vom Warschauer Pakt überrollt worden. Es war schmerzhaft, dass wir dafür angefeindet wurden. Nicht nur in Europa, auch anderswo haben wir Amerikaner für Recht und Frieden gesorgt, mörderische Diktaturen gestürzt und das Gleichgewicht der Mächte ausbalanciert. Und was ist der Dank? In vielen Ländern werden wir verteufelt, man macht Jagd auf unsere Bürger, insbesondere auf unseren Ersten Bürger, unseren Präsidenten.« Szymborsky schlug sich leicht mit der Hand gegen die Stirn. »Kann man das verstehen? China hätte der Welt seine Wirtschaftsmacht aufgezwungen, hätte unser Präsident dem nicht Einhalt geboten. Sie sehen es selbst an der Medikamentenversorgung. Europa hat die Produktion leichtfertig nach China ausgelagert. Nun ist man von denen abhängig. Immer öfter gibt es Engpässe. Wer denkt an die Leidtragenden? Die Kranken, die nicht mehr versorgt werden können? Wer traut sich, Zahlen zu nennen von denen, die ohne Arzneien dem Tod geweiht sind?«

Lüder widersprach und verwies auf handfeste wirtschaftliche Interessen Amerikas.

Szymborsky tat es mit einer Handbewegung ab. »Ich kenne diese Argumente.«

Ihre Diskussion wurde unterbrochen. Tim brachte die Vorspeise – schottischer Hummer mit Karotte und Salzzitrone. Dazu entkorkte er eine Flasche neuseeländischen Weißwein, einen Marlborough Cloudy Bay Sauvignon Blanc. Lüders Tischnachbar setzte das Glas an, schloss die Augen und ließ den Wein im Mund kreisen. Mit glänzenden Augen bekundete er, dass der Wein perfekt sei. Für eine Weile herrschte Schweigen am Tisch. Die beiden Männer waren mit ihrem Essen beschäftigt. Nach dem letzten Bissen tupfte sich Szymborsky die Lippen ab und trank einen Schluck Wein.

»Möchten Sie mit den Verantwortlichen der Welt tauschen? Ich meine, mit den demokratisch Gewählten?«

»Nein«, bestätigte Lüder.

»Sie haben keine Vorstellung davon, wie viel Verantwortung auf deren Schultern lastet. Es gibt Neider, es gibt Besserwisser und schließlich jene, denen durch die Politik des Präsidenten Einhalt bei ihren dunklen Machenschaften geboten wird. Nur wenige erkennen an, was er für die Welt tut. Als jetzt die falsche Schreckensmeldung um die Erde kreiste, sind einige aufgewacht.«

Lüder hatte die Kommentare im Internet gelesen.

»Kritik ist ja erlaubt, aber das Lebenswerk dieses großartigen Mannes in den Schmutz zu ziehen, wird seinem Wirken nicht gerecht. Man sollte die Gegner in die richtigen Bahnen lenken«, sagte Szymborsky.

Genau das hörte man vom US-Präsidenten, der die Medien verurteilte und kritische Stimmen aus seiner näheren Umgebung mit einem Bann belegte. Ob der Mann Goethe kannte?, überlegte Lüder. Der Dichterfürst war Kritikern gegenüber auch nicht wohlgesinnt gewesen. Von ihm stammte der Satz: »Schlag ihn tot, den Hund. Er ist ein Rezensent.« Bin ich auch Kritiker? Man hat auf verschiedene Weise versucht, mich mundtot zu machen. Dieses Gespräch war ein erneuter Versuch.

»Ich bin mir nicht sicher, ob ich der richtige Ansprechpartner für Sie bin. Privat habe ich durchaus eine eigene politische Meinung. Hier sitze ich als Polizeibeamter, der zur Neutralität verpflichtet ist.« Lüder zeigte in Richtung des Tisches, an dem Sabine Wuschig und von Ravenstein saßen und ihn und den Amerikaner neugierig beäugten. »Dort sind Vertreter der Berliner Ministerien.«

»Die haben eine andere Sicht auf die Ereignisse an diesem Ort, der mir übrigens hervorragend gefällt. Genauso wie das Essen. Ahhh.«

Das galt dem Kellner, der die Hauptspeise servierte. Die beiden hatten sich für Heilbutt an Selleriepüree und saisonalem Gemüse entschieden. Tim schenkte auch den Wein nach.

»Mich interessieren die beiden Morde.«

»Zwei?« Es klang beiläufig, während Szymborsky die erste Gabelspitze des Heilbutts kostete und ein »*Wonderful*« hören ließ.

»Gutiérrez, den Mafiakiller, der angereist war, um ein Attentat auf Ihren Präsidenten zu verüben. Wie wir alle zunächst hat er sich aber geirrt und das Double erschossen.«

Szymborsky stach die Gabel in das Selleriepüree. Dann fragte er in der gleichen Tonlage: »Double?«

»Fred Redman aus Binghampton in Illinois, ein Schauspieler, der als Double engagiert wurde.«

Lüders Gesprächspartner aß etwas vom Gemüse, das auf den Punkt zubereitet war. Dann folgte ein Bissen Heilbutt. Er griff zum Glas und kostete den Wein. Nachdem er das Glas wieder abgesetzt hatte, sagte er unvermittelt: »Woher haben Sie diesen Namen?«

»Wir sind die Polizei und ermitteln professionell.«

»Das heißt aber nicht, dass Sie Zugang zu vertraulichen amerikanischen Vorgängen haben.« Szymborsky stockte mitten in der Bewegung. Die Gabel schwebte in Mundhöhe. »Wer hat Ihnen das verraten?«

Lüder war überrascht. Es war das erste Mal, dass die amerikanische Seite die Existenz Redmans nicht leugnete.

»Es gehört sich nicht unter Freunden, dass man unsere loyalen Mitarbeiter besticht, aushorcht, unter Druck setzt.« Lüder ließ ein betont lässiges Lachen hören und schwieg. Sollten die Amerikaner doch in ihren eigenen Reihen suchen. »Ich verstehe, dass Sie die Ermordung Redmans nicht öffentlich machen wollen.«

Szymborsky aß das nächste Stück Heilbutt. Als er den Mund geleert hatte, erklärte er: »Niemand spricht darüber, aber viele Regierungen haben Doubles für ihre Spitzenpolitiker. Dafür gibt es verschiedene Gründe, die aber nicht schlechter Natur sind.«

»Nutzt man die Leute als Zielscheibe wie hier, ohne sie auf die Gefahren aufmerksam zu machen?«

Szymborsky schüttelte energisch den Kopf. »Das wäre unredlich. Außerdem hätte man ein Problem, es im schlimmsten Fall der Welt zu erklären.«

»Deshalb hat man schnell gehandelt, Redman vom Balkon geschafft und diskret zum Generalkonsulat nach Hamburg gebracht.«

Der Amerikaner musterte Lüder lange. Dann legte er sein Besteck auf den Teller. Ihm schien plötzlich der Appetit vergangen zu sein, nachdem er zuvor das Essen in höchsten Tönen gelobt hatte.

»Generalkonsulat. Hamburg«, wiederholte er leise und richtete einen finsteren Blick auf Lüder. »Sie erzählen hier gefährliche Geschichten.«

»Es ist die Wahrheit. So hat es sich abgespielt.«

Szymborsky hatte die Augen zusammengekniffen und fixierte Lüder. »Nehmen wir einmal an – rein hypothetisch –, es hätte sich so zugetragen, dann würden wir von einem tragischen Unfall sprechen. Redman hat eigenmächtig den Balkon betreten, obwohl ihn die erfahrenen Sicherheitskräfte davor gewarnt haben. Es gab eine Zusage an die alte Lady, der das Haus gehört, dass in den Räumen nicht geraucht werden durfte. Das war aber zweitrangig. In Gegenwart des Präsidenten ist das Rauchen und Trinken strikt untersagt.«

Andere haben sich daran gehalten, erinnerte sich Lüder. Als

das Ehepaar Gawlicek nach dem Abzug der Amerikaner zurückkehrte, beobachtete es, wie deren Personal vor der Tür stand und
rauchte. Dafür sprachen auch die Kippen, die sie auf der Terrasse
gefunden hatten. Redman war indirekt seiner Nikotinsucht zum
Opfer gefallen.

»Rauchen ist tödlich«, sagte Lüder und unterließ es, seinen
Gedanken zu erläutern.

»Den Moment, als Redman anweisungswidrig den Balkon
betrat, hat der Attentäter genutzt, um ihn zu erschießen. Das war
eine Verkettung unglücklicher Umstände«, räumte Szymborsky
ein.

Es sind viele Zufälle zusammengekommen, dachte Lüder und
erinnerte sich an eine Verschwörungstheorie, dass der libysche
Diktator Gaddafi nicht erschossen worden war, sondern ein
Double. Gaddafi, besagte die Theorie, lebe im amerikanischen
Exil. Lüder schenkte dem keinen Glauben.

Zu seiner Verwunderung streckte Szymborsky die Hand aus
und legte sie vertraulich auf Lüders Unterarm. »Das alles hat
zu Konfusionen geführt. Durch eine undichte Stelle in unseren
Reihen ist ein Bild Redmans in die Öffentlichkeit gelangt. So
etwas verbreitet sich schnell. Die Folgen haben Sie miterlebt. Ein
weiterer Fehler unsererseits war es, dass wir geglaubt haben, es
der Weltöffentlichkeit als Fake News verkaufen zu können. Was
ich Ihnen hier und jetzt eingestehe, ist kein Ruhmesblatt für uns.
Sie verstehen, dass die Hintergründe nicht in die Öffentlichkeit
gelangen dürfen. Unser Präsident erfährt viel Gegenwind. In der
schwierigen weltpolitischen Lage ist es gut, wenn seit Dienstag
vermehrt positive Stimmen laut werden, die seine Bedeutung für
die Menschheit und den Weltfrieden herausstreichen.«

»Und für *America First*«, fügte Lüder an. Sein Gesprächspartner ließ es unkommentiert. »Wir stimmen überein, dass hier
ein Mord geschehen ist.«

»Offiziell ist nichts passiert. Es gibt kein Opfer. Keine Spuren.
Keine Zeugen. Keine Beweise. Es fehlt Ihnen an allem. Ja, Sie
können nicht einmal beweisen, dass Fred Redman in Deutschland war.«

Es gibt die Filmaufnahmen, dachte Lüder. Und mich.

»Wer hat Rodrigo Gutiérrez ermordet?«

Szymborsky öffnete den Mund. Zunächst sah es aus, als würde er es leugnen wollen. Dann besann er sich. »Gutiérrez ist ein gefährlicher Profikiller. Niemand kann sagen, wie viele Menschenleben er auf dem Gewissen hat. Das wissen Sie, das wissen wir. Unsere Behörden jagen den Mann, dessen Revier die ganze Welt ist, seit Langem. Sie selbst haben erkennen müssen, dass er nicht zu fassen ist und sich ungehindert in Europa bewegen kann, ja sogar bis vor das Haus, in dem unser Präsident zu Gast war.« Er stach mit dem Zeigefinger in Lüders Richtung. »Auch die deutsche Marine hat ihn nicht aufhalten können.« Lüder ließ es unkorrigiert, dass es nicht die Marine, sondern die Bundespolizei war. »Es ist bei Ihnen und bei uns Brauch, auf die Ergreifung von Tätern Belohnungen auszusetzen, um über Verrat an den Mann heranzukommen. Auf Gutiérrez war eine halbe Million Dollar ausgesetzt.«

»Sie behaupten, Kopfgeldjäger hätten ihn zur Strecke gebracht?«

»So muss es gewesen sein.«

»Hat sich schon jemand gemeldet und Ansprüche auf die Belohnung geltend gemacht?«

Ein Lächeln umspielte Szymborskys Lippen. »Es gibt Geheimnisse, die wir bewahren.«

»Ein Mörder bleibt ein Mörder«, widersprach Lüder. »Das gilt auch für die amerikanische Justiz. Ich erinnere an den Fall Jack Ruby, der den Kennedy-Attentäter Lee Harvey Oswald erschoss. Den hat man nicht freigelassen, sondern wollte ihm den Prozess machen. Bevor es so weit war, starb er aber an den Folgen seiner Krebserkrankung.«

»Sie sind gut informiert«, stellte Lüders Tischnachbar fest. »Wir haben ein anderes, aber trotzdem unbestechliches Rechtssystem in den USA. Vertrauen Sie uns einfach.«

»Ich suche den Mörder von Gutiérrez.«

Szymborsky spitzte den Mund. »Vielleicht war es ein Fehler, eine Belohnung auszusetzen. Das hieß aber auf keinen Fall, dass

Gutiérrez ermordet werden sollte. Das sind Fabeln aus alten Western: *Dead or alive*. Wir sind eine hoch entwickelte Zivilgesellschaft.«

»Ich soll Ihnen die Geschichte mit den Kopfgeldjägern abnehmen?«

Der Amerikaner zuckte gleichgültig mit den Schultern und bestellte zwei Espresso sowie zwei Ziegler Wildkirsche Nummer 1 als Digestif.

Lüder winkte ab. »Ich muss noch fahren.«

»Wollen Sie nicht hierbleiben? Als Gast der amerikanischen Regierung?«

»Das erst recht nicht. Ich habe meine Zweifel, weil die CIA oft in Geheimoperationen verwickelt ist.«

»Spricht man in Deutschland über alle Aktivitäten der KSK? Der GSG9? Des BND? Außerdem: Die CIA war gar nicht in den Besuch unseres Präsidenten involviert.«

Lüder straffte sich. »Ich habe noch einen weiten Heimweg.«

Szymborsky hielt Lüder das Glas mit dem Digestif entgegen, das der Kellner ihm gereicht hatte.

»Za twoje zdrowie.«

Auf deine Gesundheit. In Lüders Ohren klang es wie eine Warnung. Oder wie eine Drohung. Er stand auf, verneigte sich leicht und sagte auf Deutsch: »Wir sehen uns wieder.«

Dann ging er an den Tisch der beiden deutschen Regierungsbeamten und wünschte einen guten Abend, nachdem er zuvor sein Abendessen selbst bezahlt hatte.

»Wie kommen Sie zu diesem Gespräch mit … mit …«, stammelte die Ministerialdirigentin fassungslos. »Um was ging es dabei?«

Lüder wiegte den Kopf.

»Sie sind Beamter und der Bundesrepublik verpflichtet«, sagte von Ravenstein.

»Insofern müssen Sie die Interessen unseres Landes bewahren. Wir entscheiden, ob es für uns von Bedeutung ist«, ergänzte Frau Wuschig.

Lüder grinste breit. »Es war ein Gespräch unter Freunden.

Wir reden doch immer von der deutsch-amerikanischen Freundschaft.«

»Es hätte unangenehme Folgen für Sie, wenn Sie Ihren Dienstpflichten nicht nachkommen«, setzte Sabine Wuschig nach.

»Richtig. Davor möchte ich mich selbst bewahren, indem ich keine Auskünfte zu laufenden Ermittlungen erteile.«

»Was glauben Sie, mit wem Sie hier sprechen?«, empörte sich Frau Wuschig.

»Ich muss nicht glauben, sondern ich kenne Ihre Namen. Das ist Wissen.«

»Sie erlauben sich viel«, fügte von Ravenstein an.

»Weshalb halten Sie sich noch in Timmendorfer Strand auf?«, wollte Lüder wissen. »Ihre Mission ist abgeschlossen. Oder gibt es noch Verborgenes, das zur Aufklärung zweier Morde beitragen könnte? Wollen wir uns zur Einvernahme in unserer Kieler Dienststelle treffen?«

Ein tiefes Rot überzog das Gesicht der Ministerialdirigentin. »Das ist eine Unverschämtheit. Sie übersehen, wer vor Ihnen sitzt. Das wird Folgen haben.«

Lüder winkte den beiden Berlinern fröhlich zu. »Zu laufenden Verfahren erteilt Ihnen die Staatsanwaltschaft Kiel – möglicherweise – Auskünfte. Wenden Sie sich dort an Herrn Taner. Ich fahre jetzt an die Förde zurück und wünsche Ihnen noch einen schönen Abend an der Ostsee. Genießen Sie den Aufenthalt in diesem Hotel.«

Dann verließ er das Haus.

ZEHN

Beim lieb gewordenen gemeinsamen Frühstück hatte Margit das bevorstehende Weihnachtsfest angesprochen.

»Oh ja«, hatte Lüder erschrocken festgestellt. »Das ist ja bald.« Margit hatte gelacht. »In vier Tagen. Bis dahin gibt es noch viele Dinge zu erledigen.«

»Ich bin dir keine große Hilfe«, hatte Lüder selbstkritisch angemerkt.

»Wir haben die klassische Rollenverteilung in der Familie. Du arbeitest – die Frau kümmert sich um den Rest.«

Er war aufgestanden und hatte ihr einen Kuss gegeben. »Immerhin sind wir jetzt eine richtige Familie.«

»Eine sehr große«, hatte Margit gesagt. »Das Haus wird voll. Alle Kinder sind da, deine Eltern kommen bereits morgen. Dein Vater will sich um den Tannenbaum kümmern. Und …«

Es war wunderbar, Teil einer solchen Familie zu sein. Es war ebenso wunderbar, dass Margit wieder die Zügel in Händen hielt. Lüder gefiel es auch, dass sie die Nachbarin, Frau Mönckhagen, eingeladen hatte.

Jetzt saß er in seinem Büro und konzentrierte sich wieder auf seine Arbeit. Die wurde von einer guten Nachricht eingeleitet.

Bei Hauptkommissar Vollmers schwang Stolz in der Stimme mit, als er von einem Fahndungserfolg in Sachen Kindesentführung berichtete. Der Fall hatte dem Kieler keine Ruhe gelassen.

»Hinzu kamen die erschwerten Bedingungen«, sagte Vollmers. »Zum Glück spielten die Eltern mit. Der Vater, der bei der Polizei kein Unbekannter ist, hat viel Energie aufgewandt, um uns zu unterstützen. Wir haben mit Unterstützung einer Psychologin …«

»Wer?«, unterbrach Lüder.

»Lena Dietrichsen vom LKA.«

»Von der habe ich gehört. Die junge Frau hat entscheidend an der Aufklärung des gestörten Mörders in Nordfriesland mitgewirkt, der die Bilder seiner Opfer an Kirchentüren angenagelt hatte.«

»Ich kenne den Fall«, antwortete Vollmers ungnädig über die Unterbrechung. »Wir haben Erkan Nefer, einen aufgeweckten und plietschen Jungen, befragt, und er war uns behilflich, ein Phantombild der Frau zu erstellen, die ihn während seiner Geiselhaft betreut hat. Dabei hat er immer wieder betont, dass die Frau nett war und ihn gut versorgte. Das ändert aber nichts am Straftatbestand der Entführung. Wir haben uns daraufhin mit den Hamburgern in Verbindung gesetzt und sind für ihre unkonventionelle Unterstützung sehr dankbar. Zwei dortige Ermittler, Zander und Fischer mit Namen ...«

»Wie heißen die?« Lüder lachte laut auf.

»Zander und Fischer«, wiederholte Vollmers. »Also! Die beiden haben sich vor dem amerikanischen Konsulat auf die Lauer gelegt. Wenn die Frau dort beschäftigt ist, so das Kalkül, muss sie dort auch ein und aus gehen. Das war ein Treffer. Sie haben sich an ihre Fersen geheftet. Sie heißt Ulrike Dietzel, achtundfünfzig, wohnhaft in Hamburg-Bramfeld. Die Frau ist seit über dreißig Jahren im Konsulat beschäftigt und genießt einen untadeligen Ruf. Ihr Mann ist Oberstudienrat. Die Hamburger haben sie einvernommen und sie mit dem Vorwurf der Beihilfe konfrontiert. Wir sind dann nach Hamburg gefahren und haben mit ihr gesprochen. Sie hat zunächst geleugnet, bis wir mit der Gegenüberstellung mit dem Kind drohten. Da ist sie eingeknickt und hat sich herausgeredet, dass Erkan Gast im Konsulat war.«

Lüder lobte den Hauptkommissar. »Großartig. Glückwunsch. Wir haben damit die eigentlichen Entführer noch nicht gefasst, aber die ganze Sache rundet sich ab.«

Er war immer noch in Hochstimmung, als er gebeten wurde, den Vize aufzusuchen. Nathusius fragte zunächst nach der Familie und erkundigte sich fürsorglich nach Margits Fortschritten. Es war ihm anzumerken, dass er die Besserung mit Erleichterung aufnahm. Dann verwies er darauf, dass Berlin sich erneut gemeldet hatte.

»Auf deren Betreiben sollen alle Ermittlungen eingestellt werden.«

»Wann kam die Nachricht herein?«

»Vor zehn Minuten.«

»Das ging aber fix.«

Lüder berichtete von seinem Besuch im Timmendorfer Hotel und dem offenkundigen Interesse Sabine Wuschigs am Inhalt seines Gesprächs mit dem amerikanischen Sicherheitsberater.

»Haben die ihre Strategie geändert«, äußerte Nathusius eine Vermutung, »wenn sie zugeben, dass ein Double zufällig erschossen wurde? Ich werde mit Staatsanwalt Taner sprechen, gehe aber davon aus, dass wir weiterermitteln werden. Es liegt nicht in unserem Ermessen, wie man mit unseren Ergebnissen umgehen wird. Was halten Sie von der Theorie mit dem Kopfgeldjäger, der angeblich Gutiérrez zur Strecke gebracht haben soll?«

Lüder wusste keine Antwort. »Ich traue den Amerikanern vieles zu«, antwortete er ausweichend und kehrte an seinen Arbeitsplatz zurück.

Eine halbe Stunde später klingelte sein Handy. Lüder war überrascht, als sich Steve Gallardo meldete und sagte, er sei in Kiel.

»Können wir uns in einer Bar treffen?«

Lüder war ratlos. Er hatte angenommen, dass nach der Abreise des Präsidenten auch dessen Hofstaat möglichst schnell das Land verlassen würde. Ihm ging immer noch der gestrige Abend durch den Kopf. Lew Szymborsky, der Präsidentenberater, war ein wichtiger Mann in der amerikanischen Politik. So ein Hochkaräter hielt sich nicht mit Kleinigkeiten auf. Und er, Lüder, war noch weniger als eine Kleinigkeit. Er war ein Nichts.

Weshalb hatte Szymborsky gestern das Gespräch mit Lüder gesucht? Waren die Berliner eingeweiht gewesen? Oder war es Zufall, dass Sabine Wuschig und von Ravenstein ebenfalls im Restaurant anwesend waren? Allein deren verlängerter Aufenthalt war ein weiteres Rätsel. Lüder hatte nicht den Eindruck, dass sich die beiden Regierungsbeamten privat ein paar zusätzliche Tage an der Ostsee gönnten. Und nun rief Gallardo an, der die

Region ebenfalls noch nicht verlassen hatte. Was lief hier ab, das die Schleswig-Holsteiner noch nicht mitbekommen hatten? An die große Verschwörung mochte Lüder nicht glauben.

Vor ihm tat sich ein klares Bild auf, zumindest in Teilen. Das Kind war entführt worden, um dessen Vater zu erpressen. Der Attentäter Gutiérrez hatte auch ohne Nefers Unterstützung seine Chance genutzt und auf den Politiker geschossen. Es war ein Zufall, dass er dabei das Double erwischte, auf das Lüder zunächst auch hereingefallen war. Die im Haus anwesenden Sicherheitsbeamten hatten ihr Augenmerk auf das Original gerichtet und hätten ihren Schützling nie allein auf den Balkon gehen lassen. So war es zu dem verhängnisvollen Irrtum gekommen, dessen Vertuschung und Beseitigung viel Aufregung verursacht hatte.

Ob die Amerikaner schon den Whistleblower entlarvt hatten, der Redmans Bild als das des vermeintlich ermordeten Präsidenten ins Netz gestellt hatte?

Statt einer Bar schlug Lüder Gallardo ein Steakhouse in der Kieler Innenstadt gegenüber dem Pressehaus der Kieler Nachrichten vor.

»In einer halben Stunde.« Er hatte Glück, dass er noch einen Tisch reservieren konnte.

Lüder benötigte einschließlich der Parkplatzsuche vierzig Minuten. Die Landeshauptstadt hatte eine angenehme Größe, bot vieles, war aber noch überschaubar. Trotzdem gab es auch in Kiel nur ein begrenztes Angebot an Parkplätzen.

Er sah sich um, als er das Steakhouse betrat. Gallardo war nicht anwesend. Lüder wartete zehn Minuten und wollte gerade wieder aufbrechen, als der Amerikaner erschien. Er wirkte gehetzt, entschuldigte sich aber nicht. Die Begrüßung bestand aus einem trockenen »Hi« – ohne Handschlag.

Das bestellte Bier kam zügig, und Gallardo leerte das Glas fast in einem Zug. Die Wartezeit füllte er mit nichtssagenden Kommentaren zur Stadt Kiel aus. Zuvor hatte er nur einen kurzen Blick in die Speisekarte geworfen und ein T-Bone-Steak mit *french fries* geordert. Lüder goss sich das alkoholfreie Bier ins Glas und wartete auf sein Filetsteak.

»Sie sind nicht in Kiel, um das schöne Wetter zu genießen«, begann er.

Der Dauerregen war in der Tat keine Empfehlung für ausländische Gäste. Man war an der Förde witterungsmäßig nicht verwöhnt, aber der durchgängige Niederschlag ramponierte allmählich auch das robusteste Gemüt.

Der FBI-Agent antwortete mit einem Knurrlaut.

»Sie und Ihre Leute haben uns viel unnütze Arbeit bereitet.« Lüder sah demonstrativ auf seine Armbanduhr. »Ich habe keine Zeit, hier herumzusitzen und mich anschweigen zu lassen. Es wäre besser gewesen, Ihr Häuptling wäre zum NATO-Treffen nach Kopenhagen geflogen, anstatt an unserer Küste für Unruhe zu sorgen.«

»Nehmen Sie es als hohes Zeichen der Wertschätzung an, dass unser Präsident das Land seiner Vorfahren besucht hat.«

Die Verwandten waren davon nicht begeistert, dachte Lüder.

»Große Männer werden oft nicht oder erst später erkannt. Das gilt in besonderem Maße auch für unser Staatsoberhaupt. Es leuchtet ein, dass zu seinem Schutz besondere Maßnahmen erforderlich sind.«

»Das sehe ich ein. Darüber streiten wir ja nicht. Es geht um zwei Mordopfer.«

»Das ist bedauerlich. Sie mögen mir glauben, dass es mich als Polizist außerordentlich berührt.«

Lüder versuchte, seine Verblüffung zu verbergen. Gallardo hatte die beiden Toten nicht geleugnet. Bisher hatten die Amerikaner versucht, über verschiedene Wege Druck auf Lüder auszuüben, ihn als unglaubwürdig dastehen zu lassen oder sogar zu erpressen. Woher rührte der Sinneswandel?

»Weshalb haben Sie Redmans Tod so lange bestritten?«

Gallardos Schulterzucken wirkte fast ein wenig hilflos. »Es ist kein Verbrechen, auf strapaziösen Reisen ein Double mitzunehmen. Der Präsident ist unersetzlich. Niemand ahnt, welch ein aufreibender Job das ist. Natürlich kann das Original bei wichtigen staatspolitischen Auftritten nicht ersetzt werden. Zum Amt gehören aber auch eher unbedeutende repräsentative Aufgaben. Mal eben in eine Kamera winken, ein paar Zaungästen die Hand drücken und Ähnliches. Haben Sie jemals darüber nachgedacht, dass die führenden Köpfe der Welt meist schon etwas älter sind? Das geht auch zulasten der Leistungsfähigkeit. Die meisten Menschen in dem Alter genießen schon ihr Rentnerdasein, während diese Leute permanent gefordert sind. Da wirkt eine kurze Regenerationspause oft Wunder. In der kann sich der Staatsmann ein wenig erholen, während sein Double die Winkearbeit übernimmt. In Timmendorfer Strand ist es zu dem bedauerlichen Zwischenfall gekommen.«

»Sie geben zu, dass dort Fred Redman ermordet wurde?«

Gallardo musterte Lüder mit einem langen Blick. Die Antwort ließ er offen.

»Um die Tat mit allem, was mit ihr verbunden ist, zu vertuschen, wurden zahlreiche Aktionen gestartet.«

Verbal ließ Gallardo die Frage unbeantwortet. Gestik und Mimik bestätigten hingegen Lüders Feststellung.

»Wer hat den mutmaßlichen Attentäter Gutiérrez hingerichtet?«

»Das ist eine Frage, die mich als Polizeibeamten auch interessiert. Wir haben Sie unterschätzt. Bei uns arbeiten die besten Leute für die Bundespolizei, also für das FBI. Deshalb haben wir unterstellt, dass es in Deutschland nicht anders ist. Ihr FBI ist das BKA. Weshalb sind Sie nicht dort beschäftigt?«

»Ich fühle mich wohl in meinem Land, in meiner Stadt, in meiner Behörde.«

»Wäre es nicht sinnvoll, wenn wir unsere Kräfte bündeln und gemeinsam auf Tätersuche gehen würden?«

»Das ist kaum möglich. Sie haben in Deutschland keinerlei Befugnisse. Ich höre Ihnen aber gern zu, wenn Sie mir etwas zu erzählen haben.«

»Den Mörder Redmans kennen Sie«, erwiderte Gallardo.

Lüder bewegte den Zeigefinger hin und her. »Es gibt nur eine Vermutung. Gerichtsfeste Beweise liegen uns nicht vor.«

»Haben Sie Zweifel daran, dass Gutiérrez geschossen hat?«

»Bei uns müssen nachvollziehbare, wasserdichte Indizien vorgelegt werden. Die werden vom Gericht gewürdigt. Das sind Profis, die sich nicht auf die Einschätzung der zehnköpfigen Laiendarsteller-Jury stützen.«

Für diese Anmerkung fing sich Lüder einen bösen Blick ein. Er ließ unerwähnt, dass die Frage, weshalb man an Gutiérrez kein Seewasser analysiert hatte, unbeantwortet war.

»Wir waren ihm auf den Fersen, waren dichter dran als Sie«, stellte Gallardo fest.

»Nicht nah genug, um ihn am Attentat zu hindern.«

Ein Schulterzucken war die Antwort.

»Und seine Hinrichtung konnten Sie auch nicht verhindern.«

»Sie meinen die Kopfgeldjäger?«

Lüder nickte.

»Das sind keine wilden Kerle wie im Wilden Westen, sondern hoch qualifizierte Spezialisten, häufig von international agierenden Sicherheitsfirmen.«

»Also Söldner«, stellte Lüder fest.

»Sie haben Ihre eigenen Formulierungen, die sich nicht mit meinen decken«, sagte Gallardo ausweichend.

»Bekommen die Söldner die Kopfprämie, auch wenn der Gejagte tot ist?«

»Das ist unterschiedlich. Normalerweise wird für den Tod eines Menschen nichts gezahlt. Es gibt Ausnahmen bei international gesuchten Terroristen, an die man sonst nicht herankommt.«

»Die Drohnenangriffe.« Lüder legte eine kleine Pause ein. »Sie haben wahrscheinlich schon gehört, dass Ulrike Dietzel, eine loyale Mitarbeiterin des Generalkonsulats, ihre Beteiligung an der Entführung des Kindes gestanden hat.«

»Wer spricht von einer Entführung?«

»Kiel ist eine schöne und moderne Stadt, aber es gibt noch keine U-Bahn, die von hier direkt zum Konsulat an die Außenalster führt. Wie sollte Erkan sonst dorthin gekommen sein?«

»Dem Jungen geht es gut. Niemand hat ihm etwas zuleide getan.«

»Trotzdem war es eine Straftat.«

»Sie – wir – Ihre Regierung: Alle wissen, dass wir alles versucht haben, um eine Katastrophe zu verhindern. Die wäre auch fast eingetreten. Die Welt befände sich am Abgrund, wenn unserem Präsidenten etwas zugestoßen wäre und er sein Werk nicht hätte weiterführen können.« Gallardo sah Lüder lange an. Dann zeigte er zuerst auf Lüder, dann auf sich. »Wir sind beide Polizeibeamte. Aus Leidenschaft. Aus Überzeugung. Wir haben das gemeinsame Interesse, Verbrecher zu überführen. Deshalb bitte ich Sie um Amtshilfe. Wer ist der Whistleblower, der aus unseren Reihen berichtet? Auch in Deutschland wird der Verrat von Staatsgeheimnissen streng bestraft.«

War das der Grund für Gallardos Bitte um ein Treffen? Wollte der FBI-Agent in Erfahrung bringen, aus welcher Quelle die Kieler ihr Wissen schöpften? Das würde Lüder für sich behalten. Sollte doch das FBI an die These vom Verräter glauben und die Schleswig-Holsteiner weiter unterschätzen.

Gallardo hatte sein Steak, das in der Zwischenzeit serviert worden war, nur zur Hälfte gegessen. Lüder hatte sein Essen vollständig verzehrt.

Der Amerikaner wirkte sichtlich unzufrieden, als sie sich trennten.

Gern hätte Lüder in Erfahrung gebracht, weshalb in Deutschlands Norden noch so umfangreiche amerikanische Aktivitäten stattfanden. Mit dieser unbeantworteten Frage kehrte er ins LKA zurück.

Auch Gallardo hatte die Kopfgeldjäger erwähnt. Hatte er sich mit Szymborsky abgestimmt? Weshalb hatten beide versucht, Lüder davon zu überzeugen? Oder steckten wirklich Leute dahinter, die an der ausgesetzten Belohnung interessiert waren? Private Sicherheitsdienstleister und Militärunternehmen hatten oft einen zweifelhaften Ruf. Sie warben Söldner an, die ohne Skrupel für Diktatoren kämpften und dabei nicht zimperlich bei der Wahl ihrer Mittel waren. Im Unterschied zu regulären Streitkräften hielten sie sich nicht an Konventionen und verübten auch Kriegsverbrechen. Es war ein dunkles Kapitel, dass auch westliche Staaten sich ihrer Dienste bedienten. Darüber schwieg man. Waren Söldner für den Mord an Gutiérrez verantwortlich?

Die Amerikaner mussten die Mörder kennen, zumindest konnten sie den Täterkreis eingrenzen. Wenn Szymborsky die Wahrheit sagte, müsste es einen Kontakt zu den Tätern geben, wenn diese die Belohnung geltend machten. Würde die US-Regierung wirklich das Geld auszahlen, ohne der Frage nachzugehen, wer Gutiérrez erschossen hatte? Auf jeden Fall war keine Unterstützung der Amerikaner zu erwarten. Sie würden sich in Schweigen hüllen und die Zusammenarbeit mit deutschen Behörden verweigern. Spuren gab es keine. Das Motiv für den Mord war bekannt. Aber einen Ansatzpunkt für Ermittlungen, die zum Täter führten, gab es nicht.

Es war vertrackt. Er drehte sich im Kreis. Ihn wurmte, dass alle Überlegungen ins Leere liefen, in ein Nebelfeld, das er nicht durchdringen konnte. Auch die Kaffeepause und das lockere Gespräch mit Edith Beyer halfen nicht darüber hinweg.

Als er an seinen Arbeitsplatz zurückkehrte, war eine neue Mail eingetroffen. Sie war auf Englisch verfasst und trug als Absender eine kryptische Zeichenkombination. Als länderspezifische Top-Level-Domain stand dort ».pw«. Lüder musste nachlesen und war erstaunt, dass sich dahinter der mikronesische Kleinstaat Palau verbarg. Das Land mit insgesamt weniger Einwohnern als Husum lag in einer der entlegensten Regionen der Welt.

Eine Anrede fehlte. Der Text war kurz.

Hinrichtung des Drogenkillers und Präsidentenmörders Gutiérrez. Er hat seine gerechte Strafe erhalten. Vor Gott und den irdischen Richtern.

Lüder las den Inhalt mehrfach. Welche Aussage wollte der Absender damit treffen? *Vor Gott und den irdischen Richtern.* Das klang nicht nach einem kaltblütigen Söldner, der für Geld das unausgesprochene Todesurteil vollstreckte. Es war eine weitere Merkwürdigkeit, die ihn beschäftigte. Zunächst nahm er Kontakt zu den Experten auf und fragte, ob man den Absender der Mail identifizieren könne.

»Kaum«, lautete die enttäuschende Antwort. »Wenn der Absender seine Identität verschleiern will, schickt er seine Nachricht über diverse Server, die über den Erdball verteilt sind. Palau, sagten Sie? Ehrlich. Davon habe ich bisher nur im Kreuzworträtsel gehört. Die werden in jeder Hinsicht eine nicht sehr ausgeprägte Infrastruktur haben. Das dürfte auch für die internationale Kommunikation gelten. Die verwendete Domain bedeutet nicht zwangsläufig, dass der Server auch in Mikronesien steht. Der kann auch in Weißrussland stehen.«

»Oder in den USA?«

»Auch das ist denkbar. Tut mir leid, aber da ist nichts zu machen.«

Lüder hatte es befürchtet. Was wollte der Absender mit dieser Nachricht bezwecken? Steckten die Amerikaner dahinter, die ihm schon auf verschiedene Weise die Geschichte von den Kopfgeldjägern verkaufen wollten? Nein, entschied er. So einfach dachten sie nicht. Oder gab es doch einen Whistleblower, der ihm einen verdeckten Hinweis zukommen lassen wollte? Falls das zutraf, musste es jemand sein, der um Lüders Ermittlungen und deren Fortschritte wusste. Welche Motive sollte dieser Mensch haben? Lüder ließ die Kontaktpersonen vor seinem geistigen Auge Revue passieren. Es gab niemanden, dem er ein solches Handeln zutrauen würde.

Vor Gott und den irdischen Richtern.

Amerikaner schmückten sich oft damit, etwas im Namen Gottes zu tun. Sie waren dabei aber nicht fundamentalistisch und nahmen nicht das Recht in Anspruch, im Namen Gottes zu töten. Außerdem wurden auch die irdischen Richter erwähnt. Wenn man das weit fasste, konnte man hineininterpretieren, dass die Hinrichtung von Gutiérrez gerecht war. Vor beiden Gerichtsinstanzen. Lüder interessierte als Jurist nur der irdische Teil. War der Verweis auf die Kopfgeldjäger nur vorgeschoben? Szymborsky und Gallardo hatten Lüder mit Nachdruck auf diese Spur verwiesen. Es war ihnen klar, dass er zu dem Schluss kommen musste, dass er den Täter aus den Reihen einer Sicherheitsfirma nie finden würde.

Es war denkbar, dass die Amerikaner Gutiérrez in Scharbeutz aufgespürt und ihn dort eliminiert hatten. In Ausnahmefällen würde auch dem FBI, dem Secret Service oder der CIA eine solche Tat gestattet werden. Der Präsident selbst erteilte auch die Erlaubnis, mittels Drohnen Topterroristen zu liquidieren. Daraus machten die Amerikaner keinen Hehl.

War die Hinrichtung die Vollstreckung eines durch den Präsidenten selbst gebilligten Todesurteils? Das würde die Unruhe, die Lüders Ermittlungen auslösten, erklären. Inwieweit war Berlin eingeweiht? Der Präsident hatte der Welt schon oft gezeigt, wie er reagierte, wenn man ihm nicht folgte. Aktuell hatten es die Dänen zu spüren bekommen. Es würde eine schwere Beeinträchtigung der deutsch-amerikanischen Beziehungen bedeuten, falls sich Lüders Überlegungen als wahr erweisen sollten und publik würden. Gab es Grenzfälle, in denen man die Suche nach der Wahrheit und die Ahndung von Verbrechen zugunsten höherer Ziele zurückstellen musste? Lüder fand keine Antwort auf diese Frage.

Würde er Unterstützung seitens der Amtsleitung erhalten, wenn er ein Großaufgebot an Polizisten anfordern würde, die in Scharbeutz auf die Suche nach Spuren gehen würden, um verdächtige Personen zu benennen, die als Mörder des Mexikaners in Frage kämen? War das einer der Gründe, weshalb Gallardo sich immer noch in Schleswig-Holstein aufhielt, um die Geschehnisse vor Ort zu beobachten?

Es gab aber noch eine andere Möglichkeit. Der Vollstrecker stammte aus dem Gefolge des Präsidenten. Er hatte sich mit in der Gästeunterkunft aufgehalten. Lüder erinnerte sich an die Filmaufnahmen. Sie hatten gesehen, wie jemand das Haus verlassen hatte.

Er lud noch einmal den Film auf seinen Rechner und ließ ihn vorspulen. Bereits beim ersten Betrachten hatten sich Nathusius, Dr. Starke und er gewundert, dass kein Bewacher am Zaun entlangpatrouillierte. Dann hatten sie geunkt, dass die eine Person, die das Grundstück verließ, vermutlich des Essens überdrüssig war. Er konzentrierte sich auf diese. Sie trug einen dunklen Parka und eine tief in die Stirn gezogene Baseballcap. Man hatte das Tor von innen geöffnet und danach zügig wieder geschlossen. Die Person war folglich nicht klammheimlich, sondern mit Wissen der Leute im Haus verschwunden. Lüder ärgerte sich, dass sie die Aufnahmen abgebrochen hatten. So war nicht ersichtlich, ob die Person wieder zurückgekehrt war. Und wann. Er notierte sich die Zeit, die im Bildschirmeck angezeigt wurde. Bis zur Ermordung Redmans verstrich fast eine Stunde.

Merkwürdig war auch, dass sich auf dem Grundstück niemand zeigte, als Dittert und sein Journalistenkollege auf der Ostsee den Alarm auslösten.

Nein! Die Geschichte von den Kopfgeldjägern klang immer unglaubwürdiger. In Lüder gewann der Verdacht, dass Gutiérrez von den amerikanischen Sicherheitsdiensten eliminiert worden war, immer mehr Raum. Sie hatten den Drogenkiller ausfindig gemacht und gestellt. Es gab viele Gründe, ihn nicht den deutschen Behörden zu übergeben, sondern sich des gefährlichen Mörders final zu entledigen. Hatten die Amerikaner das allein bewerkstelligt, oder waren ihnen einheimische Organe dabei behilflich gewesen? Timmerloh vom BKA hatte einen sehr engen Kontakt zu den Amerikanern unterhalten. Er hatte die Gewahrsamnahme des Koreaners verraten. Die Landespolizei hatte auch nach Gutiérrez gefahndet, aber die Suche auf Schleswig-Holstein beschränkt, während das BKA und die Bundespolizei ganz Deutschland im Blick hatten. Timmerloh hatte sich während des gesamten Einsatzes nicht sehr kooperativ verhalten und war sogar bereit gewesen, an der Erpressung Lüders mitzuwirken.

Lüder kannte jetzt die Uhrzeit, wann der Unbekannte das Haus verlassen hatte. Er rief in der Kieler Rechtsmedizin an.

»Nanu?«, wunderte sich Dr. Diether. »Habe ich etwas übersehen? Moment. Ich schiebe mein Frühstück ein wenig zur Seite. So! Jetzt kann ich den Seziertisch überblicken. Schade, dass Sie kein Bildtelefon haben. Da liegt jemand, der in eins – zwei – drei, ach was, viele Teile zerlegt ist. Der ist aber kein Kunde von Ihnen, oder?«

»Ich wollte Ihre Postanschrift haben. Wir wollen Ihnen die nächsten Segmente zuschicken.«

»Segmente? Was ist das für ein Vokabular?«, beschwerte sich der Arzt. »Ist das Juristendeutsch?«

»Wenn Sie etwas erklären, versteht das kein Mensch.«

»Wieso? Sind Sie Reservejurist ohne Latinum?«

»Ihr Latein ist eine Art Dialekt. Das klingt so, als würde ein Oberbayer beim Schuhplattlern behaupten, er spräche Hochdeutsch.«

»Was haben Sie auf dem Herzen? Schießen Sie los. Ach nee. Lieber nicht. Das könnte ein Staatsdetektiv glatt als Aufforderung verstehen.«

»Es geht um den Präsidentenbesuch.«

»Damit kann ich nicht dienen. Hier ist er nicht. Der geistert irgendwo in der Weltgeschichte herum. Hören Sie keine Nachrichten? Ich meine, er hätte von seinem Zweitwohnsitz in Florida ein neues Statement in die Welt posaunt. Er hat gesagt … nein getwittert. Also. Nachdem immer noch Gerüchte im Netz kursieren, man habe auf den wichtigsten und bedeutendsten Menschen der Welt einen Attentatsversuch unternommen, wollte er endgültig klarstellen, dass feige Verbrecher, die Amerika bis ans Ende der Welt jagen würde, ihn und sein ruhmreiches Wirken auslöschen wollten. Diese Tat zeige wieder einmal, dass die Welt ohne ihn und sein Wirken in die Hände von Verbrechern fallen würde. Er sei es gewohnt, dass man Lügen über ihn verbreite. Und auch die sogenannte freie Presse würde daran mitwirken. Jene Medien, die sich an der Gerüchteverbreitung beteiligt hätten, würden auf sein Betreiben hin ins Nichts verschwinden. Nein. Die Welt könne aufatmen. Er sei unbeschadet und frisch wie immer.«

»Wie hat er es geschafft, einen solch langen Text in zweihundertachtzig Zeichen unterzubringen?«, fragte Lüder.

»Tja. Er ist eben ein Meister der knappen Dinge. Kurze Sätze, schmale Gedanken und so weiter. Aber was wollten Sie eigentlich wissen?«

»Können Sie den Todeszeitpunkt des Mexikaners Gutiér-rez ...«

»Der mit ohne Hände?«

»Genau der. Können Sie den Todeszeitpunkt exakt bestimmen?«

»Das war ein Tag mit Schietwetter. Da war ich nicht am Strand spazieren. Folglich falle ich auch als Augenzeuge aus. Ich erinnere mich, dass der Typ kerngesund und fit war, wenn man von ein paar älteren Knochenbrüchen, Stich- und Schussverletzungen absieht. Ich könnte Ihnen den Wochentag nennen, an dem er sich final verabschiedet hat.«

»Geht es ein bisschen genauer? Es reicht, wenn die Deutsche Bahn ihre Fahrpläne, insbesondere die Ankunftszeiten, ab sofort mit einem ›circa‹ vor der Zeit versieht.«

»Ich prüfe das noch einmal: Reicht es, wenn ich Ihnen die Antwort per Internet schicke? Oder muss es schneller sein?«

»Schnackbüdel.«

Dr. Diether lachte am anderen Ende der Leitung. »Kloog-schieter.«

Damit war das Gespräch beendet.

Eine halbe Stunde später rief Dr. Diether zurück. »Das Post-mortem-Intervall, also die Leichenliegezeit, ist einer von drei Indikatoren, nach denen wir den Todeszeitpunkt annähernd bestimmen. Der Rigor Mortis, für Sie: die Leichenstarre, und die Hypostase, also die Totenflecken, kommen in diesem Fall nicht zum Tragen, da die Leiche schon recht bald nach dem Exitus entdeckt wurde. Die Körpertemperatur hat auch nur eine bedingte Aussagekraft, da es kalt, windig und regnerisch war. Ich bin immer wieder begeistert, wenn uns die Verfasser von Kriminalromanen weismachen wollen, dass der Rechtsmediziner, den sie auch fälschlicherweise als Pathologen bezeichnen, nach einem Blick auf das Opfer mit Kennermiene alle Fakten herunter-brabbelt.«

»Das war jetzt eine lange Umschreibung dafür, dass Sie keine Ahnung haben«, stellte Lüder fest.

»Langsam. Das Blut sackt nach dem Kreislaufstillstand in

die unteren Körperpartien ab. Haben Sie es registriert? Es heißt Kreislauf*stillstand*. Da läuft nichts mehr. Das ist so ähnlich wie in der zweiten Hälfte einer Legislaturperiode. In der Regel beginnen die Totenflecken nach zwanzig bis dreißig Minuten. Einen minutengenauen Zeitpunkt kann ich Ihnen nicht nennen. Aber der Tote saß zum Zeitpunkt der Entdeckung bestimmt schon länger als eine Stunde auf einer Wolke.«

»Das glaube ich nicht«, erwiderte Lüder. »Ich schwöre jeden Meineid, dass er direkt in die Hölle gefahren ist.«

»Dann besuchen Sie ihn und evaluieren Sie meine Vermutung.«

»Ich übersetze das einmal ins Umgangsdeutsch«, sagte Lüder: »Fahr zur Hölle.«

»Es ist das Schöne an der Zusammenarbeit mit Ihnen: Wir verstehen uns«, sagte Dr. Diether lachend und wünschte noch einen schönen Tag.

Lüder verglich die Zeitangaben. Wann hatte man Gutiérrez gefunden, und wie lange war er zu diesem Zeitpunkt bereits tot? Dann setzte er die Uhrzeit ins Verhältnis zum Mord an Redman. Es passte nicht. Wenn Dr. Diether recht hatte, war der Mexikaner schon tot, als Redman ermordet wurde. Irrte der Rechtsmediziner? Alles sprach bisher dafür, dass Gutiérrez sich des Speedboots bemächtigt hatte, unter der Küste bis zum Gästehaus gefahren war und von dort aus irrtümlich Redman erschossen hatte. Das hatten auch die Amerikaner eingestanden. Die Waffe, so hatte Lüder vermutet, hatte Gutiérrez bei der Rückkehr zur Scharbeutzer Seebrücke in die Ostsee geworfen. Sie würde nahezu unauffindbar sein. Da hatten ihn seine Mörder erwartet, die Lüder eindeutig in den Kreisen der amerikanischen Sicherheitsbehörden vermutete. Wenn aber nicht Gutiérrez das Attentat verübt hatte, wer dann?

Lüder legte den Zeigefinger an die Nasenspitze. Wenn seine Überlegungen richtig waren, erklärte das auch, weshalb der Mexikaner zwar durchnässt gewesen war, man aber kein Seewasser gefunden hatte. Er hatte im Regen gelegen, war aber nicht mit dem Boot draußen gewesen.

Wussten die Amerikaner das auch? Natürlich. Und um dieses

Wissen zu verschleiern, hatten sie dem Mexikaner die Hände abgehackt in dem Glauben, die Deutschen würden nicht feststellen, ob Gutiérrez geschossen hatte, da sie keine Schmauchspuren nachweisen konnten. Ihnen war der verhängnisvolle Fehler unterlaufen, nicht zu bedenken, dass diese Analysemethode nicht mehr angewandt wurde.

»Das heißt …«, murmelte Lüder halblaut, »dass Gallardo in diese Aktionen nicht verwickelt war. Als FBI-Agent hätte er das gewusst. So blieben nur der Secret Service oder die bisher unsichtbare CIA.«

Lüder suchte noch einmal die Stelle im Film heraus, an der Redman starb. Wenig später erschienen zwei Männer auf dem Balkon und bargen die Leiche. Lüder stoppte den Film, bevor das Flutlicht erlosch und Haus und Garten in ein dunkles Nichts verwandelte. Er versuchte, auf die beiden Anzugträger zu zoomen. Die Auflösung war nicht sehr gut. Mit etwas Phantasie konnte man einen der Männer als Pat O'Connor identifizieren, den irischstämmigen Personenschützer. Den zweiten hatte Lüder noch nie gesehen.

Wenn O'Connor auf dem Balkon in Erscheinung trat, fiel er als Verdächtiger für die Morde aus. Lüder schloss nicht aus, dass der Unbekannte am Mord an Gutiérrez beteiligt war. Möglicherweise war der Unbekannte mit dem Van zurückgekehrt.

Lüder verglich noch einmal die Uhrzeiten. Gutiérrez hatte man vor dem Attentat entdeckt und liquidiert. Das war unweit der Seebrücke von Scharbeutz geschehen. Weshalb hatten die Amerikaner dabei den Attentäter nicht entdeckt? Hatten sie sich zu sehr auf den Mexikaner fokussiert und dabei andere mögliche Attentäter nicht mehr im Blick gehabt?

Wie sollte Lüder diese Fragen lösen, wenn er sich einzig auf seine Logik und die daraus resultierenden Schlussfolgerungen stützen konnte?

Das Ganze hätte einen anderen Verlauf nehmen können, wenn nicht LSD und sein Journalistenkollege kurz vor dem Attentat den Alarm ausgelöst und das Bundespolizeischiff »Potsdam« anderweitig beschäftigt hätten.

Lüder suchte Ditterts Telefonnummer heraus und rief den Journalisten an.

»Sie haben endlich ein Herz für die vierte Macht im Staat und wollen mich einweihen«, sagte LSD.

»Ohne mich würden Sie jetzt einen anderen Job in der Medienlandschaft haben. Sie würden das örtliche Anzeigenblatt austragen.«

»Ist ja schon gut«, erwiderte LSD beschwichtigend.

»Sagen Sie mir endlich, wer Ihnen den Tipp mit den Fotos vor dem Haus am Meer gegeben hat?«

»Das war anonym.«

»Dittert. Stimmt das?«

»Bestimmt. Ehrenwort.«

»Ihr Ehrenwort ist nicht viel wert.«

Der Journalist stöhnte auf. »Mensch, Lüders. Wir sind doch der Wahrheit verpflichtet.«

»Ihre Wahrheit drückt sich oft in einem Fragezeichen hinter der Schlagzeile aus. Also: Wer hat angerufen?«

»Das habe ich doch schon gesagt. Anonym. Ein Mann. Er sprach Englisch mit starkem amerikanischem Akzent. Er sagte, wir würden die Gelegenheit bekommen, Superbilder zu schießen. Den Wahrheitsgehalt solcher Anrufe kann man nicht sofort erkennen. Würde man sie ignorieren, käme man nie als Erster an brandheiße Informationen. Und der zweite Platz in unserer Branche gehört dem Loser.«

»Welcher Art sollten die Bilder sein?«

»Darüber hat er sich nicht ausgelassen. Er hat lediglich eine Zeitspanne genannt. Von – bis.«

»Exakt?«

»Ich schwöre es.«

»Vorsichtig, Dittert. Meineid ist strafbar.«

»Ach, Lüders. Wir sind doch Freunde.«

Lüder behauptete, davon nichts zu wissen. »Schreiben Sie weiter an dem Sensationsartikel, dass Ihr Chefredakteur eine neue Freundin hat, die jeglicher Fleischeslust abhold ist, da sie Veganerin ist.«

»Lüders …«, brüllte der Journalist ins Telefon.

Das war das Letzte, was Lüder vernahm, bevor er auflegte.

Es war eine merkwürdige Aktion gewesen, die beiden Journalisten an die Küste vor dem Gästehaus zu locken. Dittert hatte nicht erwähnt, dass der Anrufer eine Gegenleistung erwartet hatte, zum Beispiel einen Geldbetrag für seinen Hinweis. Es ging ihm offenbar nicht um Schmiergeld. Welche Motivation könnte der Anrufer sonst gehabt haben? Möglicherweise war es derselbe, der auch Lüder die Mail hatte zukommen lassen. Es war nicht auszuschließen, dass jemand aus dem inneren Kreis diskret Informationen durchsickern ließ. Es konnte sich um eine Person handeln, die ungerecht behandelt worden war und auf diese Weise Rache üben wollte.

Im Umfeld der Mächtigen fanden sich auch gelegentlich Leute, die aus ideologischen Gründen der offiziellen Politik nicht folgen wollten. Es wäre hilfreich, wenn man diese Person ausfindig machen könnte. Das würde vielleicht viele Fragen klären. Aber der Unbekannte verhielt sich vorsichtig und blieb in der Deckung. Lüder hatte dafür Verständnis. Andererseits musste es jemand sein, der Lüder kannte. Das waren nicht viele. Wenn Lüder den Sicherheitsberater des Präsidenten einbezog, kamen dafür nur vier Personen in Frage. Und die schloss er alle aus.

Es war vertrackt. Die Gegenspieler, wenn er sie so nennen wollte, waren gut. Gut? Nein, es waren die besten, allesamt Profis, die in der Lage waren, strategisch zu denken. Sie spielten Schach mit ihm, deuteten einen Zug an, aber das war eine Finesse. Er sollte etwas glauben, was sie ihm vorgaukelten.

Für Lüder war es bewiesen, dass Gutiérrez nicht der Attentäter war. An den großen Unbekannten mochte er nicht mehr glauben. Der Präsident war gut abgeschirmt gewesen. Gallardo, O'Connor und die Ihren hatten wie immer hervorragende Arbeit geleistet. Und der »richtige« Präsident war zu keiner Zeit gefährdet gewesen. Weshalb hatte man es Redman gestattet, den Balkon zu betreten? Bei der Perfektion, die die Amerikaner an den Tag legten, war so eine Panne unverzeihlich.

Lüder schüttelte heftig den Kopf, schlug sich mit der flachen

Hand gegen die Stirn. War er total übergeschnappt? Das war ein absurder Gedanke. Waren die Amerikaner wirklich so abgefeimt?

Es war kein Whistleblower, der die Journalisten auf die Ostsee hinausgelockt hatte. Natürlich wusste man um die Mentalität dieses Berufsstandes. Leute wie LSD würden auch bei Sturmflut nach der Wurst suchen, wenn man sie am Salami-Aroma schnuppern ließ.

Lüder bemühte sich, den Schiffsführer der »Potsdam« zu sprechen, der am fraglichen Abend verantwortlich auf der Brücke gestanden hatte. Es dauerte über zwei Stunden, bis er ihn erreichte.

»Wie sind Sie auf das Boot mit den Journalisten aufmerksam geworden?«, wollte er von Hauptkommissar Berndt wissen.

»Da gab es zwei Indikatoren. Wir hatten das Boot auf dem Radar. Viel mehr hat uns aber das Signal beschäftigt, das von der Küste ausgestrahlt wurde. Es musste sich um eine Taschenlampe handeln, die unregelmäßig aufblinkte.«

»Ein Morsecode?«

»Nein. Da hat ein Laie gespielt. Das hat uns stutzig gemacht. Für uns sah es so aus, als würde jemand von Land aus Zeichen geben. Wir wussten, dass die Promenade abgesperrt war. Es konnten also keine normalen Spaziergänger sein, zumal das Wetter auch so schlecht war, dass sich niemand freiwillig draußen aufhielt. Wir haben dann das Boot erkannt und verfolgt im Glauben, es könnte ein Versuch sein, seeseitig an das Haus heranzukommen.«

Das war dann auch geschehen, nachdem die »Potsdam« abgelenkt worden war. Dittert und sein Kollege waren nur ein Köder gewesen, ausgelegt von dem unbekannten Anrufer. Und nicht nur die Journalisten, auch die Polizei war darauf hereingefallen. LSD hatte gesagt, der Anrufer hätte eine bestimmte Zeitspanne genannt, in der sie dort auftauchen sollten. Während alle ihr Augenmerk auf die Journalisten legten, lag der wahre Attentäter mit dem in Scharbeutz entwendeten Speedboot in Lauerstellung. Das war ein genialer Schachzug. Jetzt musste man nur noch das Präsidentendouble auf den Balkon schicken …

Zum Nachteil der Strategen hatten sich ein paar Fehler ein-

223

geschlichen. Redman hatte geraucht. Gutiérrez war durchnässt, aber er wies keine Spuren von Seewasser auf. Und dazu seine abgehackten Hände.

Es war ein so abwegiger Gedanke, den Lüder spann, dass er immer wieder den Kopf schüttelte. Dann fuhr er sich mit der Hand durchs Gesicht. Man hatte den Tod des Präsidenten inszeniert und das Foto des Ermordeten ins Netz gestellt. Das Ganze war keine spontane Aktion, sondern akribisch vorbereitet. Das erklärte auch, weshalb der Van bereitstand. Ditterts Kollegen wollten beobachtet haben, dass aus dem Fahrzeug eine sargähnliche Kiste im Hamburger Konsulat ausgeladen wurde.

Das »irrtümliche Attentat« war ein sorgfältig geplanter und vorbereiteter Mord. Lüder konnte es immer noch nicht fassen. Hatte man Redman angeheuert, um ihn auf diese Weise in Timmendorfer Strand bei einem fingierten Attentat zu opfern?

Niemand würde Lüders Theorie Glauben schenken. Es war zu abwegig. Weshalb sollte die Welt glauben, man hätte den US-Präsidenten ermordet? Und genau diese Absicht schien damit verfolgt worden zu sein, denn man hatte sich nach dem Hochkochen der Gerüchte sehr viel Zeit gelassen, bis der Präsident sich schließlich an die Weltöffentlichkeit wandte und kundtat, dass es ihm hervorragend ging.

Immer wieder fragte sich Lüder, weshalb diese Aktion so ausgeführt worden war. Es ergab keinen Sinn. Aber heute würde er auf seine Fragen keine Antworten mehr finden.

ELF

Er hatte schlecht geschlafen. Im Unterbewusstsein beschäftigten ihn der Fall und die ungelösten Fragen. Er bedauerte, dass Margit dadurch in Mitleidenschaft gezogen wurde. Wenn er sich unruhig im Bett hin und her gewälzt hatte, war sie hochgeschreckt. Lüder hatte den Arm ausgestreckt und ihre Hand ergriffen. Sie brauchte doch ihre Ruhe. Manchmal plagten ihn Selbstzweifel. Wie oft hatte seine Familie schon unter seinem Beruf leiden müssen? Aber seine Bemühungen, sich in einem anderen Betätigungsfeld zu orientieren, waren erfolglos geblieben. Ob er sich um eine andere Stelle im öffentlichen Dienst bemühen sollte? Vielleicht bot sich die Gelegenheit, ins Ministerium zu wechseln. Das hätte auch den Charme, dass er möglicherweise die lange überfällige Beförderung zum Oberrat erfahren würde. Man sprach nicht darüber, aber ein Beamter in seinem Alter … Und dann immer noch in der Eingangsstufe des höheren Dienstes. Da konnte etwas nicht stimmen.

Heute gab es keine frischen Brötchen. Margit hatte eingefrorene aufgebacken. Sie saßen zu zweit am kleinen Tisch in der Küche und begannen, sich daran zu gewöhnen, dass die Zeit, in denen sich an den Wochenenden eine große Runde um den Tisch versammelte, Vergangenheit war. Selbst das Nesthäkchen Sinje umarmte lieber ihr Kopfkissen, als mit den Eltern zu frühstücken. Nesthäkchen? Sinje war jetzt vierzehn. Lüder sah Margit an und suchte ihren Bauch. Es war lange her, dass die Kleine sich in der Rundung versteckt hatte. Er schreckte hoch, als das Telefon klingelte.

»Nanu?«, fragte Margit. »Am Sonnabendmorgen? Die Kinder haben alle ihr eigenes Telefon.« Sie stand auf, ging in den Flur und nahm ab. Er hörte, wie sie sich mit »Lüders« meldete. Ein wohliger Schauder durchlief ihn. Ja! Sie war jetzt Frau Lüders. »Moment«, sagte Margit und kehrte mit dem Mobilteil in der Hand zurück. Sie reichte es ihm. »Dr. Starke.«

»Moin, Jens«, sagte Lüder.

»Entschuldigung, dass ich dich am Wochenende störe. Aber ich denke, es interessiert dich.«

»Kein Problem.«

»Es geht noch einmal um den illegalen Film. Es hat mir keine Ruhe gelassen. Ich habe mit der Kriminaltechnik gesprochen.«

Lüder war erstaunt. »Das Material ist brisant. Offiziell gibt es den Film nicht.«

»Ich weiß«, beruhigte ihn der Abteilungsleiter. »Ich vertraue der Diskretion des KTI. Es geht um die Szene, in der jemand das Haus verlassen hat.«

»Der Typ mit Parka und Baseballcap.«

»Genau. Ich habe mir die Frage gestellt, weshalb er gegangen ist.«

Lüder unterdrückte die Versuchung, den Kriminaldirektor in seine eigenen Überlegungen vom Vortag einzuweihen.

»Es gibt mittlerweile Software, die vermag Wunder zu vollbringen. Die Forensik kann nicht zaubern, aber aus dem Bewegungsablauf, der Körperhaltung und anderen Kriterien kann man eine Aussage zu der Person treffen.«

»Wie heißt er?«, fragte Lüder.

Dr. Starke wies ihn zurecht. »Sei nicht so destruktiv. Die Person ist etwa einen Meter fünfundachtzig groß.«

»Das sind Millionen Amerikaner.«

»Sie hat einen federnden Gang. Das lässt darauf schließen, dass sie sportlich und durchtrainiert ist.«

»Das hätte ich auch ohne Forensik sagen können. Ich habe noch keinen Personenschützer gesehen, der mit dem Rollator zum Dienst erscheint.«

»Es gibt Anzeichen dafür, dass der Mann unter dem Parka eine Langwaffe versteckt hielt.«

»Waaas?«

»Sage ich doch. Deine kritischen Kommentare sind nicht angebracht.«

»Woher wollen die Forensiker das wissen? Ah. Ich verstehe. Es hat geregnet. Und das Gewehr sollte verborgen bleiben. Die

Straße war zwar abgesperrt, aber dort liefen Polizisten herum. Und wenn man ein Gewehr dicht am Körper trägt, leidet die Elastizität des Ganges.«

»Das ist die Erkenntnis der Kriminaltechnik.«

»Mensch, Jens. Das ist eine besonders wichtige Nachricht, ein elementares Mosaiksteinchen.«

»Das dachte ich mir. Deshalb habe ich dich am Sonnabend gestört.«

Lüder bedankte sich und wünschte seinem Vorgesetzten noch ein schönes Wochenende. Die Person mit dem Gewehr, davon war er überzeugt, war der Mörder Fred Redmans. Nur beweisen konnte er es nicht. Und es fehlte ein Name.

Lüder wollte sich ablenken. Deshalb bot er an, ein paar Besorgungen zu erledigen.

Margit sah aus dem Fenster. »Das Wetter ist nicht sehr einladend.«

Er bekundete, es würde ihm nichts ausmachen und ein wenig Bewegung würde ihm guttun. Mit einem Spickzettel für die Einkäufe machte er sich zu Fuß auf den Weg zum Einkaufszentrum Citti-Park, das etwa einen Kilometer entfernt lang. Er zog sich regenfest an, winkte Margit zu, die am Küchenfenster stand und ihm hinterhersah, bis er um die Ecke der ruhigen Wohnstraße bog und ihrem Blick entschwand. Er wunderte sich nicht, dass niemand unterwegs war. Er überquerte die Durchgangsstraße und hielt sich auf der linken Straßenseite auf. Gegenüber säumten Mehrfamilienhäuser die Straßenfront. Auf seiner Seite befand sich das Areal eines Schmierstoffproduzenten. Lüder zog die Kapuze ein weniger tiefer in die Stirn. Es regnete nicht mehr in Strömen, aber der unablässige feine Nieselregen durchdrang auch die angeblich regenfeste Jacke. Als er bei der heute geschlossenen breiten Zufahrt zum Werksgelände war, näherte sich von hinten ein Fahrzeug. Es verlangsamte die Geschwindigkeit, als es auf gleicher Höhe war. Lüder warf einen Blick auf die Straße. Das Fenster auf der Fahrerseite war herabgelassen. Der einzige Insasse trug eine Baseballcap, die fast auf der Nasenwurzel auflag und das Gesicht in den Schatten legte. Der hochgestellte Kragen verdeckte die weitere Ansicht.

Lüder blieb abrupt stehen. Es war der siebte Sinn, der Menschen in gefährlichen Situationen instinktiv warnte und ihnen das Adrenalin in die Blutbahn pumpte. Der Wagen hielt an. Der Fahrer hatte den linken Arm ins Fenster gelegt, wie es früher gern jugendliche Fahrer zu tun pflegten, die mit ihren Autos bei voll aufgedrehten Lautsprechern durch die Straßen fuhren und damit ihre Lässigkeit unter Beweis stellen wollten. Dieser Fahrer war hoch konzentriert. Mit der rechten Hand hielt er einen langläufigen Colt, den er auf dem linken Unterarm abgelegt hatte. Der Kopf war gebeugt. Über Kimme und Korn visierte der Mann Lüder an. Lüder machte einen Hechtsprung in die Büsche, die zu dieser Jahreszeit keine Deckung boten. Zeitgleich bellte die Waffe auf. Es war ein trockenes Geräusch. Noch zweimal schoss der Mann auf Lüder. Dann gab er Gas. Das Fahrzeug schleuderte kurz auf dem nassen Asphalt, bevor es sich in Richtung der kleinen Grünanlage entfernte und dann um die Ecke verschwand.

Obwohl Lüder auf ungewöhnliche und gefährliche Situationen trainiert war, spürte er, wie der Kreislauf absackte. Das Herz raste. Er benötigte ein paar Atemzüge, bis er sich gefasst hatte. Dann griff er zum Mobiltelefon und wählte den Polizeinotruf. Es dauerte – gefühlt – eine Ewigkeit, bis die Verbindung hergestellt war und eine ruhige Stimme nach seinem Anliegen fragte.

»Man hat eben auf mich geschossen«, sagte Lüder, immer noch aufgeregt.

Der Beamte auf der Leitstelle fragte nach Lüders Namen, dem Standort und weiteren Einzelheiten.

»Ein dunkler SUV der Marke Hyundai Tucson mit dem Münchener Kennzeichen ...«

»Das haben Sie genau beobachtet?«, fragte der Beamte nach.

»Ich bin Polizist beim LKA.«

»Ich veranlasse alles Weitere.«

Nach sechs Minuten tauchte der erste Streifenwagen auf, zwei Minuten später der zweite. Man merkte den Besatzungen die Anspannung an, nachdem sie erfahren hatten, dass ein Schuss-

wechsel stattgefunden hatte. Lüder beruhigte sie. Der Täter war
flüchtig. Es verging eine weitere Viertelstunde, bis der Kriminaldauerdienst erschien. Den Einsatzleiter, einen jungen Hauptkommissar, kannte Lüder vom Ansehen. Der Mann ließ sich den
Vorgang schildern, nahm Lüders Daten auf, erfuhr, dass man die
Polizeikräfte im Stadtgebiet informiert hatte, und versicherte,
die Spurensicherung auf die Suche nach den Geschossen anzu-
setzen. Inzwischen hatten sich trotz des Wetters Schaulustige
eingefunden, die neugierig nach dem Grund des Polizeieinsatzes
fragten. Von den Schüssen schien niemand etwas mitbekommen
zu haben.

Unterschwellig hatte Lüder stets befürchtet, dass man es nach
seiner beharrlichen Weigerung, sich aus den Ermittlungen zu-
rückzuziehen, möglicherweise auch auf andere Weise versuchen
würde. Ernsthaft hatte er aber nicht für möglich gehalten, dass
man auf ihn schießen würde. Alles hatte sich in Sekundenbruch-
teilen abgespielt. Der Einsatzleiter des Kriminaldauerdienstes
hatte gestaunt, als Lüder die Waffe als Colt bezeichnete.

»So wie bei Wyatt Earp?«

Lüder bestätigte es. »Und der Schütze war Clint Eastwood.«
Dann fügte er an: »Der Colt ist eigentlich ein Revolver. Die Tat-
waffe zeichnete sich dadurch aus, dass sie einen langen Lauf hatte.
Damit kann man auf Distanz besser zielen.«

»Das weiß ich auch«, knurrte der Hauptkommissar ungehalten.

Lüder konnte hier nichts mehr ausrichten. Es hätte auch nichts
gebracht, wenn er den Kollegen vom Dauerdienst erklärt hätte,
dass er den Schützen vermutlich erkannt hatte. Auch wenn er
sich zu tarnen versucht hatte, Steve Gallardo war Lüder zu oft
begegnet. War das der Grund, weshalb sich der FBI-Agent immer
noch in Deutschland aufhielt, obwohl es seine Aufgabe war, für
die Sicherheit des US-Präsidenten zu sorgen?

Sein Telefon meldete sich. »Wo bleibst du?«, wollte Margit
wissen.

»Ich habe noch einen Kollegen aus dem Amt getroffen. Wir
haben einen Kaffee beim Bäcker getrunken und uns verquatscht.«

»Männer«, war Margits ganzer Kommentar.

Der Dauerregen störte ihn mittlerweile nicht mehr. Er war ohnehin völlig durchnässt. Nach einer weiteren halben Stunde trottete er nach Hause.

Margit empfing ihn an der Haustür. Es war eine Begrüßung, die ihn innerlich »aufbaute«.

»Wie siehst du denn aus? – Wo kommst du jetzt her?« Und nach einem prüfenden Blick, der an ihm auf und ab glitt, folgte: »Und wo ist der Einkauf?«

Verdammt. Den hatte er völlig verdrängt. »Der ... der ...«, stammelte Lüder.

Margit rückte dicht an ihn heran und nahm Witterung wie ein Jagdhund auf. »Habt ihr wirklich Kaffee getrunken?« Sie wirkte beinahe ein wenig enttäuscht, als sie nichts Verdächtiges roch.

Lüder nieste. Damit war die Situation gerettet, und er konnte ohne weitere Erklärung in die Badewanne steigen. Es blieb beim Versuch. Das Badezimmer hatte Jonas okkupiert.

Lüder sah immer wieder auf sein Handy und prüfte den Maileingang. Nichts. Er war versucht, beim Kriminaldauerdienst rückzufragen, ob man etwas erreicht hatte. Natürlich bekam Margit das mit.

»Erwartest du eine Nachricht?«

»Ich bin immer im Dienst.«

»Quatsch. Der Präsident ist zum Golfen. Oder, das würden die Kinder behaupten, er zwitschert.« Margit schmiegte sich an ihn. »Ich bin nur eine Frau, aber ich glaube, er heckt wieder irgendeinen Blödsinn aus. Was kümmert es dich? Du wirst nicht um deinen Rat gefragt. Glaubst du wirklich, er erinnert sich noch an Timmendorf? An Deutschland? Nach allem, was man von ihm gehört hat, ist er ziemlich orientierungslos. Ich ...« Sie winkte ab. »Ach was. Wir haben mit unserer kleinen Welt genug zu tun. Dafür ist sie aber ungleich schöner und harmonischer.«

»Du bist die klügste Frau der Welt«, erwiderte Lüder und schreckte zusammen, als das Entengeschnatter seines Handys losdröhnte. Vorsichtig löste er sich von Margit und meldete sich: »Lüders.«

Der Einsatzleiter des Kriminaldauerdienstes meldete sich. »Die Fahndung hat leider nichts ergeben. Glauben Sie mir, dass wir zügig gehandelt haben, aber der Täter war schneller. Der SUV stammt von einer Autovermietung. Das Fahrzeug wurde kurz nach dem Vorfall ordnungsgemäß in der Kieler Filiale zurückgegeben. Der Ausleiher hatte sich mit Papieren aus Kanada ausgewiesen und mit einer American-Express-Karte bezahlt. Die Autovermietung war damit abgesichert. Das gilt auch für die nachfolgenden Kosten wie das Tanken. Es war ein Routinevorgang. Da die Kreditkarte standardmäßig verifiziert und der Geschäftsvorfall autorisiert wurde, gab es seitens des Autoverleihes keine Bedenken.«

»Haben Sie einen Namen?«

»Der Kunde hieß Guy Laliberté aus Montreal. Die Kreditkarte war auf den gleichen Namen ausgestellt.«

Lüder fragte nach.

Der Beamte wiederholte den Namen. »Vermutlich ein Frankokanadier.«

»Dieser Verein hat wenig Phantasie«, erwiderte Lüder. »Das ist der Name des Milliardärs und Gründers des ›Cirque du Soleil‹. Der hat mit Sicherheit nichts mit den Umtrieben dieser Leute zu tun.«

Der Beamte räusperte sich vorsichtig. »Am Tatort wurden keine Spuren gefunden. Es gibt nur Ihre Aussage. Wären Sie kein LKA-Kollege und würde die Rückgabe des Wagens nicht merkwürdig erscheinen, hätte ich gewisse Zweifel an der Wahrnehmung des … hm … Zeugen.«

»Gibt es weitere Unterlagen seitens der Autovermietung? Eine Zeugenbeschreibung?«, hakte Lüder nach.

»Ja. Man macht dort routinemäßig eine Fotokopie vom Pass und von der Fahrerlizenz.«

»Weshalb sagen Sie das nicht gleich?«, fauchte Lüder den Beamten an.

»Wie ich schon sagte … Es wurde nichts gefunden. Und außer

Ihnen hat niemand etwas bemerkt. Wir haben doch zügig ermittelt und ein Ergebnis festgestellt. Was soll jetzt gemacht werden? Alle Grenzen schließen und die Kavallerie auffahren lassen?« Der Ton war aggressiv.

»Schicken Sie mir das Bild aus dem Pass.«

»Mach ich«, sagte der Beamte kurz angebunden und verabschiedete sich mit einem Grunzlaut.

Kurz darauf traf das Foto ein. Lüder vergrößerte es und war nicht überrascht, Steve Gallardo wiederzuerkennen. Es war nur eine Bestätigung seiner Vermutung.

Sollte Lüder jetzt die Fahndung nach Gallardo anleiern? Wer würde ihm glauben? Es war nicht vorstellbar, dass ein FBI-Agent auf einen deutschen Polizeibeamten schoss. Das klang nach Paranoia. Welches Motiv sollte der Amerikaner haben? Lüder war ihm und seinen Landsleuten auf die Schliche gekommen. Das reichte aber nicht als Motiv für einen Mordversuch an ihm aus. Andererseits hatten die Amerikaner nicht gezögert, Redman als Opfer zu präsentieren und Gutiérrez auf deutschem Boden zu ermorden. Natürlich wussten sie, dass man Lüder im eigenen Land wenig Glauben schenkte und an seiner Theorie zweifelte. Insbesondere die offiziellen Stellen in Berlin wollten keine Verwicklungen mit den Amerikanern. Man duckte sich weg und war möglicherweise auch bereit, im Interesse der Staatsräson Ungereimtheiten in Kauf zu nehmen. Ungereimtheiten, die in der Einbildung eines kleinen Polizisten bestanden. Beweise hatten die Deutschen nicht. Und von den Filmaufnahmen wussten die Amerikaner nichts.

Es war Lüders Glück, dass die Amerikaner in ihren eigenen Reihen einen Maulwurf vermuteten. Sie waren sich nicht sicher, wie der reagieren würde, wenn man mit aller Schärfe gegen den einzigen Mitwisser vorgehen und Lüder exekutieren würde. Er gab sich keinen Illusionen hin. Gegen die geballte Übermacht war er chancenlos. War es Gallardos Auftrag gewesen, ihn zu eliminieren? Hielt sich der FBI-Agent deshalb noch in Deutschland auf? Es war zu dumm, dass sie den Mann, der mit der Langwaffe das weiße Haus in Timmendorfer Strand verlassen hatte, nicht identifizieren konnten. Möglicherweise war es sogar Gallardo, der nicht nur auf Lüder geschossen, sondern auch Gutiérrez und Redman auf dem Gewissen hatte. »Unfassbar«, murmelte er halblaut vor sich hin und schüttelte den Kopf.

»Was ist unfassbar?«, fragte Margit, und Lüder erschrak. Er hatte vergessen, dass seine Frau die ganze Zeit neben ihm stand und ihn beobachtete.

»Ich muss noch einmal telefonieren«, sagte er und versuchte, Jochen Nathusius zu erreichen.

Der Leitende Kriminaldirektor meldete sich weder auf dem Festnetz noch auf dem Mobiltelefon. Ersatzweise rief Lüder Jens Starke an. Der wirkte reserviert, vermied es aber, sich über die Störung am Wochenende zu beklagen.

Lüder berichtete von dem Mordversuch an ihm und davon, dass er den Schützen eindeutig identifiziert hatte.

»Bist du dir sicher?« Lüder störte der Zweifel in der Stimme des Kriminaldirektors. »Ich melde mich wieder«, sagte Dr. Starke kurz angebunden.

Nach einer unendlich erscheinenden Wartezeit von über einer Stunde klingelte Lüders Handy.

»Ich habe mit dem Einsatzleiter des KDD gesprochen. Man hat vor Ort nichts feststellen können. Er hat dir auch gesagt, dass man keine weiteren Zeugen ausfindig gemacht hat. Alles stützt sich auf deine Vermutung …«

»Vermutung?«, fuhr Lüder wütend dazwischen.

»Ruhig Blut. Du hast eine schwere Zeit hinter dir. Ich bestreite nicht, dass du in vielen Punkten mit deinen Vermutungen recht hattest. Ich muss dir nicht erklären, dass ausschließlich Fakten zählen, die beweisbar sind. Manches spricht dafür, dass du tatsächlich Gallardo begegnet bist. Ich gehe davon aus, dass er – wie so oft – noch einmal mit dir sprechen wollte. Wir haben einiges gegenüber den Amerikanern in der Hand, zum Beispiel die Filmaufzeichnungen, können diesen Trumpf aber nicht ausspielen. Du hast auf den Mann vom KDD einen angespannten Eindruck gemacht und sehr gereizt gewirkt. Ich will nicht sagen, dass die angeblichen …«

»Angeblich? Haben wir noch eine Basis, auf der wir vernünftig miteinander reden können?«

»Lüder! Du kämpfst in diesem Fall gegen Windmühlenflügel. Ich will dich davor bewahren, dass dir jemand unterstellt, du würdest auch noch selbst die Wangen aufblasen, um für den nötigen Wind zu sorgen.«

»Um es hochdeutsch zu formulieren: Ich fingiere einen Anschlag, um etwas anzuheizen.«

»So habe ich es nicht formuliert …«, erwiderte Jens Starke kleinlaut. »Prüfe einmal selbst, ob du nicht einer fixen Idee folgst.«

Lüder beendete das Gespräch abrupt. Natürlich war er es gewohnt, als Einzelkämpfer zu arbeiten. Aber noch nie hatte er sich so verlassen gefühlt. Lüder musste Gallardo auf eigene Faust suchen. Er zog sich in eine stille Ecke zurück und begann, Hotels in Kiel anzurufen und nach einem Amerikaner oder Kanadier zu fragen, der dort seit Kurzem zu Gast war. Nach dem dritten Telefonat sah er ein, dass die Aktion nicht von Erfolg gekrönt sein würde. Niemand war bereit, ihm Auskunft zu erteilen. Alle Angerufenen bezogen sich auf den Datenschutz. Eigentlich hätte das einen Polizisten freuen müssen. In seiner Situation war es aber nicht hilfreich. Er musste einen anderen Weg finden, da er überzeugt war, dass Gallardo sich in der Landeshauptstadt aufhielt.

Wo sollte er anfangen ohne den ganzen Apparat? Es war jetzt eine Sache zwischen ihm und dem Amerikaner. Doch zuvor wählte er die Privatnummer der Timmendorfer Bürgermeisterin an.

»Kalle Meyer«, meldete sich eine sonore Männerstimme und sicherte zu, seine Frau an den Apparat zu holen.

Die Bürgermeisterin erinnerte sich sofort an Lüder und musste erst einmal ihren Unmut loswerden. Die Frau hatte recht. Niemand hatte sich der Mühe unterzogen, die Gemeinde und ihre Bürger mit an Bord zu nehmen. Alles war »hoheitlich« abgewickelt worden, und die Amerikaner hatten sich ohnehin so verhalten, als würde ihnen die Welt gehören.

»Ich habe den Eindruck, Sie haben alles fest im Griff«, schmeichelte Lüder Astrid Meyer, »und alles hört auf Ihr Kommando.«

»Na ja«, erwiderte die Frau gedehnt.

»Sie haben sicher auch einen guten Draht zur Ortspolizei.«

Das treffe zu, versicherte die Bürgermeisterin.

Lüder erklärte, dass er telefonisch keine Auskünfte bekommen würde, aber wissen müsse, ob bestimmte Gäste noch im Hotel vis-à-vis dem Rathaus wohnten.

»Das Haus ist einer unserer Brillanten«, sagte die Bürgermeisterin und versprach, sie würde sich darum kümmern.

Lüder widmete sich wieder der Suche nach Gallardo. Der FBI-Agent hatte den SUV in einer innenstadtnahen Autovermietung besorgt und dort auch wieder abgeliefert. Lüder hatte dort mehr Glück und erfuhr fernmündlich, dass der Hyundai Tucson erst heute Morgen angemietet und bereits zwei Stunden später zurückgegeben worden war. Demnach, schloss Lüder, hatte Gallardo in einem nahe gelegenen Hotel übernachtet. Er notierte sich die Namen und Anschriften der in Frage kommenden Häuser und machte sich auf den Weg.

Beim ersten Versuch war man hartnäckig und verweigerte ihm die Auskunft, man warf nicht einmal einen Blick auf seinen Dienstausweis. Im zweiten Hotel empfing man ihn freundlich, bedauerte aber, dass die Frühschicht nicht mehr im Haus sei. Lüders Stimmung erreichte einen Tiefpunkt. Hatte Jens Starke möglicherweise doch recht, und er verrannte sich in eine fixe Idee? Seine Bedenken schwanden im dritten Hotel. Der freundliche Mann hinter dem Tresen nickte bedächtig.

»Ja, so einen Gast haben wir. Darf ich das Bild noch einmal sehen?« Er nahm Lüder das Handy ab, schob seine Brille zurecht und betrachtete mit zusammengekniffenen Augen die Abbildung. »Doch. Das ist er. Moment.« Er wandte sich dem Computer zu und ließ seinen Zeigefinger über den Bildschirm wandern. Dabei murmelte er unablässig Unhörbares. »Hier«, sagte er schließlich und strahlte. »Ich habe ihn. Laliberté. Aus Kanada. Mit Vornamen heißt er Guy.«

»Wohnt er noch bei Ihnen?«

»Er hat nicht ausgecheckt. Ich hoffe, er hat sich nicht heimlich davongemacht. Aber was soll's. Wir haben die autorisierte Kreditkarte als Sicherheit.« Der Mann sah Lüder an. »Weshalb suchen Sie ihn?«

»Als Zeugen.«

»Ah. Verstehe.« Der Hotelangestellte zwinkerte Lüder vertraulich zu. »Das sagt die Polizei immer.« Seine Gesichtszüge nahmen einen ernsten Ausdruck an. »Das bereitet unserem Haus doch keine Probleme?«

»Ganz bestimmt nicht«, versicherte Lüder und verschwieg, dass er in diesem Moment an den Colt denken musste, in dessen Mündung er vor ein paar Stunden geblickt hatte. »Ist Herr Laliberté jetzt im Haus?«

»Nein. Er ist unterwegs.«

Lüder bedankte sich bei dem hilfsbereiten Mann, zog sich zurück und suchte sich auf der gegenüberliegenden Straßenseite ein Plätzchen, von dem aus er den Hoteleingang beobachten konnte. Er hatte den Kragen seines Parkas hochgeschlagen und sah den Leuten hinterher, die im offensichtlichen Vorweihnachtsstress an ihm vorbeihasteten. Maulige Kinder wurden an den Händen hinterhergezerrt; Paare, mit Päckchen und Taschen schwer beladen, keiften sich an. In vielen Sprachen der Welt wurde über das Wetter geflucht. Oder über etwas anderes.

Ich fluche mit, dachte Lüder. Sein Ärger konzentrierte sich auf den Mann mit dem orangefarbenen Haarschmuck, der mit seiner blöden Idee, Verwandte an der Ostsee zu besuchen, alles ins Laufen gebracht hatte. Ob er beim Twittern aus Versehen auf die Tasten gekommen war, die ihn statt nach Kopenhagen in das weiße Haus in Timmendorfer Strand geführt hatten? Mögen die sich doch gegenseitig umbringen, überlegte er kurz verbittert, schalt sich aber selbst ob dieses Gedankens. Mord war nirgendwo auf der Welt eine Lösung. Und dass die Dänen dem Unberechenbaren Grönland nicht verkaufen wollten, war allen Bewohnern des Erdenrunds klar, vielleicht von einer Handvoll Trottel in Washington abgesehen.

Das gleichzeitige Schrillen und Vibrieren seines Handys riss ihn aus seinen Gedanken. Es war eine unbekannte Festnetznummer. Er meldete sich mit einem »Hallo?«.

»Häger«, sagte eine dunkle Stimme, die einem schon älteren Mann zu gehören schien.

Lüder fragte noch einmal nach.

»Häger – wie Steinhäger. Nur pur, also ohne Stein«, erklärte der Mann umständlich. »Polizeihauptmeister Häger von der Polizeistation Timmendorfer Strand.«

»Ah«, sagte Lüder, »Frau Meyer hat Sie gebeten.«

»Jooo. Unsere Bürgermeisterin. Sind Sie das, der, wo wissen wollte, welch ein im Hotel dschust gegenüber von Rathaus wohnt?«

Lüder bestätigte es.

»Ich hab da mal nachgefragt. War kein ein Problem. Um diese Zeit is ja nich mehr so viel los. Die Menge kommt erst an Wochenende. Also: Da im Hotel, da wohnt noch ein Amerikaner, ein gewisser Tschi… S-sch-m… Mann, wie soll man das aussprechen?«

»Szymborsky«, half Lüder aus.

»Das soll ein Ami sein?«, staunte Häger. »Klingt eher wie ein russischer Spion. Also, der Dingsda … Der ist noch im Hotel. Bis morgen hat er gebucht. Scheint entweder wichtig oder reich zu sein. Na ja. Wichtig. Das kommt von Wicht, oder? Wissen Sie, was das für ein ist?«

»Der Mann ist der Berater des amerikanischen Präsidenten«, erklärte Lüder.

»Dann kann das keine Leuchte sein. Viel Gutes hat er dem Heini noch nicht geflüstert. Sieht so aus, als wär er privat hier. Ist ein ruhiger und angenehmer Gast, sagt man. Er genießt seinen Aufenthalt wie Pascha Bumsti und weiß das Essen im Hotelrestaurant zu schätzen. Das muss wirklich dufte sein.«

Das konnte Lüder nur bestätigen.

»Ah«, ließ Häger hören. »Das erklärt auch, weshalb da so Gorillas rumlaufen. Sie passen auf ihn auf. Und der gepanzerte Mercedes, der auf der Rückseite an der Strandpromenade parkt. Mensch. Dem wollt ich schon 'n Ticket hinter den Scheibenwischer klemmen. Dann war'n da noch zwei, von den' Sie was wissen wollten.«

»Sabine Wuschig und Richard von Ravenstein.«

»Klingt wie zwei Figuren aus TKKG«, meinte Häger. »Hör'n meine Enkel mit Begeisterung. Sind die beiden ein Paar?«

»Das ist für unseren Fall nicht von Belang«, sagte Lüder.

»Mein ja nur – wegen des Namens. Die sind wech.«

»Gab es sonst noch etwas?«

»Hab natürlich danach gefragt. Die anderen Gäste sind alle normal. Fast alles Deutsche.«

»Was heißt ›fast‹?«, wollte Lüder wissen.

»Ein Paar kommt aus Bayern.«

»Danke, Kollege Steinhäger«, sagte Lüder.

»Gern. Immer wieder. Und wenn Sie mal in der Gegend sind – spring Sie mal auf unserer Station vorbei. Tschüss denn.«

Es hörte sich wirklich so an, als wäre Lew Szymborsky für ein paar private Tage in Timmendorfer Strand abgestiegen. Ob er Kontakt zum FBI oder zum Secret Service hielt? Die Frage würde vermutlich unbeantwortet bleiben.

Lüders Aufmerksamkeit wurde abgelenkt. Steve Gallardo tauchte auf. Der Amerikaner steuerte direkt das Hotel an, ohne sich noch einmal prüfend umzusehen. Er schien sich seiner Sache sicher zu sein. Lüder versuchte, sich die Szene aus dem Film in Erinnerung zu rufen, als die bisher nicht identifizierte Person mit dem Gewehr unter dem Mantel das Grundstück verlassen hatte. Gab es eine Ähnlichkeit in der Gangart? Gallardo war fit und durchtrainiert. Er hatte einen sportlich federnden Gang, der heute aber nicht durch einen unhandlichen, verdeckt getragenen Gegenstand beeinträchtigt wurde. Es war schwer zu sagen.

Lüder wartete eine Weile, sah dem FBI-Agenten hinterher, wie er an der Rezeption vorsprach und dann nach links aus dem Blickfeld verschwand. Dann überquerte er die Straße und suchte das Hotel auf. Der freundliche Mitarbeiter an der Rezeption erkannte ihn wieder.

»Mister Laliberté ist eben zurückgekehrt.« Er nickte in die linke Richtung. »Er ist Richtung Bar gegangen.« Der Empfangschef schaffte es, eine Sorgenfalte auf seine Stirn zu zaubern. »Wir sind ein ruhiges und seriöses Haus. Wird es Unruhe geben?«

»Nein«, versicherte Lüder. »In einem solchen Fall rückt das SEK an. Sie sehen einen Schreibtischpolizisten vor sich.«

Sein Gegenüber nickte stumm, wirkte aber nicht überzeugt.

Lüder setzte sich in die Lobby und wartete zehn Minuten. Er wurde dabei argwöhnisch von dem Hotelmitarbeiter beäugt. Deshalb verzichtete er auch auf sein Handy. Das hätte den Mann misstrauisch machen können. Nach der kurzen Wartezeit stand er auf und schlenderte gelassen in die angegebene Richtung. Hinter dem Pfeiler öffnete sich der Raum zu einer typischen Hotelbar. An einer Wand standen halbrunde, mit grünem Leder bezogene Bänke mit runden Tischen davor. An einem saß ein grauhaariger Mann, Typ Businessman, und hämmerte etwas in sein Notebook. Er sah nicht auf, als Lüder eintrat. Die andere Seite des schlauch-förmigen Raums nahm ein langer Tresen ein, hinter dem an einer verspiegelten Wand Batterien von Flaschen und Gläsern standen. Über dem Tresen waren Borde angebracht, auf denen ebenfalls Flaschen standen. Das Licht war gedämpft und ließ nur einen unzureichenden Blick auf die Bilder zu, die Lüder als Pop-Art bezeichnen würde. Der Barkeeper hinter dem Tresen sah kurz auf, als Lüder eintrat, unterbrach das Polieren von Gläsern und nickte ihm zu.

Vor dem Tresen stand eine Reihe Barhocker. Auf einem saß Gallardo, stützte die beiden Unterarme auf die Messingstange vor dem Tresen und hielt das Glas vor sich mit beiden Händen umschlossen. Er sah nicht auf, als Lüder eintrat.

Lüder erklomm den Hocker neben dem FBI-Agenten und sagte: »Hi.«

Gallardo streckte zur Begrüßung nur den rechten Zeigefinger in die Höhe.

Der Barkeeper in seinem Hemd mit der rot karierten Weste näherte sich, wischte unsichtbaren Staub vor Lüder von dem Tresen und sagte: »'n Abend, der Herr. Was darf's sein?«

Gallardo hob sein Glas kurz an. »Auch so einen«, antwortete er an Lüders statt. Es war eine braune Flüssigkeit. »Irischer

Whiskey«, erklärte Gallardo. »Connemara. Ich mag auch andere Brennereien. Im Unterschied zu den Schotten sind die Iren milder, süßer. Das liegt daran, dass der irische Whiskey dreifach gebrannt wird.« Er nahm das Glas zur Hand und nippte daran.

Lüders Gedanken schweiften kurz zu seinem Freund Horst, dem Genießer, ab. Der hätte seine Freude an einer Vertiefung des Themas gehabt.

Der Barkeeper stellte das gefüllte Glas vor Lüder und sagte: »Zum Wohl.«

Gallardo hatte ihm immer noch keinen Blick gegönnt. Lüder hob das Glas und sagte: »*Sláinte.*«

»*Cheers.*«

Beide tranken.

»Sie wollen sich mit mir nicht über die Vorzüge irischen Whiskeys austauschen.«

»Ich bin nicht überrascht, dass Sie mich gefunden haben.« Gallardo ging nicht auf Lüders Bemerkung ein. »Es hätte mich enttäuscht, wenn nicht. Ich muss gestehen, dass ich Sie falsch eingeschätzt habe. Das liegt an der unterschiedlichen Kultur. Bei uns ist die Bundespolizei die Elite. Sie stehen der aber in nichts nach.«

»Ich bin überzeugt, dass die State Police und die in den Countys bei Ihnen in Amerika hervorragende Arbeit leistet. Aber wir sitzen hier nicht, um zu philosophieren.« Lüder sah, wie der Barkeeper hingebungsvoll seine Gläser polierte, sie aber nicht aus den Augen ließ. »Sie haben heute Morgen auf mich geschossen.«

»Ach«, war alles, was Gallardo von sich gab. Seine linke Hand glitt nach hinten, und plötzlich hielt er den Colt in der Hand.

Lüder war auf vieles gefasst, aber nicht, dass der FBI-Agent in aller Öffentlichkeit die Waffe zog. Er wollte aufspringen, aber Gallardo legte vorsichtig die rechte Hand auf Lüders linken Unterarm. »Bleiben Sie sitzen«, sagte er und legte den Colt zwischen sich und Lüder auf den Tresen. »Sehen Sie nach«, forderte er Lüder auf.

Lüder nahm die Waffe in die Hand. Er löste die Verriegelung und klappte den Lauf nach unten. In der Trommel steckten noch drei Patronen. Er schüttelte sie auf den Tresen und nahm eine in Augenschein. Es fehlte das Geschoss. Dafür hatte die Patrone einen gekrimpten Hülsenmund, der dem Fixieren des Pulvers und dem Druckaufbau diente. Deutlich war die Tastsicherung zu erkennen.

»Platzpatronen«, stellte Lüder fest. Deshalb hatte die Spurensicherung nichts gefunden.

Gallardo nickte.

»Weshalb?«

In Zeitlupe drehte sich der FBI-Agent zu Lüder um und sah ihm lange in die Augen. »Glauben Sie, ich bringe Menschen um? Ich bin Polizeibeamter. Auch wenn ich meinem Land und seinem Präsidenten diene und mich für Amerika und seine Bürger einsetze«, dabei legte er theatralisch seine rechte Hand aufs Herz, »bin ich mit Leib und Seele Polizist. So wie Sie.«

»Und trotzdem schießen Sie?«

Gallardo nickte. »Sie sind unbelehrbar. Ich hatte gehofft, Sie begreifen es als letzte Warnung.« Dann schüttelte er den Kopf. »Was sind das für Menschen, die sich durch nichts beirren lassen?«

Lüder sah in Richtung des Barkeepers. Der war verschwunden. »Sie würden sich doch auch schützend vor Ihren Präsidenten stellen, wenn ihm Gefahr drohen würde, ungeachtet der Konsequenzen für Ihr eigenes Leben.«

Gallardo nickt versonnen. »Das ist mein Job.«

»Nur ein Job?«

Lüder erhielt keine Antwort.

»Hätten Sie sich auch in die Schussbahn geworfen, als Fred Redman in Gefahr war?«

Ein langer Blick traf Lüder. Dann nahm Gallardo einen Schluck Whiskey. »Es gibt Dinge, die unerklärbar sind.«

»Wussten Sie, dass sich der Mörder Redmans und Gutiérrez' heimlich aus dem Haus schlich?«

Der FBI-Agent öffnete den Mund wie ein Fisch auf dem Trockenen, schloss ihn aber wieder. »Woher wissen Sie das alles?«

Lüder zuckte mit den Schultern und ließ ein »Tja« hören. Er

drehte das Glas in seinen Händen, dann sah er Gallardo unverwandt an. »Sie haben mich gefragt, ob ich nicht allein zurechtkomme. Ich habe geantwortet, dass schon, aber es wäre einfacher, Sie würden mir die Namen und die DNA der Mitarbeiter der Sicherheitsdienste geben, die zum betreffenden Zeitpunkt im Hause anwesend waren.«

»Träumer.«

»Sie waren es nicht. Und Pat O'Connor auch nicht. Dafür gibt es Beweise.«

Gallardo starrte Lüder überrascht an. »Beweise? Wo wollen Sie die herhaben?«

Lüder lächelte. Die angefangenen Filmaufnahmen hatten ihnen wertvolle Dienste erwiesen. Die Amerikaner waren offensichtlich überhaupt nicht auf die Idee gekommen, dass die Deutschen solche Technik anwandten.

»Der Mörder der beiden hat Fehler begangen. Sie wissen, dass wir Polizisten danach suchen. Und wir sind fündig geworden.«

Jetzt unternahm Gallardo gar nicht erst den Versuch, seine Irritation zu verbergen.

Lüder drückte das Kreuz durch. »Lance Ford vom Secret Service«, sagte er und ließ es beiläufig klingen.

Das war der einzige Name, der ihm außer Gallardo und O'Connor bekannt war. Er beobachtete dabei seinen Nachbarn. An dessen Reaktion würde er erkennen, ob Ford involviert war. Falls nicht, würde Gallardos Mimik ihm verraten, dass er dieses Mal falschlag.

Der FBI-Agent vermied es, Lüder anzusehen. Nach einer unendlich langen Pause sagte er leise: »Sie können es nicht vor Gericht beweisen. Außerdem ist Lance Ford lange außer Landes. Die Vereinigten Staaten schützen ihre Bürger.«

»Auch Mörder?«

»Wann ist jemand ein Mörder? Gibt es Situationen, in denen das Töten eines Menschen legitim ist?«

»Eine schwierige Frage. Darf ein Polizist den finalen Rettungsschuss abgeben? Wie verhält es sich mit Soldaten im Einsatz? In diesem Fall trafen aber beide Konstellationen nicht zu. Sie sind innerlich zerrissen, im Zwiespalt. Sie würden Ihr Land nicht verraten. Andererseits können Sie es nicht vertreten, dass Menschen ermordet werden. Gutiérrez war ein weltweit gesuchter Killer, der seinerseits ohne jeden Skrupel Menschen umbrachte. Trotzdem ist es illegitim, ihn ohne Gerichtsverfahren hinzurichten. Und Fred Redman? War er ein Zufallsopfer? Kaum. Was war das Motiv für den Mord?«

Gallardo starrte lange in sein Glas. »Sie wissen es doch«, sagte er schließlich. Sie wurden durch Gepolter in ihrem Rücken abgelenkt.

Eine Stimme schrie hastig: »Hände auf den Tresen. Ich will die Hände sehen. Nicht bewegen. Polizei!«

»Hä?«, fragte Gallardo ratlos.

»*Police*«, übersetzte Lüder. Und folgte der Aufforderung.

Vier Uniformierte waren mit gezückter Pistole in die Bar gestürmt.

»Weg da«, rief einer und wedelte mit seiner Waffe. Sie sollten sich vom Tresen entfernen.

Lüder verstand. Der Barkeeper war verschwunden. Er hatte offenbar den Colt erblickt, den Gallardo gezogen hatte, und die Polizei alarmiert.

»Okay«, sagte Lüder und hielt seine Hände sichtbar. »Lüder. Ich bin vom LKA. Neben mir ist ein Kollege vom FBI.«

»Und ich bin Billy the Kid«, höhnte der bullige Beamte, der das Wort führte.

»Meine Dienstwaffe steckt seitlich im Holster«, erklärte Lüder. »Und mein Ausweis ist in der Innentasche meiner Jacke.«

Einer der Beamten näherte sich vorsichtig und nahm Lüders Walther P99 Q an sich.

»Den Ausweis«, bellte der Wortführer. »Aber ganz vorsichtig«, nachdem sich ein anderer Beamter überzeugt hatte, dass Gallardo keine weitere Waffe trug.

Lüder angelte mit spitzen Fingern den Dienstausweis hervor und reichte ihn dem Polizisten. Der musterte das Dokument sorgfältig. Dann entspannten sich seine Gesichtszüge.

»Was geht hier vor, Herr Dr. Lüders?« Über die Schulter erklärte er seinen Kollegen: »Der ist vom LKA.« Er studierte auch Gallardos FBI-Ausweis, konnte aber erkennbar nichts mit dem Papier anfangen.

»Der amerikanische Kollege und ich – wir sind in einem Erfahrungsaustausch. Der im Übrigen ungeladene Colt vor uns ist ein Anschauungsstück, ein historisches«, fügte Lüder an.

»Solche Mätzchen sollten Sie in der Öffentlichkeit lassen«, brummte der Beamte. »Ich muss trotzdem Ihre Papiere aufnehmen für den Einsatzbericht.«

Lüder legte keinen Widerspruch ein. Es wäre zwecklos gewesen. Er wollte Gallardo erst erklären: »So sind die Preußen«, unterließ es dann aber doch.

Nach einer Viertelstunde zogen die beiden Streifenwagenbesatzungen wieder ab. Dafür erschienen der Hoteldirektor und – in seinem Windschatten – der Barkeeper. Es bedurfte weiterer klärender Worte. Vor allem interessierte sich der Manager dafür, wie ein als Kanadier gemeldeter Gast FBI-Agent sein könne. Lüder ließ ihn im Ungewissen.

Die Unterbrechung hatte dazu geführt, dass ihr klärendes Gespräch ins Stocken geraten war.

Lüder wiederholte seine letzte Frage nach dem Motiv für den Mord an Redman.

»Es gibt Dinge in der Politik, die übersteigen unser beider Horizont«, erklärte Gallardo. »Manchmal nennt man es Staatsgeheimnisse. Sie heißen so, weil ihre Bewahrung von existenzieller Bedeutung für ein Land ist. Um das zu ergründen, unterhalten alle Länder Nachrichtendienste. Ihres auch. Die CIA wie die anderen bedienen sich manchmal illegaler Mittel, um die internationale Politik, die öffentliche Meinung und die Repräsentanten der Vereinigten Staaten zu beeinflussen.«

»Schließen diese illegalen Methoden auch Mord ein?«

Gallardo antwortete mit einem Achselzucken. »Die CIA ist eine andere Welt. Meine Aufgabe ist die Sicherheit des Präsidenten in Zusammenarbeit mit dem Secret Service.«

Wer überblickt das Geflecht der Weltpolitik? Werden eherne Grundsätze von Moral und Ethik geopfert, um sogenannte hö-

here Ziele zu erreichen?«, überlegte Lüder. Er traute sich kein
Urteil darüber zu. Eine solche Entscheidung hatte auf dem Hö-
hepunkt des RAF-Terrorismus der damalige Bundeskanzler zu
treffen gehabt, als er das Leben des entführten Hanns Martin
Schleyer opferte, weil sich der Staat nicht erpressen lassen konnte.
Fred Redman. Das Präsidentendouble war nicht zufällig auf den
Balkon getreten. Lance Ford hatte das weiße Haus mit dem Gewehr in der Absicht verlassen, Redman von See aus zu erschießen. Mein Gott. Dieser Mord war von langer Hand geplant und
vorbereitet gewesen. Der unwissende Redman war angeheuert
worden, um in Europa zu sterben. Weshalb das alles?

Lüder schlug sich mit der flachen Hand an die Stirn. Es ging
natürlich um die Wiederwahl. Einem Fast-Märtyrer, der beinahe im Amt ermordet worden wäre, wurde Sympathie ent-
gegengebracht. Konnte das der Grund gewesen sein? Das war
unfassbar. Niemand würde Lüder das abnehmen. Er packte den
überraschten Gallardo am Arm, zog ihn aus der Bar heraus und
schob ihn zum Lift.

»Dein Zimmer«, sagte er.

Ein anderer Hotelgast, der ihnen auf dem Flur begegnete, sah
den beiden Männern verwundert und mit einem amüsierten Blick
nach, als sie eilig in das Hotelzimmer verschwanden. »Steve«,
begann Lüder und trug Gallardo seine Theorie vor.

Der FBI-Agent wich seinem Blick aus. An seiner Körper-
spannung erkannte Lüder, welchem Druck der Mann ausgesetzt
war. Er hatte die Hände gefaltet und knetete seine Finger. Die
Knöchel waren weiß. Gallardo fuhr sich mit der Zunge über die
Lippen. Schweißperlen standen auf seiner Stirn.

»Mich würde nicht wundern«, schloss Lüder, »wenn man über
Kanäle, über die man bestimmt verfügt, auch die mexikanische
Drogenmafia informiert hat, wo sich der Präsident aufhalten
würde.«

Gallardo war zum Fenster gegangen und hatte Lüder den
Rücken zugewandt. Plötzlich drehte er sich ruckartig um.

»Ich kann nicht mehr«, sagte er mit erstickender Stimme. »Ich
bin fertig. Das ist alles zu viel.« Er ging Lüder entgegen und

legte ihm vertraulich eine Hand auf die Schulter. »Komm mit«, forderte er Lüder auf.

Lüder wollte Gallardo zu seinem BMW führen, aber der Amerikaner bestand darauf, ein Taxi zu nehmen. Nachdem sie das Auto bestiegen hatten, nannte er die Adresse. Lüder lächelte und korrigierte für den Fahrer die Anschrift von »Keiler Businessman« zu »Kieler Kaufmann.«

Es war eine kurze Fahrt, bis sie vor dem exquisiten Hotel vorfuhren und die breite Treppe der efeuumrankten Villa emporstiegen. Das Haus lag in einem großen Park direkt am Düsternbrooker Gehölz. Von der Terrasse oberhalb der Kieler Förde hatte man einen Blick auf die Staatskanzlei, das Innenministerium und den Landtag.

Gallardo steuerte die Rezeption an und forderte, Mister Gruenzweig zu sprechen. Die junge Frau bat um ein wenig Geduld, und nach einer Viertelstunde erschien ein gebrechlicher älterer Mann, der sich suchend umsah. Gallardo ging auf ihn zu.

»Sir?«

»Ach, Steve«, begrüßte ihn der Senior. Der Kragen des blütenweißen Hemds war zu weit für seinen dürren Hals. Der dunkle Anzug schlotterte um die magere Gestalt. Auf dem von einem dünnen weißen Flaum bedeckten Schädel zeichneten sich Altersflecken ab. Die bedeckten auch die sehnigen schlanken Hände.

»Das ist Luder.« Gallardo sprach das »ü« falsch aus. »Ein deutscher Polizist.«

»*Der* Polizist?«, fragte Gruenzweig mit einer hohen Fistelstimme.

Gallardo nickte.

Gruenzweig reichte Lüder die Hand. »Schön, Sie kennenzulernen.«

»Mister Gruenzweig ist einer der Führer der Demokratischen Partei im Repräsentantenhaus.«

»Opposition«, sagte Lüder.

Der alte Mann packte Lüder vorsichtig am Ellenbogen und zog ihn mit sich. »Kommen Sie. Hier lässt es sich vorzüglich speisen. Das Restaurant ist mit einem Michelin-Stern ausgezeichnet.«

Unwillkürlich musste Lüder lächeln. Es war der zweite Amerikaner, der die gehobene Küche zu schätzen wusste. Es widersprach dem Vorurteil, dass die Menschen jenseits des großen Teichs ausschließlich auf Fast Food abonniert waren. Die Einrichtung des Gourmettempels wirkte eher nüchtern, so als sollte das Interieur nicht von den Kostbarkeiten auf dem Teller ablenken.

Sie nahmen an einem Tisch in der Ecke Platz. Der beflissene Kellner verzog keine Miene, als Lüder es bei einem Kaffee beließ.

»Vorweg sei angemerkt, dass wir Amerikaner sind und unser Land lieben. Unsere Bürger haben einen besonderen Bezug zu ihrer Heimat. Es gehört uns, und es gibt vermutlich kein besseres Land als unseres. Eine großartige Landschaft. Wunderbare Menschen. Kultur. Technik. Fortschritt. Ich könnte Ihnen Dutzende weiterer Gründe aufzählen, weshalb Amerika groß ist. Und wir lieben die Freiheit. Amerika ist Demokratie.«

Eine für Europäer schwer verständliche Demokratie, überlegte Lüder. Wer Präsident werden wollte, musste unendlich viel Geld in den Wahlkampf investieren. Für Unbeteiligte wirkte es fast so, als würde man sich das Amt erkaufen. Während Gruenzweig sprach, musterte Lüder das zerklüftete Gesicht, die zu große Nase und die tief liegenden Augen, die ihn durch die Gläser der großen Hornbrille betrachteten.

Als hätte der alte Mann ihm gegenüber den Gedanken erraten, sagte Gruenzweig: »Manchmal irrt auch das Volk. Der Mann an der Macht ist gefährlich. Für die Politik. Für Amerika. Für die Welt.«

Lüder unterließ es, dazu Stellung zu nehmen.

»Er ist selbstherrlich, ja – man kann fast sagen: größenwahnsinnig, und glaubt, das Amt wäre seines. Ich muss das nicht erklären. Jeder kritische Geist kann es selbst erleben. Tag für Tag. Nun ist die Stellung des US-Präsidenten verfassungsmäßig eine sehr starke. Und er wird nicht vom Parlament, wie in den europäischen Ländern üblich, sondern vom Volk gewählt. Der derzeitige Amtsinhaber tritt in unserer Heimat als Volkstribun auf. Der Präsident ist gefährlich. Er unternimmt alles, um seine Macht zu stärken. Er sagt oft die Unwahrheit. Minister und Berater, die nicht nach seiner Pfeife tanzen, werden entlassen. Durch die Benennung oberster Richter für den Supreme Court, die seinen Vorstellungen folgen, nimmt er Einfluss auf die unabhängige Justiz. Anwälte lügen für ihn und gehen dafür sogar ins Gefängnis. Während die Meinung über sein Wirken in der Welt sehr geteilt ist, bröckelt aber seine Basis bei den Wählern. Sie wissen, dass demnächst Wahlen anstehen. Man musste also etwas unternehmen, um die Amerikaner wieder für diesen Mann zu begeistern. Es war die ursprüngliche Idee des Präsidenten oder seines engen Beraterstabes, durch ein fingiertes Attentat Bestürzung in der Welt auszulösen und zu zeigen, dass nur die Amerikaner über wirksame Mittel verfügen, Sicherheit zu garantieren. Und der Garant dafür ist *dieser* Präsident. Alle politischen oder sonstigen Anfeindungen haben ihm bisher nur mäßig geschadet. Aber wie sagt man in Europa? Steter Tropfen höhlt den Stein.«

Lüder holte tief Luft.

»Sie wollen behaupten, die ganze Inszenierung ist ein innenpolitisches Wahlkampfmanöver gewesen? Dafür wurden Menschen geopfert?«

»Menschen?«, fragte Gruenzweig. »Plural?«

»Ja – zwei. Gutiérrez und Redman.«

Gruenzweig lächelte sanft. »Ich kann die Vorgehensweise nicht gutheißen, aber ... Richtig! Es gab zwei Opfer an diesem Tag.« Er beugte sich vor in Lüders Richtung. »Wie viele Menschen starben in dieser Zeit auf Deutschlands Straßen?«

»Das können Sie doch nicht vergleichen.«

»Nein?« Der alte Mann hatte die Frage spöttisch gestellt. »Fragen Sie einmal die Hinterbliebenen eines Fernfahrers, ob dessen Leben für sie bedeutungsvoller war als das eines mexikanischen Verbrechers und eines unbekannten Schauspielers.«

Lüder wollte aufbegehren, aber Steve Gallardo hielt ihn zurück.

»Wir können an dieser Stelle nicht über die Moral in der Politik diskutieren, sind uns aber einig: Der Mann muss weg. Und zwar schnell.«

»Sie heißen ein Attentat auf ihn gut?«, fragte Lüder entsetzt.

Gruenzweig hob beide Hände. »Nein. Um Gottes willen. Um das zu verhindern, setzen Leute wie Steve Gallardo ihr Leben aufs Spiel. Steve ist aber auch ein patriotischer Amerikaner. Er weiß, dass sich die Politik ändern muss. So befindet er sich in einer Zwickmühle. Als aufrechter Polizist kann er die Ereignisse nicht gutheißen. Aber als Amerikaner darf er sein Land und dessen Präsidenten nicht verraten.«

Lüder holte hörbar Luft. »Nun wollen Sie mich überreden, diese Schmutzarbeit zu machen?«

Gruenzweig schüttelte fast väterlich den Kopf. »Ich will Sie nicht unterschätzen, aber das können Sie nicht. Niemand wird Ihnen Glauben schenken. Und es fehlt an Beweisen, den Präsidenten oder seinen Beraterstab als Urheber des Plans zu entlarven. Ich werde mich morgen mit Lew Szymborsky treffen. Auf neutralem Boden, hier in Deutschland. Szymborsky weiß, dass Sie alles wissen. Er weiß aber auch, dass Sie mit diesem Wissen nichts anfangen können. Wir oppositionellen Demokraten haben manches versucht, um dem Wirken des Mannes im Weißen Haus ein Ende zu setzen. Bisher sind alle Aktionen gescheitert. Wenn wir jetzt an die Öffentlichkeit treten und diese Aktion in Timmendorfer Strand in die Welt posaunen, löst das ein Erdbeben aus. Das ist nicht gut für Amerika. Und, wie ich eingangs sagte, wir lieben unser Land. Außerdem wären Sie beide«, dabei zeigte er auf Steve Gallardo, »tot.«

»Die Gerechtigkeit …«, setzte Lüder an.

»… wird auf andere Weise ihren Lauf nehmen«, ergänzte Gruenzweig. »Wir werden mit Szymborsky einen Deal aushandeln und etwas konstruieren. Ich stelle mir vor, dass wir unterstellen, der Präsident hätte versucht, Druck auf das ukrainische Staatsoberhaupt auszuüben und ihn zu erpressen, etwas gegen seinen ärgsten Widersacher und dessen Sohn zu unternehmen. Wir hätten ein politisches Motiv für ein Amtsenthebungsverfahren. Die ganze Welt würde auf uns blicken und die Position des Präsidenten schwächen. Gleichzeitig würde dieses Impeachment dem Kandidaten unserer Partei im Wahlkampf helfen, der in dieser Intrige Opfer wäre. Also meine Bitte: Halten Sie still. Der Mann im Weißen Haus kommt nicht ungeschoren davon. Aber wir lösen das Problem auf unsere Weise.«

Lüder stand auf. »Nein«, sagte er bestimmt. »So läuft das nicht.«

»Luder«, versuchte Steve Gallardo ihn zurückzuhalten. Aber Lüder verließ wortlos das Sternerestaurant.

Die Staatsanwaltschaft beim Landgericht Kiel war die größte in Schleswig-Holstein. Sie war in einem Seitenflügel des in einem Backsteinbau am Schützenwall beheimateten Landgerichtes untergebracht. Der mit Halbsäulen, rundbogigen Portalen und Balkonen gestaltete Eingangsbereich wirkte repräsentativ.

Lüder saß Acun Taner gegenüber, der seit anderthalb Jahren als Staatsanwalt tätig war. Sie hatten seit dem ersten Tag der Zusammenarbeit einen guten Draht zueinander gefunden. Taner hörte sich Lüders Bericht an. Dann wiegte er nachdenklich den Kopf.

»Wir müssen Emotionen von Fakten trennen. Sie haben leider recht, dass wir in diesem Fall kaum die Möglichkeit finden werden, eine Strafverfolgung mit Aussicht auf Erfolg einzuleiten. Abgesehen davon ist uns das Heft des Handelns genommen worden. Die Bundesanwaltschaft hat sich für zuständig erklärt und den Fall an sich gezogen.«

Lüder nickte resigniert. Sie würden nie erfahren, ob es Absprachen auf Regierungsebene zwischen den USA und der Bundesrepublik gab, ob Amerika den NATO-Partner unter Druck gesetzt hatte. Deutschland war wirtschaftlich ein großer Player, aber politisch wurde seine Stimme nicht gehört. Das war zum Teil auch gewollt. In der Rolle des Underdogs auf internationaler Ebene stand man nicht im Fadenkreuz. Es war denkbar, dass man in Berlin half, alles unter den Teppich zu kehren. Dieser Präsident hatte oft seinen Unmut, aber auch Häme über die Bundesrepublik und ihre Repräsentanten ausgeschüttet. Niemand wagte es, ihm offen entgegenzutreten. Auch wenn es für Lüder und Taner unbefriedigend blieb, dass sich für diesen Mord niemand vor einem deutschen Gericht würde verantworten müssen, könnte die Idee Nat Gruenzweigs zum Amtsenthebungsverfahren ein kleiner Lichtblick sein.

Taner stand auf und reichte Lüder die Hand. »Wie werden Sie die Feiertage verbringen?«

»Mit meiner Familie, einer großen und wunderbaren Familie, die auch in schwierigen Zeiten fest zueinandersteht.« Lüder lächelte. »Ich bin ein U-Boot-Christ. Weihnachten tauche ich auf. Dann gehen wir zusammen in die Kirche. Sonst bin ich als Christ nicht zu sehen. Und Sie?«

Taner lachte. »In die Kirche werden wir als Muslime nicht gehen. Aber es gibt einen großen Tannenbaum, unter dem die Geschenke liegen. Für die Kinder wird der Weihnachtsmann vorbeikommen.« Er breitete die Hände aus. »Wir feiern Weihnachten, wie man es in Deutschland macht.«

Sie schlugen sich gegenseitig auf die Schulter. Unausgesprochen bedeutete es: Auf ein Neues.

Dichtung und Wahrheit

Die Handlung und alle Figuren sind frei erfunden und haben, mit Ausnahme der Personen der Zeitgeschichte, keine realen Vorbilder. Wo eine Ähnlichkeit vermutet werden kann, habe ich Aktionen und Aussagen ersonnen, die rein fiktional sind. Einrichtungen, Institutionen oder Örtlichkeiten sind der fiktiven Handlung dieses Romans angepasst worden.

Politik lebt vom Austausch unterschiedlicher Sichtweisen, die Demokratie von der Diskussion. Abweichende Meinungen sind der Suche nach der optimalen Lösung förderlich, der Kompromiss ist die Königsdisziplin der Politik. Hass und Gewalt als Ausdruck einer anderen Position darf es nicht geben. Drohungen gegen Politiker und Verantwortliche und Gewalt gegen Menschen und Sachen sind widerwärtig. Der Respekt gilt jenen, die sich im Alltag in politischen Ämtern oder auf anderen Ebenen für unser aller Gemeinwohl engagieren.

Ich danke meiner Lektorin Dr. Marion Heister und Birthe für ihre Hilfe bei der Entstehung dieses Buches.

Die Erfolgsserie des Bestsellerautors Hannes Nygaard:

Alle Titel sind auch als eBook erhältlich.

Hinterm Deich Krimis:

Tod in der Marsch
ISBN 978-3-89705-353-3

Vom Himmel hoch
ISBN 978-3-89705-379-3

Mordlicht
ISBN 978-3-89705-418-9

Tod an der Förde
ISBN 978-3-89705-468-4

Tod an der Förde
Hörbuch, gelesen von Charles Brauer
ISBN 978-3-89705-645-9

Todeshaus am Deich
ISBN 978-3-89705-485-1

Küstenfilz
ISBN 978-3-89705-509-4

Todesküste
ISBN 978-3-89705-560-5

Tod am Kanal
ISBN 978-3-89705-585-8

www.emons-verlag.de

Der Tote vom Kliff
ISBN 978-3-89705-623-7

Der Inselkönig
ISBN 978-3-89705-672-5

Sturmtief
ISBN 978-3-89705-720-3

Schwelbrand
ISBN 978-3-89705-795-1

Tod im Koog
ISBN 978-3-89705-855-2

Schwere Wetter
ISBN 978-3-89705-920-7

Nebelfront
ISBN 978-3-95451-026-9

Fahrt zur Hölle
ISBN 978-3-95451-096-2

Das Dorf in der Marsch
ISBN 978-3-95451-175-4

Schattenbombe
ISBN 978-3-95451-289-8

Flut der Angst
ISBN 978-3-95451-378-9

www.emons-verlag.de

Biikebrennen
ISBN 978-3-95451-486-1

Nordgier
ISBN 978-3-95451-689-6

Das einsame Haus
ISBN 978-3-95451-787-9

Stadt in Flammen
ISBN 978-3-95451-962-0

Nacht über den Deichen
ISBN 978-3-7408-0069-7

Im Schatten der Loge
ISBN 978-3-7408-0200-4

Hoch am Wind
ISBN 978-3-7408-0275-2

Das Kreuz am Deich
ISBN 978-3-7408-0393-3

Rache im Sturm
ISBN 978-3-7408-0524-1

Falscher Kurs
ISBN 978-3-7408-0668-2

Das Böse hinterm Deich
ISBN 978-3-7408-0804-4

www.emons-verlag.de

Niedersachsen Krimis:

Mord an der Leine
ISBN 978-3-89705-625-1

Niedersachsen Mafia
ISBN 978-3-89705-751-7

Das Finale
ISBN 978-3-89705-860-6

Auf Herz und Nieren
ISBN 978-3-95451-176-1

Tod dem Clan
ISBN 978-3-7408-0438-1

Kurzkrimis:

Eine Prise Angst
ISBN 978-3-89705-921-4

www.emons-verlag.de